盲眼神探

Max Carrados
Mysteries

［英］欧内斯特·布拉马——著

刘 岩——译

上海文艺出版社
上海故事会文化传媒有限公司

编委会

总策划　夏一鸣

主　编　黄禄善

副主编　高　健

编辑成员（按姓氏拼音为序）

蔡美凤　高　健　洪圣兰　胡　捷

黄禄善　吴　艳　夏一鸣　杨怡君　朱崟滢

名家导读

/刘苏周

刘苏周（1976—），男，安徽泗县人，文学博士，现为淮北师范大学外国语学院副教授，硕士生导师。2001 年毕业于淮北师范大学外国语学院（原淮北煤炭师范学院外语系），同年留校任教，2009 年毕业于上海大学外国语学院英语语言文学专业研究生，获文学硕士学位。2017 年毕业于华东师范大学比较文学与世界文学专业，获文学博士学位。

目前主要研究兴趣集中于英美通俗文学、殖民与后殖民文学。近年来在国内各级刊物上发表论文十余篇，参编(著)教材 4 部、字典 1 部，独立翻译小说 1 部，独立校注小说 1 部，参与国家社科基金项目 2 项，主持安徽省社科基金项目 2 项。

侦探小说有两大基本要素。其一，故事情节中必须含有与犯罪相关的疑案。其二，这个疑案是由职业或非职业的侦探一类的人物运用调查和逻辑推理来解开的。20 世纪上半期，它先后孕育了两种子类型，即古典式侦探小说和硬派私人侦探小说。其中，前者在英国得到相对充分的发展，而后者则在美国更为流行。

一般说来，古典式侦探小说起源于爱伦·坡，崛起于 19 世纪和

20世纪之交的英国，其标志是著名作家柯南·道尔的"福尔摩斯系列小说"的问世。在他之后，一本本以专业或业余侦探调查疑案为题材的小说接踵问世，促成了20世纪上半叶古典式侦探小说进入黄金时代。在此期间，陆续登场的众多侦探名家主要包括阿加莎·克里斯蒂、多萝西·塞耶斯、马杰里·阿林厄姆、恩加伊奥·马什、欧内斯特·布拉马等人。其中，欧内斯特·布拉马笔下的盲眼神探马克斯·卡拉多斯被视为侦探小说史上第一位残障侦探，更被阿加莎·克里斯蒂称为"黄金时代最后一位谢幕的神探"。

欧内斯特·布拉马于1868年3月20日出生于英国兰开夏郡的曼彻斯特。他行事低调，对于自己的私人生活总是秘而不宣，因此外界对他的生平知之甚少。直至1923年，他的出版商才被迫在一篇介绍中承认，厄内斯特·布拉马是一个真实的人，而非另一位作家的笔名。从布拉马具有传记性质的处女作《英国农场和我为何开拓》中可以得知，他从高中辍学务农，但是并不成功，因此不得不转向新闻业，成为一家小型报社的通讯员。后来，他前往伦敦，成为出版家杰罗姆·K.杰罗姆的秘书，并且最终成为杰罗姆旗下周刊《今日》的编辑。离开《今日》之后，布拉马成为一家新开的杂志《牧师》的主编，这是一份面向神职人员的杂志。他在这家杂志社一直工作到去世。

布拉马一生中创作了众多作品，其中最为著名的当数"马克斯·卡拉多斯系列，"其中包括《马克斯·卡拉多斯》《马克斯·卡拉多斯的眼睛》《标本案件》《伦敦的亡命徒》等。此外，他还创作了凯朗系列小说和诸多短篇小说，如《凯朗的钱包》《凯朗的黄金岁月》《凯朗展开他的席子》等。凯朗系列故事中大量涉及了亚洲地理和文化知识，让人不得不猜测他曾经在亚洲住过一段时间。

在"马克斯·卡拉多斯系列"作品中，布拉马塑造了一系列主要人物，其中包括：马克斯·卡拉多斯、路易斯·卡莱尔和帕金森。马克斯是一位三十五岁左右的盲人侦探，视觉上的缺陷却让他的其他感官得到很好的发展。他不仅能通过用敏感的手指触摸报纸，"阅读"报纸的头条，而且还能够检测到其余人不能识别到的气味和声音，甚至能感觉到细微的温度变化。路易斯则是一个私人侦探，一个被取消了律师资格的律师。当他遇到困难，或者当他的委托人付不起钱时，他经常向卡拉多斯寻求帮助。帕金森不仅是卡拉多斯的仆人，还充当他的眼睛。他有着异常敏锐的观察力，能够记住周围的每一个细节，甚至能记得一个月前放在桌子上的手套的尺寸。同时，他还是一个绝佳的侦探助手，不问东问西，只根据指令做事，还能严守秘密。

可以说，马克斯·卡拉多斯是英国侦探小说史上开创性地塑造的第一位盲人侦探。此后，一大批优秀的侦探小说家在各自作品中争相模仿，创作了一大群或失明、或瘫痪、或肥胖的侦探形象。例如，曼弗雷德·班宁顿·李和弗雷德里克·丹奈笔下的那位听不见的侦探埃勒里·奎因，劳伦斯·布洛克笔下那个睡不着的侦探伊凡·谭纳，杰夫里·迪弗笔下那个动不了的林肯·莱姆等侦探形象。

与这些后继者们不同的是，身体上的缺陷并未给马克斯·卡拉多斯的探案造成多大的障碍,反而让他其他感官变得极为敏锐。卡拉多斯曾温和地取笑他那些视力好的同事们,说他们往往被自己亲眼所见的东西误导了。事实上,卡拉多斯的失明为作家提供了新的思路。由于卡拉多斯眼睛看不见,布拉马不得不想出不同的方式来收集、验证这些证据。在他的笔下,卡拉多斯还是一位有着一颗善良之心和非凡才能的人。在与私人侦探路易斯·卡莱尔的交谈中,卡拉多斯表现出极为强烈的公平意识。更为重要的是,他们会发现这些系列小说包含了新旧侦探小说两个世界的优点,即它们不仅保留了侦探小说迷们喜爱的诸多传统犯罪和罪犯,更聚焦于一个全新的盲人侦探卡拉多斯以及他为传统题材提供的全新视角。

在《马克斯·卡拉多斯的眼睛》一文的介绍中,布拉马讲述了卡拉多斯失明的原因。在一次骑车途中,卡拉多斯的眼睛被树枝刮伤,从此双目失明,但从外表上却看不出来。布拉马继续解释说:"这不但没有削弱他对生活的兴趣或者他的精力,反而促使他去发展那些在我们大多数人身上都处于半休眠状态甚至实际上从不使用的其他感官。因此,你就会明白,当你处于优势的时候,他处于劣势;而当你处于劣势的时候,他则处于优势。"因此,他的很多调查活动都是在夜间进行的,而且他曾尝试仅仅通过熄灯来掌控海滩上满满一屋的罪犯。在知晓找寻目标并猜测找寻地点后,他能在地面上精准定位一片花瓣或是挂在灌木丛上的几缕头发。他能辨别出一个几年未见之人的声音或者足迹类型,还能通过辨识黏合剂的气味来判定一个男人是否戴了假胡须。

对读者而言，这一切似乎显得不可思议，而卡拉多斯更像是一个超人。但布拉马却在《马克斯·卡拉多斯的眼睛》一文的介绍中明确指出，实际上盲人具有了不起的能力，他们同样取得了显著的成就，而卡拉多斯只不过是其中一员罢了。在作家看来，"尽管小说为了方便起见，可能将众多盲人原型所具有的品质集中在一个人物身上"，但卡拉多斯所做的每一件事情无疑都是可能的。作者似乎希望读者在阅读小说的同时，能够更好地了解盲人的那些本领以及这个世界犯罪猖獗的现实。

很明显，布拉马并不想将他笔下的人物塑造得完美无缺，而是试图将他们打造成一个个有血有肉的、能让读者着迷的角色。因此，那些在小说中反复出现的人物，卡拉多斯、路易斯·卡莱尔、帕金森、检查员比德尔等大都有着这样或者那样的缺点。例如，卡拉多斯虽然聪明善良，为人慷慨，但他却性情冷漠，还有点儿爱慕虚荣。卡莱尔在与卡拉多斯联合之前，不仅因草率的言行被取消了律师资格，而且委托人不付钱，他就不接手案子。可以说，布拉马的犯罪斗士们都是些可信、可爱的角色，而不是不食人间烟火、过于高尚的超人。

如果说马克斯·卡拉多斯和他的朋友们被塑造成了有血有肉的人的话，那么布拉马笔下的罪犯们的情形就不一样了。他们是一些来自印度的神秘陌生人、基督教科学家、朝三暮四的丈夫、疯狂的科学家以及犹太人，而且他们常常被做扁平化处理。作为一个群体，他们非常狡猾，也非常聪明，但是他们却不是什么复杂人物。他们通常在国际上都很出名,靠着各自的聪明才智混迹多年,也是适合卡拉多斯的聪明对手。

通读布拉马的系列侦探小说就可以发现,他的文字简洁,文风洗练,而且还常常带有一点儿不太明显的讽刺。布拉马似乎想要表达的是:"人们就是这样的,而且这样不是很好玩吗?"他在调侃时往往态度温和,充满感情。他喜欢自己笔下的这些角色,试图从他们设法挤入上流社会的愚蠢做法中发现乐趣,并且嘲笑而不是否认人类的弱点。

人们喜欢阅读布拉马的盲侦探系列小说,其原因是读者内心都在有意或无意中自我认同于侦探、受害者或罪犯的角色,并得到某种体验。更何况小说中的一切都以一种非常令人愉快的方式顺利展开——困境中的少女得以解救,坏人得到应有的惩罚。

Contents

黑德勒姆高地的秘密　1

惠灵顿"请愿克朗"古币消失之谜　46

霍洛韦公寓惨案　84

两只左脚鞋子的奇遇记　127

里格比·拉克索姆先生的奇思妙想　165

卡尔弗大街店铺悬案　200

西里尔·拜考特奇案 241

证人消失大事件 276

黑德勒姆高地的秘密

吃过早餐后,盲眼人卡拉多斯点上了一支香烟,端坐在椅子上,浑身上下透着那么一股认真的劲儿。站在他身旁的帕金森,总爱循规蹈矩,即便是很简单的一条指令,也能让他犹豫上半天。

"那么,帕金森,"卡拉多斯高声问道,"有没有发生什么事?"

帕金森手里拿着一份已经被卷成一团的报纸,慢慢地放在桌子上,按压展平,似乎想掩盖其不寻常之处,好使他那颗悬着的心宽慰些。

"先生,您看,"帕金森毕恭毕敬地说,"我觉得,今天早上的国外新闻挺令人担忧的。"

卡拉多斯稳稳地拿起面前摊开的《泰晤士报》,熟练地用手指点了点报纸的头条新闻。"《战争的边缘》《危险的德国动员》《大英帝国的责任》，"他高声念着，"没错，我认为令人担忧这个词并未言过其实。"

"是的，先生。所以我想了想自己所听到的消息，觉得应该马上来告诉您。有件微不足道的小事引起了我的注意。"

"不错，"卡拉多斯认可道，"那么，你说的小事是指什么？"

"先生，就是在市集广场上标志性的建筑——博物馆那里。我去那里是准备处理件小事，解决我和赫伯特之间关于对虾和大虾区别之争。我明确注意到，大虾通常都比对虾长得好，实际上我错了。一位脸上有道疤痕的先生给我举了个腌鱼的例子。随后我跟市场管理员就天气聊了一会儿，才了解到那位有疤痕的先生名叫范古尔，是位地道的荷兰人。"

"范古尔，"卡拉多斯陷入了沉思，"我之前从未听说过这个名字。"

"没错，先生，我最后见到他是在基尔港，那时他叫作范·赫罗特中尉。先生，我想，大概我提到过他的名字。"

卡拉多斯微露笑容，语调平和，悠闲地享受着香烟的味道，但此时他的思绪却回到了几年前的基尔港之旅，仿佛自己翻开了那本精心保存的日记。

"你说的那个人，曾经拜访过我，并带来了英国海军部对我的问候。那时我恰好外出，不在旅馆。那位先生留下了一张卡片，上面用英语熟练地写了几个字,对情况做出了说明。我们从未谋面,我想他从来没见过我。"

"是这样的,先生,"帕金森同意道,"第二天您派我拿着回复到造船厂去,直至今日,那是我和他唯一的一次会面。"

"你认为他还记得你?"

"恰恰相反,先生,尽管我和他有过一些交谈,但范·赫罗特中尉似乎对我毫无印象。假如要我描述的话,范·赫罗特中尉似乎认为和他交谈过的那个人应该比我个头高,我甚至怀疑他是否真的见过我。"

"但你肯定是他?"

"先生,在您的指导下,我也学会了要仔细观察,我肯定我记得没错。"

"很好,你是该告诉我这件事,或许这很重要。我们离一座险要的海军港口只有五英里远,这一点一定要牢记。帕金森,不要再对任何人说起这件事,我也会认真考虑的。"

"非常感谢您,先生。"帕金森答道。

在过去的日子里,但凡是涉及英国情报部门的事情,出于某种爱国情绪,各阶层人士都认为几乎无法从这个部门打探到什么消息。而英国政府也不允许国人对德国或其他欧洲国家产生羡慕。就历史而言,考验来临时,那个饱受鄙视的情报部门却煞有介事般地证明自己效率奇高。恰恰此时便有些证据可印证这一事实。也就在那年的六月份的那一天，卡拉多斯和帕金森谈论范古尔先生的几个小时后，一封内容奇特的电文便送到了一位官员的手中，他的名字从未出现在官方正式的名单上。而后卡拉多斯先生也收到了同样一封神秘的回复电文。在一番解密后，他破解了神秘的电报：

回复．C．情报员／107号电

范·卡尔·赫罗特，1880年生于普鲁士弗赖堡，母亲是英国人。在海德堡求学，1907年于基尔港加入海军，担任鱼雷指挥中尉，1910年辞去海军职务，辞职原因不明，据估计与其在不来梅从事间谍活动有关。1912年被荷兰政府驱逐，后一年访问过俄国。1913年，此人曾出现在爱尔兰科克市。会讲德语、法语、荷兰语、俄语和流利的英语。该人高个子，金发，灰色眼睛，左面颊上留有斜线型的刀疤。赫罗特情况大致如此，如再有消息请及时告知。

卡拉多斯将破译的电文仔细看了两遍，卷成了一个纸球，丢到烟灰缸中，点燃了一根火柴，烧毁了电文。

"发电报，帕金森。"盲人总有一种强烈的先见之力，卡拉多斯从

身前的架子上拿下一支铅笔,将纸张调整到最佳位置,在指定的位置下稍稍挪了一英寸,写道:

回复.C.情报员／107电

信息已收到。很遗憾没有进一步的情况告知。卡拉多斯电。

"我们必须亲自先对范古尔先生做些调查,"卡拉多斯一边做出强调,一边将纸条递过去,"伦敦方面将在未来几天内全力调查,我们也会展开调查。"

"好极了,先生,"帕金森本该去关窗户,但看到自己得到如此的信任,便平静地问道,"先生,是否要把电文马上发出去?"

"是的,消息来自总部。总部那些人太忙了,通常不爱打听事。先读一下,以免总部询问……没错,就这么办。假如我们能困住德国间谍,总会发现蛛丝马迹的,对吧,帕金森?"

"没错,先生。"

"不管怎样,事不宜迟。"

"我非常赞同,认为这次行动很有必要。"帕金森煞有介事地辩解道。

毋庸置疑的是,还从未有人探究到此睿智之人真正的能力极限。

有些时候，卡拉多斯要比世间之人更显得精明练达，他对事情的评论似乎显示出人类难以置信的过人之处。此时卡拉多斯心满意足，但身旁的帕金森却忽略了主人善意的暗示。

"收拾几个包，装些必需品，"帕金森从邮局返回后，卡拉多斯吩咐他道，"范·赫罗特大概能记住我的名字。在一家公共旅馆，我也没办法改变太多。我们留着房间，在镇子另一头待上一阵子。到了那里，我就叫做芒罗，你的话，就叫帕克斯顿。如果有必要的话，我会通知相关人员的。"

"好极了，先生。"帕金森附和道，"我觉得伍德科克面包房给您的早餐可没法让人完全满意。"

对于后来尚未出生的几代人来说，一定会猜想在 1914 年 8 月，人们是怎样度过的。当然，简单的事实就是，大多数人的生活依旧如以前一样按部就班。移动的机械停止下来，静止的机械却开动起来，二者同样令人兴奋。"日子如往常一样"成为早些时候的陈词滥调之一。1914 年最吸引人的情形也并非 2014 年探寻者所能理解的。毫无疑问的是，就个人而言，为了换得五英镑的零钱，你必须购买邮政汇票并立刻将它们逐一兑换成现金，光这一点就足够吸引人了。

第二天早上，天气晴朗，卡拉多斯气定神闲地走进卡斯特茅斯博物馆，发现那里如往常一般空寂无人。帕金森一边走一边介绍展馆，在他们快要绕过第一间展室之前，博物馆里的那位善于交际的馆长随即出现，来迎接二位真正访客，似乎像刚从蜷缩的洞中钻出来一般。

"因为要腾出地方，有些物品需要放置他处，"馆长信心满满地说道，"但有件特别的东西，如果两位感兴趣的话，我非常高兴向你们展示。"

这正合卡拉多斯心意。表面上，他不露声色，装作未对馆长口中的"特殊物件"格外青睐。充满热情的人往往会被自己的热情所伤，也不会有人为了获取财富，就委身去做默默无闻的博物馆的主人。"我知道，"卡拉多斯试探性地问道，"在这里，您对某些学科相当有研究——"他挥动着灵活的手指，快速地打着手势，表明自己的痛苦，"天哪——"

"您指的是古生物学？"馆长暗示道，"前一任馆长是位伟大的收藏家，这里搜集的一系列古化石几乎无人超越。假如您——"

"嗯，"卡拉多斯说道，"千真万确。"他警觉地体会到了馆长话语中的深意，"但不管怎样，化石对我来说——"

"我明白，我明白，"馆长马上回应道，"有点没人情味。我也有同感。看，燧石，这挺浪漫，假如您愿意……"

"这都是真东西，没错吧？"卡拉多斯确信地说，"相比满橱窗展览的菊石类和箭石类化石，我对新石器时代的铲子可能更感兴趣些。"

馆长眼睛眨了眨，似乎还未领会到卡拉多斯一番话的真意。

"您是要我带您面对面地接触史前文物，对吗？"馆长提议道，"我曾经捡到过一只长矛，打造得十分精美，只是矛头有个缺口，没有完全损坏，您知道——也就是算不完整吧。那么，嗯，您可能会有很多猜测。但事实大概是，一万年前，它从我的史前先祖手指间滑落，而在那之后只有我触碰过它。"

"我很乐意参观您这里的展品，"卡拉多斯友善地建议道，"或者，您看，我基本上看不见，我想请您允许我用手来摸一下。"有那么一会儿，卡拉多斯觉得诉说自己的痛苦显得鲁莽。因为有好几次，惊讶的馆长认为卡拉多斯是个冒牌货。作为一名来自美国，到此游玩的参观者，来自康涅狄格州的丹尼尔·芒罗先生，最不愿意看到的就是被前中尉范·赫罗特或他的同伙发现自己在演戏。

此后半小时中，馆长打开展览橱窗和橱柜，殷勤款待卡拉多斯这位匆匆的参观者。卡拉多斯对馆长的称呼也改变为利德马什先生，二人之间快速建立起了友情。实际上，卡拉多斯似乎对太阳下的任何事物都了如指掌，他非常清楚燧石工具的作用，甚至可以说具备专家水准，与埃文斯或是纳达亚克不相上下。

"恐怕都在这里了，"馆长最后说道，"无论如何，所有有价值的物品都展示给您了。您看，我们是多么的拮据，对于这种机构也是来讲也是习以为常了。事实上，我们所拥有的展品都是陆续运抵这里的——

也只能是这样，因为资金问题，我们没办法再购置新的展品。"

"真是令人吃惊，"卡拉多斯说，"人们或许会认为——"

"我们会在冬天举行讲座，想以此来引起关注，但收效甚微。很是遗憾，剧院、电影院、舞厅，全都是人来人往，大家都是为了找乐子。假使我能凑齐几个人，就能好好地聚会一番，当然，是免费的。"馆长一边递咖啡一边说道，"在荷兰，我的助手告诉我……"

卡拉多斯耐心、狡黠地倾听着："这是馆长第一次提到缺席的卡尔。"一位追踪者总是爱拐弯抹角地打探消息，直到他掌握了基本情况。因此他继续倾听着馆长对于荷兰人涉世未深、陈词滥调的嘲讽。

"您肯定需要安排一位助手来处理这样的事务，馆长先生，对吧？要是在美国——"

"的确是这样，如果我们收到的捐赠和美国的博物馆也一样多，效率会大不相同。"馆长补充说道。他某种意义上接受了卡拉多斯的惊讶之情，事实上，却是有意为之，欣然领受参观者对其事业的无上赞颂。"范古尔、拜尔斯，还有我自己，什么事都要管。我盼着自己能找来一位助手，能像范古尔先生一样工作出色。很不幸，英国大多数人关心的不过是薪水之内的工作，半个小时也不想多干。芒罗先生，至少这是我的经验之谈。范古尔先生的所想，恰恰也是我最感兴趣的。"

"这样很不错。"卡拉多斯同意道。

"这也会额外增加点乐趣,是吧?我认为这里任何一个部门的工作都不应该被忽略,是的,肯定不应该。比如说吧,我们没有人对自然史真正感兴趣,但我们看问题的方式却与旁人不同,因此自然史及其旁支学科也都得到了相应的关注。当然了,身处海边的城镇,我们也十分重视海洋生物学。当地的渔民和水手发现了新奇的、非同寻常的物种,也都愿意送到这里来。"

"渔民们经常会这样做吗?"卡拉多斯询问道。

"恐怕不是。人们缺少公共服务精神,总怀疑这样做没什么好处。我想,嗯,范古尔先生经常从自己不宽裕的薪水里拿出钱来奖励那些渔民。"

"挺好的。"卡拉多斯简短地评论道。

"是的,您或许会觉得,那个可怜的家伙至多也就是薪水不高。他每周会给他荷兰的父母寄去些钱,事实上那可是他所有积蓄。他独自住在一间狭小、破旧的屋子里,为的是尽可能地省钱。"

"范古尔,"卡拉多斯沉思道,"范古尔——六个月前,我也曾遇见过一个和他同名的人。现在,我想——"

"您是说,在美国?"

"是的,我们谈到了荷兰人古老的血统,相见恨晚。你知道,现在这个人的名字——"

"您谈到的不可能是范古尔，因为他在这里刚待了一年。我真希望他现在就在这里，那我就能介绍你们见面了，但是他外出还没有回来。"

"嗯，至于您提到的，我一直在想，"卡拉多斯说道，"我对这里真的很感兴趣。作为答谢，我想给您看几件燧石中少有的精品，那是我在旅途中搜集到的。明天您愿意和我们共进晚餐吗，就在星期天？"

"真是好极了。"利德马什先生受宠若惊地说道，"当然，假如不麻烦的话——"

"您就不要客气了，"新朋友卡拉多斯回答道，"还请您一定把范古尔也带来。"

"我肯定也会邀请他的。"馆长承诺道，"但是我还真不清楚他明天有什么安排。"

"明晚七点钟，行吗？"卡拉多斯用手指了指手表，确认道，"艾博茨福德酒店，在前景大街，回见。"

看到卡拉多斯微微做了个手势，身着木乃伊般服饰的帕金森猛然从沉思中回过神来，紧走几步跟上神探，走下楼梯，又来到入口处。

"要让馆长和助手们知道，我们的确想邀请他们明天共进晚餐。"穿过大厅时卡拉多斯叮嘱道，"馆长肯定会来，最好范古尔也能来。"

"先生，我觉得那位同名的先生可没法让您随心。"角落里有个人小心翼翼地压低声音说道，"我也不会太满意。"帕金森不合时宜地向四处张望，想要找出说话的人，但卡拉多斯仅仅是停下了脚步。

"哎，威廉，"卡拉多斯说道，"为什么不出来聊一聊呢？"

威廉·拜尔斯先生，博物馆的看门人、管理人、事务总管，从一个古老的箱子后面露出身形，咧嘴微笑着。

"先生，不管怎样，您还是认出了我。"威廉亲切地说，"我想给您一个惊喜，但似乎没有成功。"

"威廉，你的声音和你在十二年前打理我地窖时没有什么变化，"卡拉多斯说道，"也就是有点苍老，得仔细听才能听出来。"

"先生，我还在想您这些年都在忙些什么。当我听见您对馆长说自己是来自美国的芒罗时，就忍不住发笑，马上猜测您肯定邀请了荷兰的范古尔先生吃饭。您不必烦恼，我会一直亲自紧盯着那件'独一无二的物品'的。"

"来大门这里，帮我们指下路。"卡拉多斯从危险的楼梯走下来吩咐道，"你认识范古尔？"

"没我期待的那么熟，"拜尔斯补充说道，"但是，卡拉多斯先生，和大多数人一样，我能根据事实进行一些判断。"

"很好，"卡拉多斯一边回忆一边赞许地说道，"威廉，我一直认为你很擅长观察，但你实际上不怎么喜欢他吧？"

"这么说不确切，"威廉坦诚地说道，"关于'简·范'这个血腥的'王子'我有太多的词语来形容他。假如有必要的话，他一天会三次拍上司的马屁，并且不止一次对我做过卑鄙龌龊的事情，我永远不会忘记。"

"你觉得他明天会来吗？"

"嗯，假如一两天内发生战争的话，正如大多数人所说，看情况，'简·范'明白这一点，他挺忙的。我也会很忙，至少他会这样希望。"

"威廉，那我就放心地把他交付给你啦，"卡拉多斯高兴地说道，"顺便问一句，你喜欢这里吗？"随后看了看将要离开的这座让人昏昏欲睡的博物馆。

"喜欢？"拜尔斯吃力地说道，"喜欢！唉，卡拉多斯先生，在伦敦西区富人家里当仆人可是我一生中最美好的时光，虽然只是发霉西洋镜中的'将军'。"

神探笑了笑，将一枚硬币递到威廉手中，威廉欣然接受。

"威廉，记住，在这里不要叫我卡拉多斯先生，记住我的假名，不然你就是帮了倒忙。不论你在哪里，不要让范古尔发现你在跟踪他。"

拜尔斯先生夸张地用食指蹭了蹭鼻子，闭上一只眼睛，心有灵犀地回应着卡拉多斯。虽然拜尔斯会忘记这个意味深长的动作，但这多少叫帕金森有些吃惊。这种谈话的语调和实质对这位优秀的侍从来说始终是种痛苦。

几英里之外的卡拉多斯家中，另一位成员也不可避免地卷入了其主人参观卡斯特茅斯博物馆的风波中。拜尔斯和卡拉多斯分手半小时后，一份收信人为特伦特一家、标有绝密字样的电文送到了安斯利·格雷特雷克斯手中。此时他正在享受美好的周末，难免有些不悦。

"天哪，姑母，快听听这个，"格雷特雷克斯先生叫喊道，随后把头转向卡拉多斯家善良的前任女管家，而如今这位机智的格雷特雷克斯先生在她的影响下也继承了这份荣耀的工作，"这里有卡拉多斯先生给您的最新消息。"

去借几块燧石工具，任何时期的都可以，但一定要有价值。明天以全保险邮寄或是通过铁路寄送给我。请送到以下地址:格拉汉姆郡，莱斯特市，牛津街，波士威尔，维卡斯收。电报告知，之后随时待命。

"随时待命，这就意味着直到主人回来，咱们跟花前月下、无限的欢乐说再见啦，就是这么一回事儿。"

"这也不错,格雷特雷克斯。"老管家一边忙着手中活计，一边说道，"假如战争爆发了，那么隐藏在坎特伯雷路上德国人家里的飞艇会马上升空，向我们扔炸弹，你在这里躺在床上可比在外面闲逛要安全得多。"

"那卡拉多斯先生如今还在海边的海军港口呢，这可怎么说？"

"我可不担心卡拉多斯先生，"格雷特雷克斯坚定地回答道，"如果德国人要来，一定会是在晚上。姑母，要是那样的话，卡拉多斯先生肯定不会是第一个需要急救的。"

第二天，卡拉多斯按时地收到了需要的燧石。他拿过燧石，微笑着拆去标签。七点钟馆长如约而至，但却是独自一人。不论真实的情况如何，拜尔斯都猜对了。

"关于范古尔先生，我很抱歉，"利德马什一边打招呼，一边解释道，"他原本要来的，可发现自己已经有约。很抱歉，我知道您想见一见他，但恰好范古尔先生时间上不凑巧。"

"啊，怎么会这样？"

"肯定是愚蠢的偏见。人们冲动时，会有意识或下意识地将中立的事物看作是敌人。讽刺的是，范古尔先生肯定是听说，荷兰一个月内要倒向我们这一边。"

正如当时的其他人一样，众人渐渐谈到了战争的阴云。人们都已知晓德国已经正式向俄国宣战，对法国也发出了最后通牒。不论你身在何处，战争已经爆发了。但英国政府的态度却不明朗，因此极少数人认为死亡的阴影已不可避免地笼罩了全世界。

"您在博物馆工作，也会这么认为吗？"主人追问道。应征入伍突然变成了当下的热门话题。

"我觉得可能性不大，"馆长回答道，语气中透着一丝遗憾。"我就要39岁了，尽管您可能不那样认为，我恐怕即便是战争持续上一年，也没有什么世俗的机会让我参军了。"

"一年。"卡拉多斯沉思道。

"是的，这是个非常荒唐的期限。我太太出身于一个军人家庭，她舅母的女儿和一位陆军参谋的儿子订了婚，私下里透露说，俄国的最高统帅给基齐纳勋爵寄了一张德国地图，在地图上柏林的位置写上了圣诞快乐几个字，战争委员会中是个人都能猜出那其中的含义。"

卡拉多斯默许地点了点头。那天他遇到的每个人都竭力将话题引向美国政府。

"要是组建外国军团，范古尔倒是愿意效力。但是如果剩下老拜尔斯的话——恐怕我们每个人都要忙得团团转。毕竟，这是最为爱国的行为了。人们比以往更看重娱乐，但可不是忙中取乐。没人想那样生活，需要理性的快乐。士兵们通常也需要些娱乐，找地方消遣一下，博物馆——"

看到卡拉多斯先生拿出燧石，馆长随即眼前一亮，打起了主意。他好几次隐含地表达了自己的意图。

"芒罗先生，有件事情我必须得和你说，尽管在某种意义上，我——好吧，我不会一定说需要保密，但我很信任您。"

"当然您可能会说……"馆长的倾听者抽着香烟，谨慎地应对着。

"没错，是的，我敢肯定情况就是如此。我知道在座各位都非常善良，而且嗯……能相互照应，我对这点发现很感兴趣。我感觉假如我什么都没讲就让您离开了，也许您回到美国后读到我们曾做过的事儿，您可能会认为我所处的环境并没有那么——嗯，自然，我也应该站在您的角度想一想。"

"发现，"卡拉多斯对此并不感兴趣，"发现总是叫人兴奋，不是吗？"

"没错，大概是我说太早了，尽管我们肯定还是能有所发现的。您是否听说过埃匹尔瓦纳斯的金棺？"

"恐怕没有，"卡拉多斯承认道，"我甚至连埃匹尔瓦纳斯本人都没听说过。但等一等，温博恩的罗杰难道在他的《编年史》里没提到诸如此类的事情吗？"

"按照传统，早期的一位英国国王被葬在金棺中，这个传统似乎一直被流传至今，这也给传说增加几分可信。就我看来，确有此事。我早就准备好去寻找那镶满金子的棺木，或是普通棺材里装满了价值连城的黄金陪葬品和数不清的金币。我怀疑那时最富有的种族是否能挖出这么多的金子来打造一口满足尺寸的实心金棺。"

"那时的确有相当数量的金币，之后的一千年里，这种金属实际上从锻造厂消失了。"卡拉多斯补充说道。

"金子难道没有用在皇家棺木上吗？我是这么认为的，我相信我们实际上正在追查此类事情。"

"是吗？"卡拉多斯同情地说道，"那非常好，我猜想这真是独一无二的探索。但你知道，我不太能带回家。"其实卡拉多斯的话不过是出于礼貌，安抚馆长罢了。所有印第安人的宝藏都无法让他打起精神，一切都比不上接下来涉及范古尔的这段谈话。

"或许这听上去太可信了，我们的邻居完全相信了。他一心一意地扑在这上面，还真想去实地挖掘一番。"

"然后呢？"卡拉多斯不动声色地说道。他曾经一度在莫名的启发下忘却了自己美国公民的身份。而此时的想法来得毫无征兆，但同时却那么真实。"您所说的我十分感兴趣。"

"除了一个刻有'埃匹尔瓦·雷克斯'字样的铜板，人们对金棺一无所知。但据回到山谷居住的人们讲，就是那些撒克逊务农务工的祖孙们，他们羞愧地承认自己听到祖父那辈人谈论过金棺，里面埋葬着一位伟大领袖的尸骨。芒罗先生，这就是困难所在，简短地回顾一下历史，确实也就在大约两千年前——我是说我们至少在金棺和埃匹尔瓦纳斯之间建立起了联系。现在埃匹尔瓦纳斯有了下落。范古尔先生认定埃匹尔瓦纳斯就葬在黑德勒姆高地上唯一的坟冢里。那座阴森森古墓的规模和意义都非同一般啊。"

"黑德勒姆高地？"

"那里是海边绵延一两英里狭小破败的一个海角。古墓几乎就建在海角边上，因为悬崖几百年来一直在消失，实际上再过五十年，古墓也会消失，那里面的一切就要葬身海底了。"

"那么您挖掘过那里吗？"

"我们也就刚刚开了个头儿。起初想妥善安排，却发现困难重重。您或许觉得这挺简单，没什么坏处，但你得和庄园主打交道，去说服地主，还有农民——唉，都得花钱啊。很遗憾地说，范古尔先生出于科学研究的热情，可真是花费了不少钱。"

"那金棺呢？"卡拉多斯问道，"应该挺有说服力吧。"

"没错，我们总是把最好的东西留给博物馆，但在收益方面也做了些调整，结果正如我们所盼。要不是这该死的战争，古墓里的发现本该带来前所未有的轰动。"

"极有可能啊，"神探赞同地说道，"那你们发现什么了吗？"

"没什么重要发现，除了大量令人兴奋的小物件，诸如焚烧过的尸骨、葬礼宴会上的遗物、陶器碎片等等。我们也就忙碌了两星期，部分是出于经济原因。因为这个工作要相当仔细，所以范古尔先生几乎独自完成了所有工作。"

"例如从海岸边打通了一条隧道？"卡拉多斯暗示道。

"没错，有这么回事儿，"馆长看上去相当惊奇，认可地说道，"然而您之前一定没听过这件事吧？"

"的确没有，"卡拉多斯马上回应道，"仅仅是出于感兴趣的猜测。"

"我希望这件事不要外传，否则我们就都成了好管闲事的人了。事情是这样的，起初我们用栏杆将物件隔离开，还贴上了'危险'字样的标签。事实确实如此，而后再考虑进行彻底分切。但仅仅尝试了几次之后，范古尔先生发现朝海的一面最适合开凿隧道。"

之后卡拉多斯发现，馆长身上再没什么有价值的信息了。几次漫无目的的闲聊后，众人不知不觉中又转向了其他的公共话题。卡拉多斯这位机敏的调查者，无疑展示出了自己对范古尔的兴趣，而馆长也真的觉得，眼前卡拉多斯的生活中真正的爱好是语音学改革措施的颁布与实施。

此前的一切，仅仅是这位盲人警惕性的怀疑，现在变得确信无疑。不论是哪方面的线索，都指向了黑德勒姆高地。他本想马上去调查那偏僻的高地，但转念一想，这样做却要冒着碰到范古尔、被质疑的巨大风险。先前拜尔斯先生嘲弄般的介入在此时蒙上了一层厚厚的面纱。是否有可能，这位忿忿不平的管理员的确知道些黑德勒姆发生的事情呢？

五分钟后，卡拉多斯出现在帕金森面前，"帕金森，现在轮到你了，你应该清楚我要做的事情。"他向帕金森讲述了与馆长的谈话后说道，"一方面是善意的荷兰科学家，全心全意地探索一座孤零零的古墓；另一方是危险的德国间谍，建造着通往危险敌人、横跨英吉利海峡的撤退通道：它十分隐秘，从任何角度来看都难以发现。帕金森，你怎么看？"

"先生，我倾向于后一个观点，我们应该提早做准备。"帕金森明智地回答道。

"我非常同意你的看法。"卡拉多斯接受了帕金森宝贵的建议，继续说道，"睡觉前，我们装作游客到市集广场转一转。假如碰到了拜尔斯，或许事情还能有新进展。没有碰到的话，下次也一定会有转机。"

主仆二人悠闲地在广场上巡视着，但却一无所获。拜尔斯先生没有出现。窗帘遮住了小小的窗户，透不出一缕光，拜尔斯根本没在他的屋子里。两位"假设学家"只能放弃，因为拜尔斯以前从不早睡，街上的店铺也关闭了，二人也只好返回住处。

"我们明早再见，"卡拉多斯吩咐道，"幸运的话，博物馆还是会像往常一样开放，那样威廉就没法躲着我们，之后……我希望是黑德勒姆高地。"

第二天，也就是8月3日，一个法定假日，却成了和平的最后一天。《五国卷入战争》《德国入侵法国》《英国海军预备队动员》这些新闻标题占据了各类晨报的醒目位置。和平局势摇摇欲坠，战争仅仅是个时间问题。

但"如往常一样"现在却被奉为准则。既然博物馆大体上是用来供参观者娱乐的，战争或危机似乎没大影响到那天欢快的气氛和明媚阳光照耀下的博物馆大门。在火车站，出城的列车上挤满了人；而进城的人却很少。每个人都在谈论战争，可博物馆里的员工却决定平和地看待这一切。

穿过广场时，帕金森说道："先生，我认为，那个地方肯定关闭了。"

"你是说，博物馆？"

"是的，先生，博物馆外面的大门肯定是关着的。"

"真是奇怪，我还特意询问了一下，今天博物馆是否照常开放，馆长的回答很明确。"

"先生，馆长来啦。他刚走出来，忙着给大门贴封条呢。"

卡拉多斯心头一震，向前紧走了几步。

馆长看了看他们，心里盘算着这次偶遇。"芒罗先生，这真让人震惊，您听说了吗？"

"完全没有，"卡拉多斯回答道，"发生了什么事？"

"可怜的拜尔斯，今早人们发现他死在海边了。"

"哪里？"卡拉多斯追问道，这里面应该大有文章。

"就在黑德勒姆高地下面，死者，我是说，他自己恐怕应该负很大的责任。他不该知道我们在那里的工作，但显然觉察到了什么。我看他真是个好奇的、爱打听的老家伙。昨晚他摸黑爬上了高地，四处窥探，要么是因为草木湿滑，要么是他没看到悬崖，就摔了下去。昨天深夜，拜尔斯还只是个小人物——您明白吗？可是，我们今天出于尊敬，也就关闭了博物馆，但假如您愿意进来参观的话——"

"谢谢您，"卡拉多斯说道，"我想不必了，我在想……你们把他安放在哪里了？"

"在附近的停尸间。他曾受过剧烈的撞击。拜尔斯有那么几间屋子，也就是帕金森昨晚见到的那些房间。他没有妻子或是朋友，停尸间任何情况下都是最佳地点。当然还需要验尸，我们现在派范古尔先生去做些调查。"

"我是说，"卡拉多斯一直在思考着，眼下还没有时间来考虑所有的可能性。"周六那天在博物馆，我们离开时，拜尔斯还帮助了我们，将我从可怕的堕落中拯救回来，说了些善意的话。现在……天啊，真是伤心！我并不熟悉您这里的葬礼，但假如只需一个小小花束的话，我愿意参加。"

眼前这位美国硬汉的多愁善感深深打动了馆长，他通常将强硬看作是美国人显著的性格特点。

"那好吧，"馆长回答道，"假如您愿意的话，就没什么问题了。但您是指——现在就去？"这几个字对于美国民众来讲，真可谓是发自内心的致敬了。

"没错，就是现在。明天或后天我可能就要离开这里，我们刚刚经过的地方就有间花店开着。"

卡拉多斯将百合花放到拜尔斯的身旁，他禁不住想象着，自己跟刻薄的拜尔斯一起谈论着一个相当刺激的笑话。从他老雇主的角度来看，威廉应该如何看待这种感人的行为呢？不论这意味着什么，卡拉多斯脑海中马上浮现出这样的画面：一只微闭的、湿润的眼睛，死者的鼻子和紧握在一起的手指。他此刻的确再没有什么借口了，必须要做进一步的调查。他几乎不愿再看到那位老看门人的面孔……帕金森的直觉告诉他，两位献花者应尽快离开此地。

"只是死亡时间这件事让人怀疑，"馆长边走边说道，"拜尔斯几乎是今早天一亮就被发现了，他的衣服并不潮湿，这说明他是午夜前什么时候跌下山崖的。那时一团黑，究竟是什么让他非要到那里去呢？要是他想去看一看，可是整个星期天都可以去啊。"

"挺奇怪，对吧，"卡拉多斯回应道，"我想，没人瞧见他去哪儿。"

"没有，至少我们没听说。谁会去那里呢？甚至范古尔都是在星期天挖掘——他也想不通。"

停尸间就在附近，建在市场大厅的一角。利德马什先生从警察那里拿来钥匙，跟对方如同邻居般地打了声招呼，没再多寒暄，卡拉多斯就可以自由行事了。

拜尔斯尸体上盖着一层布，停放在石凳上。他的衣服摆放在另一张石凳上，旁边是他口袋里仅有的几件不值钱的物件。

"我听说，出于安全考虑，他的手表、钱包和钥匙都被警察局保管起来了。"馆长像向导似的解释道。卡拉多斯熟练地用手轻轻地摸来摸去，说道："剩下的东西并不重要。"

"皮带、烟斗、烟盒、火柴、小卷尺，奇怪的袖扣、银质海军罗盘，还有手帕，"卡拉多斯摸索着，"他的东西也就这些，坦白地讲，我自己的兜里几乎也是同样的物品。"

"这本书相当奇怪。"馆长主动说道。他指向一本口袋大小破旧的书，书本已经有点开线了。馆长显然想将卡拉多斯引向此书，奇怪的是他并不领情。馆长毅然决然地拿起书说道："人们发现拜尔斯时，他手里紧紧地攥着这本书。他为什么要这样做呢？一个人在漆黑的夜里为什么要把手伸进兜里呢？这点我想是有疑问的，或许是条线索，那些在现实生活里从未见过，只在小说中读到过的神探都会注意到这个，由此能够找出隐藏的秘密。"

卡拉多斯一边翻开书本，一边赞许地笑了笑。

"《巴黎工作间的故事》，"卡拉多斯大声读道，"里面的内容多少反映出我们已故老友的文学品位……他口袋里唯一不见的就是铅笔刀。"

"铅笔刀？"馆长四下望了望，疑惑地说道，"有一点是肯定的，拜尔斯通常是装着铅笔刀的。我经常见到。我看这没什么，在外面铅笔刀也就值一个先令。"

除了那件在仁慈罩布下的重要"展品"，其他物品全都一览无遗。馆长清楚，他这位新朋友主要依靠的是高度训练过的触感。他发现在短短的谈话期间，卡拉多斯来回摸索了好几遍。他还未准备好，卡拉多斯便已掀起单布触摸那死尸。馆长慌忙地望向他处，避开眼前拜尔斯尸体上可怕的面孔。

"我说，"卡拉多斯突然转过身来，"差不多了——"他的左手紧紧地拽住帕金森的袖子，"利德马什先生，能否，到哪里，帮我找杯水来？"

"有的，有的。"几乎是出于对此灾祸的自责，馆长跑进了最近的房间。"我本该警告他的……"

"帕金森，那本书。"卡拉多斯依旧不急不慌地说道。帕金森早已失去了往日的机智和警觉，还没明白过来，那本书便落入了身旁主人的口袋中。

"没必要在里逗留了，""战略家"卡拉多斯冷静地说道，"我们最好到外面去等馆长。"卡拉多斯关上门，敏捷地拔出钥匙。

利德马什先生拿着水返回时，发现两位美国人已经坐在了运输卡车上。他依旧为得到宽恕自责着："我很高兴你们离开了那个恐怖的地方。我应该早想到的。"

馆长坚持要陪伴他们走过半个镇子，并希望下次还能相见。几个人站在那里，互相寒暄着，而路另一边经过的人却忍不住透露了消息。

"德国人已经占领了比利时，"他大声叫喊道，"消息刚刚从邮局传出来，我打赌这次我们完蛋了。"

"怎么了，帕金森，这很正常，"卡拉多斯解释道，"现在最重要的是看看我们接下来能做些什么。"

随后，主仆二人回到艾博茨福德酒店的房间里，围坐在桌旁。卡拉多斯令人恐惧的手指始终没有离开过桌子上那本《巴黎工作间的故事》。

"拜尔斯曾表达过对范古尔行迹的怀疑。毫无疑问，昨晚他独自去了偏僻的小屋，跟随范古尔外出，来到黑德勒姆高地。或是他早到了一点，静静地等待着。可拜尔斯并不清楚会看到些什么，因此并未做充分准备。那时他没带笔和纸，无法记录……帕金森，我们都被黑德勒姆高地给耽误了。"

"没错，先生。"那位"模范的盟友"认可道。

"显然我们有理由相信，范古尔已经露出了马脚，尽管他设计得天衣无缝。拜尔斯发现了他的阴谋，试图记录下这重要的事实。书本封面上的这些裂口和刺破的洞显然是机智的拜尔斯发送的摩斯密码。范古尔的计划是什么,拜尔斯并不清楚;拜尔斯想表达什么,我们也不清楚。他已经完成了自己的使命,接下来就看我们的了。"

"先生,我很愿意承担这份责任。范古尔大概没法再待下去了。"

"这很难说。我们盯上了这个间谍,可能要以谋杀罪把他送上绞刑架。事情是明摆着的,正如拜尔斯一样,范古尔也悄悄地爬上了黑德勒姆高地。有个事实我们没法忽略,间谍已经向海上发出了信号。这就绝对意味着,有一艘潜艇隐藏在彭特兰海港不远处的大海上,那里满是战舰。那么他的信号意味着什么呢,假使我们先不揭穿他,那么接下来他还会发出什么样的信号呢?"

卡拉多斯站起身来,慢慢地走到窗边,眼前英吉利海峡宽阔的海面上依旧船来船往,这种全景他永远不可能再看到了。帕金森很少见到卡拉多斯如此专注。此刻,神探伫立在炽热的阳光下,心绪不定地用书的边缘拍打着手掌。"在我手中闪现的每个字——都可能是破解问题的关键,而我却毫无头绪。这种系统蕴含着上千种变化,上万个密码组合……帕金森,想一想办法,总有人能做到。"

此刻,帕金森或许亦无计可施,但他是个有令必行的人,只要命令来得合情合理。

"先生,我想起来了。我曾读到过一则消息,布里斯托城的一个面包师谋杀了自己的妻子，因为她曾在面包卷上秘密地做了记号，再送去给一位年轻的先生，结果被他发现了——"

"好极了！"卡拉多斯欣喜地说道。他迅速走向桌子，之前的犹豫一扫而光。"就这样。帕金森，你提醒了我，不错，答案就是克利夫顿·贝克。"

"谢谢您的赞赏，先生。"帕金森心满意足地回答道。

那几天，钱斯里小路上的一间顶层办公室结霜的大门玻璃上，人们总能看到"克利夫顿·贝克"的字样。没有什么迹象表明克利夫顿·贝克的身份或是这里工作的内容。仅有的几位拜访者出现在那阴暗的办公室里，一成不变地下达指令，无一例外都留下了不菲的支票。人们猜想贝克并不如看上去的那么一事无成。

几乎每一次，一旦接触到贝克的业务，没有一位顾客会泰然处之。通常律师将顾客送到贝克那里，而顾客所求业务多数是机密的、相当机械化的、其他专家力不所及的。他们眼前是位面色略微发黄，浓眉大眼，妩媚娇艳的年轻女子，着装轻佻，这并非人们所愿。在他们看来，这名女子不过是个愚蠢多嘴的笨蛋。顾客们有些将信将疑，但还是留下了指令。事情就应该按部就班：按时完成、按章完成、完美无瑕。

十五岁时，克利夫顿·贝克就做出了决定——在那个时代建功立业。二十五岁时，她就能够运用所有现存的通用语言来交谈，用四种已经消失的文字进行书写。她雌雄莫辨的名字后联结的八个字母（之前她从未有机会使用），见证了她深厚的科学基础。数学领域一直被那些墨守成规的老教授们所把持，对于她更高一层的成就也极力否认。命运像一团难以解开的迷雾，阻挡了她的人生之路。假使世上还容得下一位专业女密码学家的话，克利夫顿便是其中之一。她开办了这家公司，在朋友间四处奔告。

直到那时，克利夫顿也没有好好地打理过头发，认为靴子仅仅是用作护脚。突然之间她恍然大悟，是自己太朴素了，浑身散发出一种知识分子的冷淡感。从那一刻起，可怕的恐惧便萦绕着克利夫顿。为了弥补被忽视的青春，她下定决心要超越那些时髦女郎，让自己看起来不那么一本正经。要不是克利夫顿聪明绝顶，她或许早就一败涂地了；假使她没那么荒唐行事，那生活也会索然无味了，但二者却简单地形成了互补关系。大家总是会心地笑一笑，认定贝克小姐是时代的产物。在十九世纪乱世中的伦敦，这么一位女士也算是凤毛麟角了。

星期一早上，格雷特雷克斯先生尽职地等待着消息，可收到电文时却大吃一惊。电文写着：

找到克利夫顿·贝克，明天早餐前不惜一切代价把她带到这里来。等待你的消息。卡拉多斯。

"嗨！"安斯利突然叫喊道，他对克利夫顿毫不知情，"这就是报复，大材小用。法定假日也这样，自私！"屋子里几乎是空荡荡的，他匆匆走过那些房间，徒劳地寻求着建议。"姑母，我到底上哪儿能找到克利夫顿·贝克呀？还就得在今天。"

格雷特雷克斯闷闷不乐地透过眼镜，抬头看了看他的姑母。她有个侄女在迪南市附近的学校里学习……

"你为什么要找贝克小姐呢？"女管家问道。

"不是我想，我害怕，想躲开她还来不及呢。是卡拉多斯先生想找她，真是奇怪。"

"嗯，这也不奇怪。年轻人，我没法告诉你她在哪里，但是听好了：假如她不是在什么地方玩命地工作，那就是在什么地方拼命地玩。"

第二天吃早餐的时候，格雷特雷克斯带来了贝克小姐。卡拉多斯站在贝弗利旅店的凉廊里，忽然听到一个陌生的声音，这暗示着他的旅游车到了。下一刻伴随着少女般活泼的笑声，贝克小姐出现在他面前。

"你这个怪家伙！"贝克欢快地说道，"叫你那位长相邪恶的年轻秘书来引诱我，让我一整夜都在路上。我敢肯定，我回去后人们还不定怎么说我呢。"

"先生，我觉得还是用车把贝克小姐送来较为合适，"格雷特雷克斯不情愿地辩解道，"昨晚十一点我才找到贝克小姐，所有的列车早在六七点就停运了。"

"你想得很周到,"卡拉多斯赞许道,"贝克小姐,大约十分钟后我们共进早餐可以吗?"

克利夫顿若有所思地眨了下眼睛,她通常都会如此思考。"有这个必要吗?"贝克通常都将这样的小事托付给旅店前台处理。

"格雷特雷克斯一直以来都是最细心的。今早五点,他坚持要在一间颇为浪漫的马车夫住所那里逗留一会儿。我们喝了太多的热可可,吃了不少葡萄干面包。我真搞不懂他为什么大费周章地照顾我这么个不起眼的人?"

"我得上楼洗漱一下,先生。"格雷特雷克斯说道,"要是您现在不需要我的话。"

"早餐前你不用忙了,"卡拉多斯吩咐道,"贝克小姐和我还有些事要谈。"

早餐安排在了清泉厅的小桌旁,而唯一来自诺曼底的鱼片勾起了贝克的食欲。酒店里不再熙来攘往,卡拉多斯和贝克抓住了这个机会……

卡拉多斯讲述了发生的一切,而贝克也不再扭扭捏捏,时不时地点头默许。对方讲完后,她马上拿出刚才写下记录的本子。

"卡拉多斯先生,我认为是这样的。这看上去挺让人绝望。"贝克职业性地回答道,"您什么时候需要?"

"假如可能的话,三点钟,"卡拉多斯显得毫不客气,"无论如何,不能超过六点。"

克利夫顿惊讶地叫喊道:"行行好,今天就要?你要知道,这个宝贝东西——"

"我想要是您愿意,就能做到。"卡拉多斯补充说道。

"先生,我觉得肯定完不成。"

"但作家埃德加·爱伦·坡曾经说过——"

"那他也没说六小时啊。"贝克小姐认为引用那句为人熟知的名言,足以免除自己的任务。"你确定拿到的摩斯密码准确无误?"

"是的,我可以向您保证。但信息的开头和结尾都不完整。"

"我想,是德语写的。 没错,我敢肯定是德语——"

"我觉得您肯定行。我的卧室供您使用,您需要的大多数东西都在那里。其他的——"

"顺便问一下,之后再没有信息了吗?昨晚范古尔在干什么?"

"没有了,我现在盯着他呢。昨晚离开博物馆后,范古尔在彭特兰港待到很晚,然后回家,再没出来。"

"请给我准备一张停泊在彭特兰港军舰的完整名单,包括最近的航行情况,诸如此类的信息。您这里应该有'海军清单'吧?"

"干得漂亮,"卡拉多斯赞许地笑了笑,"只要人力所及,马上就给您送来。要是我行为可疑,动机不纯,天亮时就该被拉去枪毙,您也会被转移……我想,他们还想继续蒙骗我……贝克小姐,您知道,得守规矩,还有别的什么需要吗?"

"没有了,谢谢您。"克利夫顿回答道,说后转动把手打开门。"嗯,我忙工作时请让格雷特雷克斯离我远点儿,行吗?他肯定想给我些冰块一类的东西,可怜的家伙,真荒唐。"

特殊人物克利夫顿·贝克也就提出了这些要求。大约三点钟时,卡拉多斯轻轻地敲了敲房门,里面传来的低沉声音请他进去。克利夫顿瘫倒在沙发上,头上蒙着一块方巾,房间里四处弥散着古龙香水的气味。一张写满字的纸条放在离她不远处的桌子上,周围地板上是一百多张废弃的纸条。贝克小姐默默地拾起纸条,轻轻地晃了晃,递给了卡拉多斯。

"您已经完成了?"卡拉多斯问道,他几乎难以相信眼前的一切。"贝克小姐,棒极了,您真是超乎想象。"

那张纸条上清晰地显现出三种不同的信息——贝克破解后的摩斯密码字母;拜尔斯传递的信息(其中的三个文本错误不能作数);信息是通过德语传递的,现已被译成了英文。

"……指示。你的行踪还未被怀疑。弗鲁伦特号、德里号以及忒勒玛科斯号今天离开了海港,原因不明。威斯特摩兰号预计今晚抵港修理。补给已准备完毕,情报员372号将继续搜集资料……"

卡拉多斯大声朗读道,"太好了,我们终于知道了。范古尔先生今晚的简报可是要更精彩啊。"

"卡拉多斯先生,我想您真是神机妙算。"克利夫顿回应道。卡拉多斯坚定地碰了碰贝克,毫不停歇地变换着手指,写下一串文字。

"我想通常您都是说一不二的吧?现在您想怎么安置我呢?"

"等心情平复下来,我马上要去喝杯茶,早点吃饭,睡上足足的十二个小时。明天我会让车把您送回住处,格雷特雷克斯会继续'哄骗'您的。"

"嗯,别,别,别,马克斯先生!"克利夫顿妩媚地哀求着,"难道您就不能把格雷特雷克斯留在这里,自己跟来吗?在这个艰难时世,和您在一起,我感觉更安全些!"卡拉多斯会心地笑了笑,摇了摇头。他之前可是听说过贝克小姐的不少事情。

"我恐怕,还不行,"卡拉多斯说道,"我还要钓另一条鱼,现在只有范古尔。我还记得——"他从钱包里拿出一张薄薄的纸条,"我希望自己没搞错。"

"哎,卡拉多斯先生,"贝克嗤嗤地笑了起来,"真的有这个必要吗?这可不像您一贯的做事风格啊!我希望别人不要那样想——"

"您应该收下，这是您应得的。"卡拉多斯劝解道。"当然，"他故意不怀好意地继续说道，"假如您选择为国家服务而不求回报，可以烧了这张支票。"

"烧了它！"克利夫顿尖叫道，一边麻利地把支票装进兜里。"我去苏格兰科斯莫·克雷克斯顿家做客才十天啊！哎呀，您可真是及时雨，这钱够我买四条新连衣裙了。"

"好吧，可别吝惜啊，"卡拉多斯有些漠然地建议道，"明年可不会再有乡间聚会了。"

"从前有过吗？"

"明早醒来，您会发现我们已经参战了。用不了多久，您可爱的朋友就会穿上白色的帽子和围裙，或是黑色的丧服。"

星期一下午，卡拉多斯非常想登上黑德勒姆高地。他早在上周四的早晨就已经下定了决心，但每次别的地方都有更重要的事情发生。因此直到周一，送走贝克小姐后，卡拉多斯才带着帕金森，沿着自己探寻的脚步，朝高地进发，去完成第一次勘察。

"帕金森，这真是聪明的抉择。"卡拉多斯巡视完草木丛生的高地后评论道，"附近没有大路或小道，悬崖将这里和卡斯特茅斯隔绝开来，也看不到任何一座房子……我们得承认，这的确是英国早期的墓穴。"

"是的，先生。"帕金森回应道，"我一直以为这里早期居民的风俗比较特异。正如我提到的，地面都毁坏了，几乎什么都看不到，我们和悬崖之间只有一个一码宽的裂洞。"

"相当正确，"他的伙伴转过身说道，"必须要小心。今天大英帝国并没让我们过于担忧，但我们却得时刻忧心一艘英国铁甲舰。我想这个裂洞就是那可怜威廉的葬身之处，似乎这里也没什么其他遮掩。我们最好为今晚做好准备，现在我们去看一看隧道。"

两个横在古墓入口处的"拜访者"，成了唯一的障碍。古墓大约高三十英尺，足够一个高个子的人站立其中。

"帕金森，我们想象一下，我们热情的朋友想要打通一段毫无支撑的隧道，那么在海边会看到什么呢？"卡拉多斯抓了把松软的泥土，沉思道。

"在海边不远处是块顶部平坦的岩石，远处是彭特兰海港的尽头，先生，我想大致如此。"帕金森私下里认为刚才的词语缺乏精妙之处，因此尽可能地表明这并非他心中所想。

"嗯，彭特兰海港的尽头、顶部平坦的石头，那这里有什么呢？"

隧道远端明显的地方堆放着挖掘者的工具，上面盖着防水帆布，里面藏着一把铁锹、一把铲子、一个筛子、一辆小推车、绳子以及零七碎八的东西——可以说应有尽有。那里还摆放着一个三脚架，大概是用来测量尺码的。三脚架的支架由粗糙的木头制成，但顶部却是用金属精心打造的。金属摸上去相当顺滑，卡拉多斯在上面摸索了好一会儿，随后沉思起来。

"帕金森，我们得把一切摆放回原样！"卡拉多斯吩咐道，此刻他的心中还没有答案。

帕金森随即出现在墓穴洞口。"先生，我在古墓外面看了看，我有点担心……有人来了。"

"范·赫罗特？"卡拉多斯小声地询问道。

"是的，先生。"

主仆二人马上藏了起来，每件东西都已恢复原样。两人静静地站立着，旁边大量的泥土遮住了二人的身形。

"范古尔离这里有多远？"

"大约半英里。我看见他沿着我们穿过的山边地平线走过来，手里还拿着望远镜。大约十分钟的路程。"

"他是否已经发现了你？"

"先生，我很小心地躲在土丘后面，我想您不必担忧这点。"

"那就好。"此刻卡拉多斯已不像往日那样老练。"帕金森，这次我把事情搞砸了。我理所应当地认为今夜之前范古尔是不会冒险行事的。我们得做好准备，他肯定会偷袭我们。范古尔等不到黑夜就会动手，他得利用日光来发信号。当然，我们能阻止他。"卡拉多斯思考着未能说出口的问题,"我们必须要阻止他。但同时我们也会失去信息和靠此判断的其他消息。不论我们如何貌似认真地敷衍他,范古尔发现我们在这以后也绝对不会再冒险了,拜尔斯就是前车之鉴。"

"对不起,先生,"帕金森积极地回答道,"我看不出我们有任何理由不去尝试继续获取信息。"

"我们……该做些什么呢?"卡拉多斯急切地说道。

"我认为,这个系统只是需要一系列镜子反射后的长光和短光来运行,没有这方面常识的人也能明白其中的原理。"

"的确如此——拜尔斯毫无疑问也是这样做的。可你是怎么看出来的呢?"

帕金森似乎被推到了悬崖边上,尴尬地点了点头。

"先生,我觉得能成功。"

"不,不行,"卡拉多斯解释道,猛然间显得忧心忡忡,"在大白天这样做太疯狂了。此外,我在这里——"

"先生,在我们回城路上不远处有丛金雀花,您躲在那里挺合适。或是,我不该提这样的建议。我躺在裂缝里,透过花草能监视外面的情况。"

"绝对不行。"卡拉多斯坚持说道。想到即将发生的事情,他感到万分恐惧。"夜里范古尔发现了拜尔斯,我们都清楚那次巧遇的结果。

不行,帕金森,我绝对不允许你为了那一丁点的希望而身赴险境,借此来弥补我的过失。"

"先生,请您原谅,"帕金森依旧一丝不苟、恭恭敬敬地回答道,"但是我不是只考虑到您,或是我自己。假如我们失去了机会,那就会给军队带来不幸和灾难。我必须要提醒您,昨天您还将这项任务托付于我。"

"天哪,你说服我了。"卡拉多斯信心满满地说道,"假使必要的话,你就去吧——愿上帝与你同在!"

"先生,金雀花,"帕金森用手指了指,随后带着卡拉多斯迅速跑过高地一面的斜坡,奔向后面的裂坑,"只有先看到您安全了,我才安心。"

"别走那么快。"卡拉多斯一边思考,一边度量自己的步伐,往日他可并非如此。"我需要再熟悉一下此地。"他伸向衣兜里,拿出件东西抓在手里,"现在你拿着这把枪。"

"先生,我宁愿不拿着它,要是您非这样讲的话,"帕金森不情愿地回答道,"我这辈子可没开过枪,那可不吉利。"卡拉多斯攥紧手枪,过了一会便躲在了灌木丛的阴影里,听着帕金森迅速走过,吱呀作响的脚步声渐渐消失了。

此刻,四下只能听见红雀唧唧喳喳的叫声、落叶从树枝上飘落的沙沙声和那紧张的心跳声。三分钟过后，卡拉多斯听到道路左边传来厚皮靴沉重的脚步声。几乎没人能分辨出那"奢华地毯"上细微的线索，但卡拉多斯听出了那谨慎脚步中的匆忙和紧张之情。入侵者出现在卡拉多斯隐秘藏身处的十码以内，可以被轻松地一枪击中。卡拉多斯沉稳地把手伸进口袋里，但这次伸出来的手却空空如也。

天气让人昏昏欲睡，从古墓的地方也没有传来任何声音，偶尔会飘来一阵热气或是花香，时间如铅一般凝固住了。

"不管怎么看，范古尔一定有所行动。"卡拉多斯思考着，"五分钟来调整器械，十分钟后再发送信息，再用五分钟来接收。天哪！似乎已经过去一小时了。"他摸了下手表的指针，发现刚刚过了十二分钟。"但只要潜艇还在这里，范古尔就必须等待……日落前他肯定还没有发现帕金森，或是我本该听见什么。"

就在那时，卡拉多斯站起身来，跑向斜坡。他的行动很好地延续了其内心的话语。他听到了些动静，验证了自己最糟糕的预测。清脆的枪声击碎了宁静的午后——这只能说明一件事。卡拉多斯坚定地朝前走去，径直跑向古墓。不同的气息拂面而来，卡拉多斯意识到他已经很接近了。他放慢脚步，小心地走向前。在这里一切都尽收眼底，危险不过就在二十码外，情势到了千钧一发的时刻。

"见鬼，"低沉的声音传到了卡拉多斯耳中，"另外一个人呢！"

现在并非是需要做出解释的时刻。卡拉多斯甚至已经意识到这个词语的讽刺之处——必须要冒这个险。他也曾停下来对圣皮埃尔做出解释，一度放慢了脚步，紧张地循着声音瞄准，按照手表指示不断尝试。他向声音的来处开了一枪，一个身影匆匆地消失在悬崖突出的岩石和泥土之间。神探再没开枪，等待着，聆听着……

"帕金森！"卡拉多斯站在原地呼喊着，"帕金森，你——"

没有任何回应。恼人的海鸥在头顶盘旋，对于巢穴的入侵者，报以哀嚎般的叫嚷。一对快速飞过的滨鸟在海面上画出一条之字形的线条；脚下的蜜蜂依旧嗡嗡地劳作。

"完了！"卡拉多斯轻声地自语道，"完了，我成了孤家寡人啦。那个最好的伙伴——天哪！"

天地显然也被这悲情打动，怜悯不已。猛然间，传来一阵慌乱的叫声，是如此的凶猛和不可名状，扰乱人的感知。又过了一会儿，声音渐渐清晰起来：一个人在拼命地打喷嚏。

"帕金森！"卡拉多斯连滚带爬地奔向裂洞，"你到底在哪儿呀？"

"先生，我在下面，"低洼处有个声音求救道，"之前您喊我时我没法回答，我打了一阵子喷嚏。全是尘土，先生——"

"等着，别动，"卡拉多斯吩咐道，"我去找条绳子。"

正是范古尔精心谋划后留下的那条绳子给予了卡拉多斯他们信心。

顺着绳子，帕金森很快脱离了险境。他向四周望了望。

"范古尔怎么样了，先生？"

"嗯，他太健谈了。要是你没看见他的踪影，结论就只有一个，范古尔走了和拜尔斯一样的老路……那么你呢？"

"很不幸，范古尔发完信息后，似乎就觉察到了我的行踪。我竭力想隐藏起来，但却明显引起了他的注意。先生，我猜想，他相当紧张，他向我开枪时一句话都没讲。"

"要是他对我也那样做，我们两个大概此刻都上西天了。"

"是嘛，先生，我可不想死。他开枪时，我拼命地压低身子。我猜想，一定发生了什么。因为下一刻我发现自己被卡在二十英尺以下的地方。我想范古尔一定是太专注于自己下一步的行动，而没有发现我……事情怎么样了？"

"回头看！"卡拉多斯大喊道，"悬崖在动！"

正如利德马什先生所讲，过去几个世纪，悬崖一直在移动，一寸又一寸、一尺又一尺、一码又一码。威廉·拜尔斯的坠落引发了这场山崩，帕金森的挣扎使山崩加速，甚至响彻天空的枪声都为这次山崩推波助澜。现在悬崖的正面，裂缝以下的地面，如同梯子倒下般地迅速从黑德勒姆高地上消失。随后地基浮现出地面，代替了崩塌的悬崖，几百吨的岩石崩裂开来，散落在海滩上。直到这时，在卡斯特茅斯，人们才认为,战争已经来临了。

"好极了,"卡拉多斯这才回过神来,说道:"这倒省得我们对范古尔先生不幸的结局做不必要的调查了。帕金森,你也做了些记录了吧。"

"没有,先生,我本想记下些什么的,我相信我的努力已经足够了。"

"显而易见,帕金森,要是你记下了什么,你就能被封为骑士了。"

"谢谢您,先生,但我请您不要和任何人讲起。不管怎样,让别人听到我的丑事,那可就难为情了。"

"好吧,"卡拉多斯做出了允诺,"你似乎已经发现了秘密所在,宣战,终于开始了。"

"先生,您说什么?"

"当然,是德语,意思是宣战。五分钟后我会向你解释一切。"

"您把帽子落在金雀花丛里了,一会儿您忙起来,我就去把它拿回来。"帕金森边想边说。

"谢谢你。"卡拉多斯自言自语道,而后又陷入到了对密码的思考中。

"现在该怎么办呢,当然是去海港了。"

帕金森回来后,平复下来,发现卡拉多斯已经站起身,迫不及待地要离开。

"镇子暴露后,我们就该出来寻求密码的秘密,不应该待在这儿,"卡拉多斯解释道,"帕金森,我们不该出现在这里。我们可以绕个远路,一发现端倪，就直奔彭特兰海港。"

"对呀，先生。"

"你得到的信息，只有两个字母的错误。当然，和拜尔斯的信息相比，要完整些，但重要性差一些。我们现在完全可以解码了，内容如下：

午夜宣战。无敌号战舰早上一点离开西海港，通过维京海峡和葛罗姆灯塔。按计划进行。

"帕金森，无敌号，就要现身了。"

"那么，先生，我们现在该怎么办呢？"

"实际上，没什么可做的了，我们已经把该做的都完成了。我会把密文交给彭特兰的海军部，如其所愿说明情况，随后留在那边协助他们。我大胆地预测，无敌号没法在早上一点离开西海港，通过维京海峡。同时我觉得计划还会继续，可一切都结束了。你，帕金森，已经完成了使命。"

"谢谢您，先生。"帕金森满心欢喜地回答道。

惠灵顿"请愿克朗"古币消失之谜

若有人恰巧谈到惠灵顿"请愿克朗"古币的神秘消失，马克斯·卡拉多斯通常也只会平静地笑一笑。在这样的情况下，他本该对此很感兴趣，此时却不动声色。大概是因为，一名私人收藏家公开地谴责另一位私人收藏家无耻的偷盗，这是不合时宜的（不论是出于何种顾虑，大多数人都会悄悄承认彼此的道德行为），但卡拉多斯对此事的了解将会在以下的篇章中展现出来。

作为一名希腊古钱币专家，卡拉多斯自然会对任何钱币学非古典学科分支产生浓厚的兴趣，正是这种兴趣使他对钱币新闻中的每个字都格外关心。一天早上，有人为卡拉多斯读了一条有那么一点意思的新闻，承诺说肯定不会让他失望。卡拉多斯灵巧的手指滑过晨报的头条新闻，出于考虑，他还是用蓝色铅笔圈出了标题，以备之后查看。就这样没费什么劲儿，卡拉多斯掌握了那条新闻的所有实质性内容。卡拉多斯甚至还可以阅读一些更小的普通标题，尽管不像刚才那样方便。并非出于特殊原因，卡拉多斯习惯在新闻处做标记，以便秘书可以随时关注。这就是卡拉多斯他们日常生活中的一种惯例，一小时后，格雷特雷克斯就注意到了《每日要闻》上的一条新闻，大声朗读起来：

珍贵古币不翼而飞，拍卖场上惊悚万分

  昨日，收藏家和商家齐聚在知名的梅瑟斯·朗和伦拍卖行，期待着竞标一件出众珍品——著名的查尔斯二世时期的请愿克朗古币，结果却大失所望。相关物品运至现场后，古币摆放在桌子上进行展示，人们发现了不对劲的地方。前几日还展出过的请愿克朗古币，原定在几小时后拍卖售出，如今却不翼而飞，盒子里的替代品不过是一枚相对廉价、有些相似的小型钱币。

  搜寻工作立即展开，对售出的和未出售的物品均进行了搜查，但依然没有罕见古币的蛛丝马迹，整件事情至今仍是个谜团。

此外有人爆料说，最后一位看见并触碰过古币的人是个著名的女记者，但她否认了任何对于古钱币的觊觎。在观看完古币后，并且是出于某种少见的、难能可贵的好奇心，被怀疑的女记者就将装有古币的托盘送还给了管理员，而后者也立刻将古币放进了柜子里。如上所述，第二次要看的时候，古币早已消失了。

请愿克朗古币保持着古英国钱币交易的拍卖纪录，好几年前就已价值500英镑。据说，如此罕见的古币只打造了15枚，其中只有两到三枚在市面上流通，其余都已列为公共收藏，因此那些狂热的古钱币爱好者无法染指。古币的得名源于其原件的有趣环境。英国的雕刻师托马斯·西蒙，曾经得到查尔斯二世的宠信，但后来遭到其竞争者荷兰人罗提尔的排挤，从而被取代，因此萌发了打造一枚超级钱币的想法。他倾其技艺和智慧，打造了一枚克朗银币，并在银币边缘上雕刻下两行整齐而有趣的文字：

"西蒙卑微地恳请陛下将此匠心之作与荷兰人的进行比较，如果我雕刻得更真实、更优美、布局更加合理，就请给西蒙一点恩赐，让我恢复原职吧。"

遗憾地讲，尽管大家公认西蒙的作品的确超过了那个荷兰人，但他的请愿却毫无效果。更糟糕的是，雕刻艺术的皇家赞助人曾经许诺给最卑微西蒙的薪水和好几年的工作花费，也从未兑现。因此西蒙去世之后，他的遗孀还在继续请愿——为了那拖欠了许久的2164英镑。

"这十分像在另一个工厂里，几年前一串珍珠被做过了调换。"为了更好地回忆当时的情景，格雷特雷克斯把报纸放到一旁，主动说道。他是个性格开朗、情绪多变的年轻人，总认为自己更重要的责任是以个人对人生和事物的观点来取悦卡拉多斯。奇怪的是，卡拉多斯经常都会使其醒悟明白。"您还记得我提到的那件事吗，先生？"

"是的，他们仔细思考过，销售标签模仿得并不十分一致。当项链再次被放下时，管理员注意到了这一点。那个案子里也有个女人。但二者真的是丝毫没有共同点。"

"你指的是什么？两件案子都和发生在拍卖会上有关。两件案子都——"

"没错，"卡拉多斯插话道，"但这只是表面现象。关键的动机又属于截然不同的两种类型。品质好的珍珠通常比较好脱手，这不过是重新编排、改换为不同形式的问题。但什么人会对请愿克朗古币下手呢？把它用来装饰表链吗？这么一件珍贵的战利品，就好似从国家展览馆里抢走一件特纳的收藏品，或是像特拉法尔加广场一头狮子那样的大家伙。古币投进熔炉的交易价值也就是 1 英镑 19 便士。"

"哎，好啦，先生，"格雷特雷克斯抗议道，"这则报道说还有几件其他的物品也遭了黑手。也许一两年时间之后，这个案子没法真的被鉴定为盗窃案呢？"

卡拉多斯转过身去，拉开了书桌的抽屉，从一叠册子里拿出了最上面的一份。

"这里是朗拍卖行这次的货品清单，"卡拉多斯把单子递过去，说道，"我还没有看过，但极有可能克朗银币被列在了清单的最后。快看一看。"

"没错，先生。是 64 号藏品，按图片展出顺序，被重新安排在了二号展盘的位置。"

"拿个放大镜再仔细看一看，古币被描绘得完美无缺，但你在古币表面上几乎还是能找到些缺口和凹陷。"

"是的，我明白您说的了。这些地方一般都看不出来。"

"一切都一样，人们将物品描绘得如同一张写着数字的银行支票。最简单的方式就是让它在口袋里搁置几年。这可能会让古币的价值减少一半，但却有效地消除了它的身份。麻烦在于，不论何时你想将古币出手，显然都会地被问到古币的家世。最近的那个收藏者是谁？所有一切小的细节都会被记录下来，并且很容易被发现。不，格雷特雷克斯，这是个业余的盗贼干的。"

"我真希望或许有人只是兜个圈，迟早把古币带到这里来。"爱冒险的格雷特雷克斯评论道，他依然在检查那个展板。"我敢打赌，就凭国王眼睛上的那道划痕，我就能认出古币来。"

"那么你也会失望的，"卡拉多斯不乐观地回答道，"假如古币真的被偷了……至今还是个明显的假设，十有八九古币即将到来的宿命就是躺在某个私人收藏家的抽屉里，他会在余生里满足地把玩此物，暗自得意。"

"大概是这样。但是我听说了另一件令人好奇的事情。一位老人拥有几件私人藏品，从未向外人展示过。当他想到自己时日不多时，就拿了一把风镐，几分钟之内就把藏品砸得无法识别了。"

"我的天啊！"格雷特雷克斯一面叫嚷道，一面不情愿地流露出许多仰慕之情，"其中有些藏品还十分抢手呢。"

伴随着那端庄得体的墓志铭，这个话题暂时告一段落，并且没有再次提起该话题的迹象。但是……正如有人在短途行走中会看到三匹花斑马一样，请愿克朗古币事件注定会反复提起。就在结束话题的三小时后，卡莱尔先生午餐前的一个电话又唤起人们对这一事件的讨论。

"马克斯，忙吗？"电话那边传来了他的朋友———一位咨询代理人熟悉的叽喳声，甚至在电话里聊了十分钟后，他的声音也显得异常的欢快清脆，"不是对我？我的老伙计！好吧，我敢说你肯定读到了惠灵顿公爵的事情……嗯……晨报上关于请愿克朗古币的消息。我想你大概会感兴趣，这比较符合你的口味。"

"格雷特雷克斯的确如此，"卡拉多斯答道，"他原本以为今天某人会把古币带到这里来。你呢……严格地说只有我们两人知道……路易斯，你是不是恰巧要把古币出手啊？"

"我恰巧要出手？"卡莱尔先生有些不解地回答道，"我想你已经读到古币被偷的消息了。但是，马克斯，此刻在我办公室里正有位年轻的女士，非常关心被卷入此事。坦白地说，虽然拍卖商会尽其所能地解决谜团，但我却看不出能为这位女士提供什么实质性的服务。我也这样对她如实相告了。但是她似乎很失望……嗯……好吧……"

"希望渺茫，对吗？"卡拉多斯不怀好意地问道。

"根本没希望，几乎没可能！"卡莱尔义愤地抗议着，"我这样说，是因为你既是一位热心的古币收藏者，还是犯罪学研究中某些领域的爱好者，假如——假如，马克斯，你要知道，如果不介意，听一听女士要说的话，你会作为局外人给她点建议。我刻薄的老朋友，这就是事情的来龙去脉。"

"很有可能，我的神探，但是我猜想有个小物件遗失在什么地方了。你应该不乐意让那位年轻貌美的求助者离开你的办公室。就你看来，这种职业性的不情愿行为到底是出于什么原因呢？"

"马克斯，"话筒那边传来卡莱尔有意克制的话音。倾听者卡拉多斯凭直觉感觉到卡莱尔说着话的嘴唇离话筒有多近，"作为两位绅士间的对话，只能当有被偷听的危险消失时，我才能告诉你。弗伦莎姆小姐的确年轻，却不漂亮，你那样讲对她来说是种明显的恭维。同时我得说，很遗憾，她没有钱。如今我从不对我的客户隐瞒什么，我的业务纯粹是建立在一定经济关系上的，但此事却不是为了钱，虽然你对另外一事更感兴趣。毫无疑问，为这位女士服务，我可以赚点辛苦钱，但她这笔花费更有价值，这让我很不满意。并且——"

"没错，你这个老骗子，"卡拉多斯亲切地说道，"把她送过来吧。目前迹象表明，即使我和你过去，也看不出能为她做些什么。但是假如她想谈谈，想得到满意的答案，那你就转告她，几小时后我就在这里等她。"

弗伦莎姆小姐显然已经预见到了这次谈话能有所收获，她马上就赶到了那里。鉴于她目前的状况，卡拉多斯认为她有点夸张，她一定是乘出租车直接过来的，否则无法解释她为何来得如此之快。卡莱尔先生并未恶意中伤她的外貌：她的确长得很普通，虽非丑陋，但有点哈巴狗般的古怪。她的衣服并未试图掩盖其身体的不足。但当她说话时，卡拉多斯不动声色的面孔，立刻欢快起来。在这种情况下出人意料的是，她的声音还带有少见的乐曲声调。"

"卡拉多斯先生，您允许我这样来，真是太好了！"弗伦莎姆小姐一边握手一边感到惊叹，"我不知道自己更要感谢哪一位，您还是卡莱尔先生。"

"我想主要还是我的缘故，"盲眼神探轻声地回答道，"没必要特别感谢，因为我十分愿意听您讲话。"

"听我……嗯，好的。当然卡莱尔先生也告诉您了，或者我本不应该这样认为。您知道我来是为了什么吧？"

"我推测您是照片中的女士。"卡拉多斯抬起左手，指向不远处展开放着的《每日要闻》。

"是的，某种程度上是我。"弗伦莎姆小姐似乎在那一刻显得挺烦恼，"但卡拉多斯先生，我却不是出名的女记者。我其实默默无闻，很难说算得上是真正的记者。那只是种炫耀，并且我敢肯定，要是那样描述的话，认识我的人没有一个会想到我。"

"嗯，"卡拉多斯此时来了兴致，愉快地回答道，"此外您还成了自己笔下冒险故事中的女英雄？"

"是的，最终就是这样。起初想到这些我很苦恼，但昨天我已经去过拍卖行了，去看一看是否有关于请愿克朗古币的新消息，但没发现什么有价值的东西。您知道，整件事成了更精彩的新闻素材，超出了我之前的期望，而我却错过了机会，这似乎挺遗憾。我知道要是我的'复制品'被拿走了，我就真出名了。我可是有特别的理由期盼这一切呢。"

卡拉多斯点了点头，对女士所说的原因并未展现出特别的好奇心，随后他问道："现在您到底想要做些什么呢？"

"嗯，我想自己真的成为偷盗古币的嫌疑人了……我看不出这样的情况下他们还能怀疑谁，唯一澄清自己的方式便是找出真正的盗窃者。我知道自己没有偷盗，所以自然想到是管理员干的，因为他似乎是另一个唯一能偷走古币的人。"

"反过来想一想，管理员清楚他自己没有犯罪，自然就想一定是你干的，因为你似乎是除他之外唯一可以被怀疑的人选。双方沿着这条明显的线索陷入了困境。假使我们忽略了两位明显的嫌疑人——您和管理员，那么现在还有谁有嫌疑呢？"

"这就是难点所在，卡拉多斯先生。似乎没有其他人了。我把古币还给了管理员，他把古币放回盒子里，尽职尽责地守护，直到古币被放在展盘里四下展览，然后所有人就发现古币被偷了。"

"我猜想，"卡拉多斯不确定地说道，"您实际上是最后一个观看过古币的人，对吧？假如其他坐在那里的人请求观看，您应该能注意到吧？"

"我只知道他们说了些什么，但似乎没人对此有任何怀疑。我走出去……去吃午餐，回来后拍卖正在进行。"

"啊，"盲眼神探若有所思地说道，"当然您不得不那样做。您能不能告诉我整件事的来龙去脉？"

"我也想这么做，"弗伦莎姆小姐回答道，"但是恐怕要占用您不少时间。好吧，我已经靠当记者为生一段时间了。事情来得相当突然，因为我必须靠干点什么来养活自己，我似乎也干不了什么其他工作。我一直非常喜欢写作，我从朋友那里得知的许多故事、文章和诗歌都好得足够出版了。我把这些作品带到了伦敦，但不知什么原因，它们没那么受欢迎。我认识了其他一两位写作的女孩儿，她们告诉我，当我成为贵族或是上流社会夫人时，我的这类作品还算过得去。但如果我想借此生存，就绝对有必要去培养自己对新闻敏锐的嗅觉。我很快明白了她们的意思：新闻是不是你写的并不重要，重要的是要留下印象——让他人觉得新闻出自你手。"

"弗伦莎姆小姐，我自己实际上就是名记者，"卡拉多斯评论道，"您已经抓住了那神圣的火炬。"

"在那以后，无论如何，我只能勉强维持生计。但有时候相当侥幸，有个人——实际上他是《每日要闻》的副主编，他对我的帮助无以言表。他告诉了我那次拍卖活动。他说，'有枚古币要被出售，有希望打破交易纪录。'随后他又向我说明了古币的情况，'假如是这样的话，足够写篇出色的新闻报道了，通常写两百字就够了，要是你能写四百字算成功了。我会试试，让其发表。'我想我得做成这件事，因此写了四百字的报道稿。"

"是的，"她的旁听者卡拉多斯先生赞同道，"当然我认为您可以做出那样的努力。"

"我对于古币拍卖一无所知，当然，我在 B.M. 阅览室从《传记词典》里查询过西蒙的信息，之后才去了拍卖行。事情就发生在昨天……拍卖的时候。那时还有其他两三个人……男性……盯着古币……我所期盼的事情并未发生……当要拍卖时，一个管理员拉开了抽屉，古币就摆放在那里面。

"我想在展示古币前应该有个正式的仪式，古币是如此珍贵，但实际上根本没有任何仪式。我就问道，'请问，我能看一下 64 号拍卖品吗？'而管理员就轻易地从柜子里拉出来一个浅浅的抽屉，放到了我面前的桌子上。里面大约有十几枚古币，每个都装在独立的小盒子里。之后他转过身去，注意力转向了他处。我觉得我大可拿着古币走出拍卖行的。"

"不论是在战争或和平时期，我们都是可信之人，"卡拉多斯承认道，"但是您可能已经发现，您不能那样做。"

"是的，我没有做过，尽管对我来说事情还是惊险的：一个古币意味着一周的好生活，你就千万要小心了。我做了些记录，因为我想能够用得上。随后我发现才刚刚一点钟，拍卖会要在一点十五分开始。管理员把古币拿走时，我就问他拍卖会要持续多长时间。

"要是你只想看一看那枚古币拍卖的话，一刻钟到半小时就足够了。要是你想看几百件藏品拍卖，一个小时的时间就万无一失了。

"我谢过他，走了出去。对于古币，这就是我所做的一切。我再没见过它。当我返回拍卖室时，拍卖正在进行。甚至到了那时，也就只有十二个或十五个人在那里。他们围坐在桌旁……我想您明白位置的排序，一个底部挖空的长方形桌子，拍卖商在一端，管理员在中间上上下下展示古币，还有几个人零星地散坐在拍卖室里。我没有坐，站在桌子和大门之间，等着对64号商品的报价，那才是我真正关心的。

"当管理员拿出64号商品时，出于兴趣，人群出现了轻微的骚动，尽管我从未见过这么一群懒洋洋的古币爱好者。我一直在想象，收藏者将会进行一轮最为激动人心的竞价，挤破脑袋来竞争，疯狂地继续下去。他们所表现出来的情绪大概跟购买竹芋时差不多。"

"那里一半人是商人，很久以前就已经失去了人类所有的热情；其余的是收藏者，过于担忧而不外露感情，以免让别人认为他们对某事着迷。后来呢？"

"管理员把古币放在小托盘里四处展示，有个人拿起来古币看了看，

'喂！'他边说边把古币递给下一个人，'商品不对啊，'那个人说道。随后拍卖商凑过来，招呼管理员：'过来，过来，年轻人——64号商品。'而管理员愤愤不平地说道：'这就是64号商品，'同时还向他展示了物品盒上的编号。之后管理员和那些买家都凑到一头来，开始在未出售的物品中找寻。在这之后，他们把要出售的物品翻找起来，这些物品大多数放在小信封里。当人们逐一检查完以后,面面相觑，却一言不发。随后当拍卖商敲击桌子时，我想他们要再一次开始行动了，我的意思是，继续搜寻。"

"'这是个重要的物品。很抱歉，但我们没法继续交易，直到我们搞清楚它的情况。我想一定有人今早看见请愿克朗古币吧？'

"两三个人说他们见过古币。管理员四下看了看，认出了我。

"'先生，那位女士是最后一位在拍卖前见过古币的人，'我听到他这么讲，'最好问问她。'

"'您曾经……'拍卖商开始发问。随后，我想他意识到我不喜欢在屋子两头叫嚷着谈话，因此补充说道，'您介意走过来吗？'

"我绕过桌子，走到他坐的地方。

"他继续说道：'您曾经在拍卖前见过那件物品吗？我们的人认为您是最后一位见过此克朗古币的人了。'

"'是的，'我承认道，'我见过古币，我送还时它还在抽屉里。当

然我并不知道自己是最后一个见过它的人,那时大约一点钟。'

"'缪尔,之后没人把古币拿出来吧?'

"'没有,先生。自从那时起我一直在现场,那个托盘没人再要求看过。'

"拍卖商似乎在思考,其他人则相互看着。我开始感到非常不自在。

"'我想您一点钟见到的物品,真的是请愿克朗银币吗?'他停顿了一会后又问道。

"'我想一定是的,'我回答道,'我把请愿的字样抄了下来,记录在这个笔记本里。'

"'嗯,那就好。您瞧我们多尴尬,小姐……您姓?'

"我告诉了他我的名字。

"'弗伦莎姆小姐,在此情况下我们必须竭尽所能。此刻我没法说谁将遭受损失,假使经调查古币真的消失了,损失将是巨大的。现在屋子里的每个人我们都认识了,我们知道所有人的名字和地址。'

"'您知道我的名字,'我说道,'我住在洛厄·高尔大街上的联合艺术旅社。'

"'谢谢您,'拍卖商回答道,一面写下了我的住址。'但是,当然,那对我们来说价值不大。是否有人和您私下相识,能方便我们联系的?您得理解,这并不意味着对您的真诚产生任何怀疑,这仅仅是一视同

仁.'

"我想了一会儿,觉得我们之间很可能会发生不愉快的事情。我能想到的,大多是让这件事远离我的熟人。

"'《每日要闻》的编辑曾和我相识,'我回答道,'但除此以外,我看他也说不出什么来。至于我,想必您也怀疑过了。假如您的团队中有女性成员的话,我很愿意在她们面前把一切都翻个底朝天。'我想这件事马上就能解决。随后我又忍不住恶毒地加上了一句:'发生过那件事之后,我敢说其他人在您面前同样也会这样做的。'

"'是的,'拍卖商回答道,'但您出去了半小时,尽管这也证明不了什么。我猜想,是去吃午饭了吧?'

"我发现那时的情形对我来讲十分令人不快。

"'是的,'我回答道。

"'或许最好能记录一下您去了哪里,虽然我们并不清楚这将会把我们引向何处。最后,这可能对您有利,总会有服务员或是什么人在那时见过您吧。'

"'我没法证明,'我不得不说,'没人注意过我。'

"'您能肯定……嗯……不管怎样,您去了哪呢?'

"我摇了摇头,拍卖商看了我一会儿,记录下了我们刚才的谈话……卡拉多斯先生,您认为这可疑吗?"

"您的支持者从未觉得您的所作所为是令人怀疑的，"这位圆滑的听话者回答道，"也许他们会这样。"

"拍卖行的人似乎会这样做。嗯，卡拉多斯先生，我并不介意告诉您，但出于某种原因，我没法这样讲，我能感觉到……那些不怀好意、瞪大了的眼睛……我在午餐时，吃了三片厚厚的抹了黄油的面包，那并非女士所爱，我一边吃一边在一个地铁站的楼梯那里慢慢地上上下下。所以，您看，我没法证实我所说的事情。"

"大概我们能做得更好些，甚至不需要证明什么，"卡拉多斯平静地回答道，"后来又发生什么事情了？"

"我想没什么了，之后拍卖行的人放弃了寻找古币。拍卖商说，他已经给某人打过电话了，我猜想是律师或是苏格兰警场的警察，但也没听清电话打给了谁，只是明白接下来要发生的事情。拍卖商希望每个人都能留下来，直到搞清楚事情真相。拍卖会又开始了。我走过房间，坐在了远离桌子的一张椅子上。我对拍卖没兴趣，事实上，我讨厌拍卖，过了一会儿，我拿出自己的便签本，想写点什么。拍卖会很快就结束了。人们开始陆续离开，我想他们是被要求离开的。我在等待，因为我看起来不着急，直到成了最后一个离开那里的人。随后，一直在主持拍卖的拍卖商走了过来，看见我还站在那里，十分惊奇。他说希望我不要认为自己是被强行留下来的。'嗯，不会的，我正在收拾东西。'我回答他说。拍卖商说没关系，但他要去锁门，今天还要彻底地搜查一遍，也许古币就会出现。尽管他十分担心整件事情最终还会是个谜团。他十分友善，跟我讲述了过去拍卖会中发生的几件有关联的稀奇之事。之后我离开了那里。他在我们走后锁上了门，我想，还拿走了钥匙。"

卡拉多斯赞许地笑了笑。

"是的，这挺像那句关于被偷马匹的预言，不是吗？"弗伦莎姆小姐说道，"但是我想人们认为，甚至最小的机会也应该考虑抓住。不管怎样，拍卖行的人当然还是向我居住的旅社和编辑办公室送去了询问信。这就是为什么我想恢复自己可怜的名声。每个人都会说，'当然，弗伦莎姆小姐，没人丝毫会认为——'但是私下里他们会怎样认为呢？事情已经发生了，我却被定性成最后一个见过古币的人。"

"是的，没错。"卡拉多斯说道。他开始绕着屋子走动，好奇地、坚定地触碰一个接一个的熟悉物品。"'最后'这个不幸的词困扰着您和所有其他人，直到它消除了每一个真正的顾虑。您对整件事情的描述，目前为止相当清晰，完全建立在你是最后一个看见古币的事实之上。管理员也明白这一点，您也是这样告诉拍卖商的。所有人盯住了这一点，您也一直在围绕着这个中心谈论。我们想要找的那个人，对于我们来说再清楚不过了，只是一直纠结于您作为最后见过古币的人的想法，让我们没办法找到他。"

"真的很抱歉。"弗伦莎姆小姐支支吾吾地说道,显得非常吃惊。

"没关系,我亲爱的年轻女士,"卡拉多斯相当和蔼地说道,"整件事我们进行得很顺利,很快您就会告诉我,我真正想知道的东西。"

"事实上,我乐意告诉您任何事。"她说道。

"当然您可以这样做,只要我有勇气去问。同时请您想一下,您如何评价您看到的著名的请愿克朗古币?"

这一轻松的开场白让弗伦莎姆小姐认为是处理偷盗问题的不利方式,但是她还是表达了自己真实意愿。

"好吧,"女士本着良心回答道,"让我感到非常愚蠢的是,人们竟然愿意出高价来买这枚古币,而其他的古币显然和它差不多,却只值几个先令。"

"是的,没错。"卡拉多斯似乎在深深地思考这个幼稚的表述,"我自己作为一个收藏者,觉得这挺平常。不管怎么说,弗伦莎姆小姐,您还不是收藏者吧?"

"对,我不是的。"

"我正在想,"卡拉多斯用同样懒散的语调说道,"您是怎么知道这一切的呢?"

"啊,很简单。管理员放在我面前的抽屉里还有十二件其他的物品。其中一个包含着不少的克朗古币,让我觉得和请愿克朗古币很相像,出于好奇,我还做了下比较。可拍卖的时候,那枚古币就只卖了几英镑。"

"您做了些比较……放在一起吗?"

"是的,我……我……"说话时,弗伦莎姆小姐的脸色突然变得煞白,从椅子上站起半个身子,随后又跌坐在椅子上。那迷人的声音消失了,变成了气喘吁吁。

"现在您还能记起什么吗?您……大概……也改动了些吧?"

"是的!我全记起来了。我清楚记得所有的一切。真是可怕!"

"告诉我发生了什么。"

"我正在等着管理员转过身来,以便和他讲我观看完古币了。就在那时,我拿起了请愿克朗古币和盒子里的另一枚古币……做了比较。在我身边有个人似乎一直在盯着我,至少我是这样认为的,就在那时,我抬头看了一眼,发现他正盯着我。我认为这让我很紧张;不管怎样,我把一枚古币掉到了抽屉里。那枚古币落在其他钱币上叮当作响,我觉得那样跌打一枚古币简直就是犯罪。我刚把另外一枚古币悄悄地放归原处,推了下抽屉,管理员就转过身来了。现在我很清楚,自己还的时候把古币搞错了。"

"这才是我们真正开始的地方。"卡拉多斯愉快地说道,"现在我们继续。"

"但是古币一定会被找到。所有出售的物品又被检查了一遍。"

"啊，是的，古币一定可以找到。但什么时候呢？那个人一直在观察您……您还记得他的名字吗？"

"不记得了。"

"拍卖时他坐在哪里？"

"他坐在……啊，相当让人好奇。您还记得我和拍卖商结束谈话后，我坐在远离桌子的地方吗？嗯，拍卖会恢复后，那个人就一直四下走动。很快他弯下腰来对我说道，'打扰了，但是您坐在了我的位置上。''您到底是什么意思？'我反驳道，因为那时我感觉自己十分恼火。'椅子上什么都没有，而那里还有其他十几张椅子，'我指着那排空荡荡的椅子说。那个人随后回答道：'啊，对不起。'他坐到别的椅子上去了。"

"这不精彩吗！"卡拉多斯罕见地激动道，"我们刚刚排除了您和管理员的唯一嫌疑，就发现那个男人才真正想要出名，想尽一切办法吸引我们的注意力，他努力得像只小鸡，挣扎着破壳而出。很快您就会说您发现那个人的手放在了您椅子背后了吧。"

"天哪！"弗伦莎姆小姐惊奇地尖叫道，"您怎么可能知道这件事呢？"

"我并不知道，但是给您一些提示还是值得的。"

"千真万确。当然我本来没有想到这值得一提，但是就在拍卖会结束时，大家都站起身，那个人在我身后经过，停了下来，把手放在了我的椅子上……这看上去似乎相当没有必要,并且问我是否听见最后一件拍卖物品是什么情况。我说我没有注意到,然后他就离开了。这里面有什么问题吗?"

"此刻这意味着我们必须打电话给朗拍卖行,让他们不要打开大门。弗伦莎姆小姐,请不要相信谚语。在我打电话给拍卖行之前,我还有几个问题。"

"我敢说我是个傻瓜,"弗伦莎姆小姐坦诚地说道,"但是我已经开始兴奋起来了。有什么我能帮上忙的地方吗?"

"嗯,有的,"卡拉多斯脸上满是善意和理解的微笑,"给我列个清单。我们需要清单,它在那儿。现在你用于比较的克朗古币藏品是哪一个?"

"是这个,56号,"弗伦莎姆在看完目录后回答道,"查尔斯二世,克朗古币,年代不一,通常状况良好,7号。"

"这就足够了。您带记事本了吗?现在请记录:

　　绝密。请查证:

　　(1) 谁买走了56号藏品?

　　(2) 什么人一点钟左右离开了拍卖行,在56号商品拍卖前又回到了那里?

　　(3) 什么人在拍卖会后返回了那里,去取他留在那里的东西?

"当然,"卡拉多斯似乎是在道歉,"让他们把所有消息都透露给您。"

"好——的。"弗伦莎姆小姐尽职地说道。

卡拉多斯坚持要他的访客留下来吃午饭。他甚至特意安排,吃饭时不要有他人出现。那位女客人,对这种典型男性主义的精心安排有些反感,而后以谚语中仙子般的食欲回应了卡拉多斯。三片黄油面包鬼魂般地伫立在她和桌子之间,一想到这些,这位善变的女士马上就找到了方法来驱赶走心头的鬼怪。

"古币不见了,这真的是我的责任,"她找了机会说道,"几乎就像是我拿走了一样。要是古币没法再现,我得把事情解决了才能满意。"

卡拉多斯自然是吃了一惊。她是不是疯了?难道她忘记记录了吗?

"我可爱的年轻女士,不要那么夸张。古币是投过保险的,或是应该有保险。嗯,这何必让您难过多年——或是永远呢。"

"啊,不,"弗伦莎姆漫不经心地反驳道,"我们都希望能发财。我真的还有些尚未用过的钱。"

"是吗?"卡拉多斯微笑着说道,依着他作为亲密建议者的角色,他的话脱口而出,"有多少?"

"嗯,"弗伦莎姆故意费力想了想,"我想这要看情况……但是……

明确地说……一年怎么说也有三千英镑。"

"您能再说一遍吗？"卡拉多斯结结巴巴地问道，"不，不，别再说了。我听得很清楚。我明白，我全懂，您错过那笔财富了吧？"

"是的……假如您把这叫做错过的话，有那么几件事。如果您能早点看到我，卡拉多斯先生，您就会理解我天生异常普通的外表。显而易见，甚至连镜子都想避开我。上学那会儿，礼貌并不是必修课程之一，我被看作'小狗''哈巴狗''狗狗''巴尔科姆美女''斯娜雷湿'，还有些其他表示亲密的昵称。我不受宠爱，甚至连我的妈妈也发现我不讨人喜欢……等我长大后我发现，我在大多数男性中惊人地受欢迎。我讲的事情挺有趣，我做的事情很明智，我的品位也优雅，男人们都愿意娶我……但是当我无意间踏入一个由奇怪的男性组成的社会，我发现他们没人发现我的值钱之处，没人听我讲的话！没人注意到我没有座位，没人想到邀请我去跳舞、唱歌、滑冰。他们对我视而不见。即使我开口讲话，他们也很少会听我说些什么。如果是一位漂亮姑娘碰巧进入这个圈子呢！那些老男人们一双双死鱼眼立刻散发自负的目光，那些无聊得要死的年轻人露出趾高气扬的样子！他们连瞒着我都不愿费心思去做：似乎我也是一位男士。我能看见他们舔着嘴唇，展示自己的魅力。咳——唉，您想在这群人中我能不难过吗？我的父亲曾看中一个男人，想让我嫁给他。嗯，无论哪方面，他看起来都是一个体面的男性。我开始想那个时刻到来时我也能行。不,这根本没什么关系。我父亲认为没有什么区别!我母亲则让我确信不去关注这些事会更好些!我说其实是有区别的,我已经知道了许多不一样的事情,并且我打算走进社会去看一看是不是到处都一样,有意要靠自己谋生时,我掀起了巨大的风暴。然后,如果我必须要走,父母都想为我安排好一切,以便事情能顺利些。但是他们一直在为我的生活做安排,可我并不想这样。最终我选择了自己的路……您看,在某些情况下,我比较强势。我父亲要求我不能生活得一团糟,否则我就得回到从前了。我母亲则希望她的小女孩儿能够不被尘世所染。所以卡拉多斯先生,这就是我,我的全部故事。这就是我为什么如此急切地想要脱身——我肯定我父亲会把这叫做……唉……一团糟。"

"可怜的路易斯!"老友卡拉多斯这样想,随后他大声说道,"弗伦莎姆小姐,人性会因方圆五英里的事物完全改变吗?"

"不会,"女士严肃地认可道,"但至少我明确知道我是个什么样的人。没有人会和我争着去做那差事或是承担我的责任……我希望我还没有给您留下我想要的那种印象吧?但是假如我做过的事情的确恰巧值得赞扬,我相信这会是真诚的;假如我交朋友,我确实觉得是为了我自己……我不会再是'金杯女郎',这是我从一个'崇拜者'那里听来的绰号。"

两个人都笑了。随后卡拉多斯几乎又沉思起来。

"嘲讽过后，我们来谈点正事，"卡拉多斯终于大胆地说道，"当您不再畏惧和男性对视时，他或许就得到了特别的坦诚……弗伦莎姆小姐，出于利益关系，就像你不看重钱财一样，不要看重外表。我对您所鄙视的你的外表特征一无所知。对我来讲，您一直都是拥有美妙嗓音的女孩儿。我敢肯定会有人看到你的好……就像您看待自己那样，就像我看您一样，对那个人来说，您一定永远是位有着金子般好心肠的善良姑娘。"

"好心的先生啊！"她回应道，"嗯……或许有吧。"

几个小时后，卡拉多斯来到朗和伦拍卖行，他发现前一天的拍卖商正是特拉维斯先生，他对于谁来说都不会陌生。

"卡拉多斯先生，当然，很高兴您的来访，"特拉维斯先生殷切地说道，"您是代表惠灵顿公爵来调查此事的吗？弗伦莎姆小姐！您不会是要说这件事吧。"

"我有个弱点，喜欢站在赢的一边。"盲人卡拉多斯回答道。

"嗯，至于您说的案子，我真不知道您会赢还是输。我的天，除非您把我们看作是输家！噢，就是这间屋子。您想要看一看，到处走走吗？"

"是的，我很愿意。谁知道会发现什么呢。"

"嗯，今早我们已经彻底地搜寻过这里了。天知道我们会找到些什么，但似乎这么做也挺正常的。没错，应您所求，这里一直锁着门。"

"有什么人想要进来拿东西吗？"

"没有，只是马拉布尔先生在拍卖会后要来取他的手套。其实手套已经被拿到了办公室那边。"

"马拉布尔！"那位耐心的神探在黑暗中思索着，"没错，对的——那个半吊子马拉布尔。"

"此外，对了，这倒提醒了我，"特拉维斯继续说道，"嗯，请您随便坐。您送来的那份清单。您不会怀疑马拉布尔先生和这件事有什么关联吧？因为，奇怪得很，他的名字倒是能解答您提出的每个疑问。"

"我很少把别人看作是怀疑的对象，"卡拉多斯回答道，"但是，人人都难逃嫌疑。"

"我们能把马拉布尔先生从一切嫌疑中排除掉。昨天他没有看过任何拍卖品。他只买了56号藏品，缪尔和我都注意到他没有触碰古币，而是仅仅把古币留在他身旁的空椅子上，直到叫喊声起，他才把盒子递给桌子那边的人去验证——查验古币是否齐全以及藏品号码。"

"十分可信。"卡拉多斯认可道。

"我的意思是，这表明到此为止靠着寻找所谓的'线索'，不可能获得什么有价值的信息，您难道不这样认为吗？马拉布尔就是个例子。"

"当然,卡拉多斯先生,出于对您和我们客户的考虑,我们都很乐意提供信息或便利条件供您使用。但是我们主要希望是能找回古币。我们认为与此相关的人似乎离这一方向太远了。到了明天,每一位古董商、当铺老板、顶尖的收藏家都会得知此消息,美国人也会知道,因为人们能够想到古币很可能会在那里出现。我们也贴出了悬赏,任何人都值得关注此事。在下一期的《Bric-à-brac Collector》(《小古董收藏家》)杂志上,来自殖民地的一位富有而又急切的买家也会刊登一则简单的广告,宣称购买罕见的古银币。不要被广告骗了。"

"我不会的,"卡拉多斯说道,"但是做这些事代价高昂。"

"的确如此。但事实是,自从古币消失后,惠灵顿的人们就不断地说服自己那枚古币价格非凡,因此我们才急着把它找回来。"

"嗯!"卡拉多斯礼貌的反应似乎显得不关心。他也没有否认这些少有的时刻,即有时在一周耐心的工作后,可能成果却如针尖般大小。"当然我对我的客户更感兴趣。但是既然古币是你们的唯一所求……啊,它就在这里。"

"什么……那是……什么?"特拉维斯清楚地问道。

"请愿克朗银币,"狡黠的哄骗者回答道,一边接着将伸出手,"特拉维斯先生,很高兴通过我手将它物归原主。"

"真是请愿克朗古币,"特拉维斯小声地说道,"天哪!您把古币带回来了?"

"正相反,我是在这里发现它的。"

"发现?在哪里?"

"就在那张椅子下面。"

"您知道古币在那里?您是说,是弗伦莎姆小姐告诉您的?"

"我想它应该在那里,弗伦莎姆小姐当然是要告诉我的。"

"她把古币藏在了那里?"

"不是的。她也不清楚古币在哪里。是她告诉我古币在哪里,但她却不知道这一点,是她自己向我透露了这个信息。"

"那我就不明白了,"特拉维斯抱怨道,"卡拉多斯先生,难不成您不是凡人?见鬼,伙计,我们都上了一课。"

"坐下,"卡拉多斯说道,"我和您一样都是凡人……特拉维斯,您曾经犯过罪吗?"

"我没怎么犯过罪,"拍卖商相当镇定地坦白道,"十岁时,我抢劫了一家果园,但那是……"

"十岁时抢劫果园几乎不能叫犯罪,对吗?在这件事上,我还有些发言权,因为还没有各个年龄阶段的哪个形式的恶行我还没经历过。当然,理论上来讲,找出细节至今是值得关注的,有效地为紧急情况做出准备,体现出工匠般的自豪感。我晚上无法入睡的时候,我就想象自己犯了谋杀罪、伪造罪、抢劫罪或什么罪，承受着一切由此衍生的恶果。很遗憾地说，我经常这样。这比数绵羊要有用得多，而且从来没让我失望过。问题是，犯罪的想法很少是与生俱来的，我发现十之八九的案件正如我刚才梦想的那样发生的。我自己作为一名收藏者，当然，我经常会想象抢劫了古币拍卖会。我十分清楚应该怎么做，该避开什么。马拉布尔干得不错，但他忽视了其他人也会思考这件事的偶发性，并由此带来的不确定因素。"

"但是马拉布尔先生，我亲爱的伙计！他几乎肯定在德布雷特。想一想吧！"

"嗯，是的。但是只要是没有风险，他很善于不付代价地将所选物品搞到手。"

"那这里没有风险吗？"

"没有。实质上，假如马拉布尔心满意足地承担损失，拿走了物品就根本没有风险。但是他会吗？我们拭目以待。无论如何，这就是目前发生的一切。

"弗伦莎姆小姐那时并不知道自己把56号藏品和64号藏品搞混了，事情就这样开始了。她回到这里，想要根据拍卖会情况写出一篇新闻稿，并且在她发现马拉布尔盯着她时，她正在机智而饶有兴趣地关注着这件事情。嗯，既紧张又敏感，她将请愿克朗银币丢进了56号盒子，而将另一枚古币放进了64号盒子。

"马拉布尔显然看到了这一切。毫无疑问,这大概是个绝佳机会。他花费了五分钟来思考自己的处境。随后急急忙忙地赶往梅费尔公寓区的住宅,回来时兜里装着一枚适合替换的古币,正好赶上购买了56号藏品。他花了多少钱?"

"315英镑。"特拉维斯回答道。

"特拉维斯,您很清楚,尽管单独的一枚古币辗转于展台时很容易被人拿走,但像56号藏品那样的——有五六枚古币,却很少被人触碰。至多人们也就是瞥上几眼。当缪尔在托盘上展示古币时,顶层的物品自然被遮盖住了。当他把古币放回盒子,递给卖家时,请愿克朗古币大概就又被放在了顶层的位置。毋庸置疑,马拉布尔坐在一个极其孤僻的位置,以不刻意的恰当动作,拿过赃物并漫不经心地放在旁边的椅子上。好了,至今还没有任何风险可言。

"他至少有花费了四分钟来完成此事。您和缪尔认为他没有关注拍卖会,因为他并没有拿过盒子,验看里面的物品。这很正常。但自然您也就没有再关注他,而马拉布尔的离去也掩盖了他的举动。恰巧这时交易达成了。但是现在风险来临了:他已经拿到了想要的东西。

"您的这位业余爱好者一直都很警惕,马拉布尔本来可以离开,但这却将他置于一个不确定的境地。设想古币正在被搜寻吧?还有弗伦莎姆小姐，您可能还记得她，提醒了我们。他是否提前勘察过，我们无须猜测，但是就在他的椅子下面，无须移动，马拉布尔发现了一个绝佳的裂缝来隐藏物品：密封、隐蔽、容易提取。

"他现在就可以脱离险境了。大家竞价时他把赝品拿了出来，放在桌子上，装出一副漠不关心的样子，等待他人来辨别藏品的真伪。他离开座位时间太长了，以至于离奇的事情发生了。弗伦莎姆小姐坐在了藏有古币的椅子上。

"现在从某种意义上讲，马拉布尔处于有利的位置。首要的怀疑与他无关了，转移到了弗伦莎姆那里，因为一旦古币有机会在这儿被发现的话，弗伦莎姆也就完完全全被卷入此事。目前的情形变得平静。拍卖会结束了，也没有任何搜寻古币的迹象，或是什么人也被强留下来。马拉布尔唯一的想法就是重获古币，转身离开。但弗伦莎姆似乎还坐在那里。马拉布尔，在不知道她的意图的情况下，第一次愚蠢地采取了行动。他想要回椅子，满心期盼着能马上如愿。

"但正好弗伦莎姆没有挪动。她本就不是一位普通的温顺青年女子，突发事件也没法让她平息下来。她静静地坐在那里写着新闻稿，表面看来，这对马拉布尔来讲完全不礼貌。弗伦莎姆本有机会注意到马拉布尔。但用严格的女性术语来说，她是叫马拉布尔滚开。马拉布尔则开始觉得自己显得很愚蠢，猛地转身离开了。

"拍卖会结束了。大家都开始离开。马拉布尔是否会漫无目的地四处闲逛，直到那张椅子空下来，然后毫无原因地故意坐在那里呢？他神经绷紧，不会想到这样做。表现得自然一点，就会毫无危险。晚些时候再来——明天，或是下周，都没有关系，古币就在那里安全地等待着。之后，天啊！他突然想到一件事。椅子看上去都一模一样！下一周，明天，甚至在拍卖会后椅子会被重新摆放、移动，安置在别的屋子里。马拉布尔得一张张椅子坐下来试验，大家看了都会觉得奇怪。怎么办呢？嗯，趁还不晚，将椅子做个明显的标记。就在这里,特拉维斯,在我的手指头下，就是那人用铅笔划下的十字记号。"

"非常机智，"特拉维斯认可道，"在证据面前，他故意将重新找回的请愿克朗古币放在手指尖上，这样说显得刻薄。但是，卡拉多斯先生，您知道，弗伦莎姆小姐的确是最后一个坐在这里的人。"

"固执的人啊！"卡拉多斯说道，"嗯，您下次拍卖是在什么时候？"

"星期五——珐琅拍卖会。仅此一天。"

"如此更好。您能把拍卖会安排在这里吗？关闭此处直到我早点来此查明真相。确保马拉布尔会拿到拍卖清单，行吗？"

星期四的早上，拍卖室并没有什么特别异常的情况值得关注。马拉布尔镇定地踱着步四下转悠。出于令人赞许的克制，马拉布尔并没有急着来到，而私人办公室里的密谋者们可以娱乐消遣至少两个小时了。

马拉布尔对珐琅拍卖会很感兴趣。因为身处这些珍贵的古董中，他从一处走向另一处，查询着目录，审视完物品就把价钱记下来，正如他之前好几十次所做的一样——那时大家也都在这样做。最后，马拉布尔坐下来，浏览清单：再正常不过了。心满意足后，他起身准备离开。

屋子外面，一位管理员走过来和他讲话：信号已经发出了。

"先生，您介意去一下特拉维斯先生的办公室吗？我想他想见您。"

管理员的话讲得很有礼貌，没有不寻常之处，但是马拉布尔却感觉嗓子直发干。

"现在不行，"他一边回答，一边加快了脚步，"我有重要的事……告诉他，半小时后见吧。"

如今去做这一套为时已晚。穿过大厅，在外面大门和马拉布尔之间还有个人挡在那里。而且先前的那个人并无退下的意向。

"对不起，先生，但是我知道这不太寻常。"

马拉布尔一定知道计划失败了。

"唉，该死，好吧。" 他不耐烦地说道，看着自己的每一个脚步，走了过去。

"是关于上次拍卖会上请愿克朗古币消失的事情。"特拉维斯从来都是彬彬有礼,而儒雅的特拉维斯干事情从来不会让人失望,"我得到了一些信息,可能会提起诉讼。您愿意说些什么吗?"

马拉布尔隐约看到了这一可能性,也许他曾想过一个令人满意的解释。但是最后他觉得由当时的环境而决定吧,因为想不到一个非常满意的辩解。

"嗯,"马拉布尔装出了一个轻松的微笑,随后说道,"直截了当地说吧,因为,事实上,我把请愿克朗古币带来准备归还给您,那会儿我把它放在衣兜里了。就是在今天早上,当我检查我买的藏品时,我发现了这枚古币。它是怎么到了我那里,又是被哪个看过它的笨蛋弄丢的,我可说不清。就我而言,我是到了今天才查验了其中的一枚。"

"我明白,"特拉维斯评论道,"但是我很清楚您是刚刚离开座位的吧?"

"您说的没错。我打算亲手把古币交给您,但是我到那里时,意识到那样将会多么令人不快,于是我放弃了。我决定把这倒霉的东西邮寄回来,什么话也不讲。"

"现在,不管怎么说,您给我们带来了吗?"

"嗯,是的。"马拉布尔爽快地从衣兜里拿出一枚古币,放到了桌子上,转身想要离开。

"谢谢,但是——请等一下——这是什么?"

马拉布尔不快地看着古币，脸色比之前显得更加苍白。

"我一定是拿错了。"马拉布尔低声说道，他开始意识到自己陷入了绝望的泥潭。

"再看一看，"卡拉多斯出现在了现场，平静地说道，"仔细看一看今早从你房间里拿来的古币。"

"你这瞎眼的魔鬼！"马拉布尔轻轻地划开古币表面，发现上面刻有"卡拉多斯"字样的签名，以及那天的日期，"这一切都是你在作怪。"

"如果是的话，也仅仅是让一个无赖现身。因为你的偷盗诡计，你毫不犹豫地使两个无辜的个人遭人怀疑。让他们看一看你的面目。"

好像由机器操作一般，里面的大门突然打开，弗伦莎姆小姐和缪尔走了进来，一言不发地站在那里盯着他。

"在拍卖会上，"卡拉多斯毫不留情地说道，"因为古币消失了，你们都被公开地怀疑过。现在是时候了，你们应该知道是马拉布尔先生故意偷走了古币。他是个小偷，你们是完全清白的。"

"啊，见鬼去吧，这不全是我的责任，"马拉布尔咆哮道，"我只是接受了他人给予我的东西。"

"最好让法官和陪审团来决断。特拉维斯，现在您来看管他吧？"

由此看出，马拉布尔最后残留的矫饰失败了，他一下子变得怯懦无比。

"特拉维斯，拜托你，不要那样做，"马拉布尔揪住特拉维斯的衣袖哭喊着，"我愿意做任何事，坦白您想听的一切……只是求您别把我送进监狱。我全都听您的，我认识那么多的人。天啊！伙计，想一想那对我———一个和您同阶层的人，意味着什么吧。"

"卡拉多斯先生，我们该怎么办？我们从不想起诉谁。"

"我明白您不会那样做的。"卡拉多斯回答道，"我已经草拟了他的悔过书，马拉布尔先生，读一下在上面签字，我们都是您自己自愿补偿行为的见证人。"

"您打算怎么处理呢？"那个不幸的卑鄙小人问道。

"这会作为你将来良好行为的保证，有必要的话，用来证明这里其他人的无辜。你不必想来威胁我把这份文书拿回去，因为我不会把它放在钱包里。"

马拉布尔慢慢地签下了名字，随后用力地拿手中之笔戳着发亮的桌子，连手指都刺破流血了。

"卡拉多斯，要是能看见你被活活剥了皮，我情愿下地狱。"马拉布尔说完后转身离开了。

"我肯定你会的，"卡拉多斯愉快地反驳道，"但是我认为与我有关的任何事情都不会影响你的结局。现在走吧。"

此类事件去年没有发生，前年也没有发生。弗伦莎姆小姐嫁给了那位副主编。他们的孩子已经到了上学的年龄，经常在一些很重要的选美比赛中获奖。马拉布尔先生几乎很快离开了那些让自己备受冷落的海边城市，隔了一段时间似乎出现在了繁华的纽约，并且又颇为发达。并不是说美国的鉴赏家比英国的同行懂得少，而是说他们对马拉布尔先生知之甚少。

霍洛韦公寓惨案

很多年前，当机缘再次将马克斯·卡拉多斯和路易斯·卡莱尔聚在一起时，他们二人便重新拾起了青年时期的友谊。卡拉多斯的第一次询问有些像玩笑话。

"路易斯，你是否发现了很多桩谋杀案？"

卡莱尔这位"私人侦探"的回答相当严肃："没有，我们的业务大多数限于常规事务，例如挪用公款和离婚案件。"

自从那天起，卡莱尔的业务范围就超出了创办者的初衷，但是挪用公款和离婚案件依旧是事务所繁荣大业的坚强支柱。时不时地，总有些更加耸人听闻或是浪漫的事情，作为案件超越了日常事务的范围。

但负责任地讲，没有一个案件能够像目前每天报道的《霍洛韦公寓惨案》那样，注定会成为标题新闻，吸引着广大公众的眼球。

卡莱尔先生的原则是，观察所有到此寻求帮助的来访者。这些来访者所求之事的实质性内容使得他们无法向办公室的职员吐露心声。之后，他们或许会受到来自机警的下属职员们的谨慎关注。但卡莱尔先生在第一次见面时就深知他表示同情的握手、清脆的安抚声，以及他那人类特有的宽恕的目光、那兴旺的人气和良好的环境背后隐藏的价值。男人和女人，同样天真，同样会有负罪感，喜欢倾诉自己的故事，直到最后感到有人理解自己了。这就赋予了卡莱尔一种责任，而所做之推断也就完全得到了验证。

九月份的一天下午，静悄悄的班普顿大街上来了一位新顾客，他称自己为普利施，想当面和卡莱尔先生谈一谈。通常这类请求不会有什么困难。办公桌前的卡莱尔抬头望去，眼前是一位不起眼的男人，三十岁左右。他戴着眼镜，留着一撮小胡子，穿着一身深色材质的男士套装。衣服线条剪裁得很简单，也许是受简朴作风人士的影响，这一套衣服可能会穿两三季。那人显得很邋遢，甚至没有一处是整洁的——这就是他大体上的外貌情况。而那位有经验的观察者卡莱尔先生则将他定义为中产阶级，或是一位办公室文员，或是从事着非体力、低层次的工作者。

"普利施先生，请坐，告诉我能为您做些什么。"卡莱尔一边和他握手一边问道。机敏的他十分注重这个仪式，总是愿意提供此类服务。"我猜您是有麻烦或是什么困难吧？但首先请告知您的姓名和地址以供参考。普利施先生，您可以信赖我，"卡莱尔的头向旁边侧了侧，他举起来的钢笔则令人印象深刻，"您所说的每个字都绝对保密。"

"嗯，那就好，"来访者漫不经心地回答道，"不管怎样，这件事相当奇怪，起初……"

"您的名字？"卡莱尔令人信服地暗示道。

"阿尔伯特·亨利·普利施：p-o-l-e-a-s-h，住在霍洛韦区斯特里格罗夫大街。梅里顿公寓12号。"

"谢谢您。现在，如果您愿意的话……"

"当然，我可以用十二个字把事情告诉您，但是我希望您想了解到全部情况，所以最好从您最容易理解的地方开始讲起。"

"当然可以，"卡莱尔先生衷心地认可道，"没有问题。用您自己的话，清楚地告诉我发生了什么事。我完全听从您的调遣，所以不要着急。您是否介意……"随着问询的深入，一件大案浮出水面。

在明确了双方共同目的之后，普利施先生说道："首先，我是个已婚男人，和妻子居住在梅里顿公寓，是一间有点小的房间，但挺适合我们，因为我们还没有孩子。妻子和我在这里也没有什么亲戚，因此平常只有我们两个人生活。我们唯一的仆人是个钟点工，似乎能够帮助我们解决所需的一切。"

"普利施先生，如果可以，请稍等一下，"卡莱尔先生果断地插话道，"我并不想您什么都讲，您只需以自己的方式来说明情况。假如您能够用一个词指出事情本质的话，就能使我们判断出哪一点最重要，最符合我们的目标。偷盗……离婚……敲诈……"

"都不对……是谋杀。"普利施先生直截了当地回答道。

"谋杀！"卡莱尔惊恐地说道，"您是说发生了谋杀案？"

"不，还没有。我就是为这件事而来的。一般来讲，我会将自己描述为一名收租人，但那是因为有些自命不凡的小官员似乎总是对那些显然不是百万富翁且自称独立生活的人病态地瞎猜疑。事实上，我有些足够的私人存款用来达到我的目的。大多数的钱来自分散在伦敦的小型房产收入。我亲自管理这些财产，并且自己去收取租金。这份工作要花费一周中的几天时间，但能带给我乐趣，让我能得到锻炼，同时还可以帮助我支付购买其他东西的费用。"

"的确如此。"卡莱尔说道。

"通常就是这样，"普利施继续着漫无目的地讲述着，并不需要他人的鼓励，"但时不时地我也干些其他工作，假如工作适合我的话，有时是特殊的检查工作，有时是做些研究工作。我并不想变成金钱的奴隶，去赚取超出我们所需的钱。我也不想在需要一些东西的时候无力支付。"

"好极了,"卡莱尔赞赏地说道,"您是位真正的哲人。"

"我的妻子也不需要依靠别人生活,"普利施丝毫没有理睬卡莱尔的恭维,紧接着说道,"作为一名时装设计师和时尚艺术家,我妻子完全能够养活自己,其实直到一两年前,她都经常做这类工作。现在她长期患病,这极大改变了她的生活。这就使我有了顾虑,影响到了我想做的任何事情:长期患病让她总是情绪焦虑、爱紧张、不那么理智。"

"神经衰弱症,"卡莱尔及时地评论道,"这个时代的病症。"

"非常正确。但我没有患病——至少病症没有直接影响到我。但和我妻子生活在同一间屋子里,我注定会受到影响,因为我得考虑自己做哪些好事才能够影响到她。最近我的生活里确实发生了一件令人十分兴奋的事情。

"我在商店里认识了一位年轻姑娘,不,我不想您把她的名字写下来。我们一年前或是一年半前开始交往……但是我想这没有关系。我真正觉得唯一该自责的事情是,我并未告诉她我结婚了。起初我并没有理由这样做,之后……嗯,出于一些原因我不能这样做。不管怎样,我觉得这件事迟早要曝光,而几周前果然被发现了。那位姑娘相当和善地说道,她认为我们两个应该结婚,之后当然,我向她解释了不能这样做的原因。

"我真的没有想到,她会把这件事看得那么上心。您一眼就能发现,我根本不像唐璜。事情就这么简单地发生了,一件接着一件。但她的毛病很快就消失了,当那位姑娘再次出现时,对于我所讲的一切,她显得冷若冰霜。最绝妙的是,在我出现之前,已经有一个和她谈婚论嫁到一半的小伙子。她经常和我谈起那个男的,说他好嫉妒以及个人脾气什么的,并且哀求我不要和他起冲突。彼得是我唯一听到她叫过的名字,但是他长得像个外国人,我想是意大利人。"

"是彼得罗,对吗?"卡莱尔暗示道。

"不,是彼得,那姑娘这样称呼他的。'彼得,请带我回家,'这就是她的原话。之后他们一起沉默地离开了。不论什么时候我看到那姑娘,情形都是一样。'既然没有什么话要说,我是否就该这样让她离去?'此后我想尽一切办法来让生活回归正轨。"

"唯一要做的安排似乎超出了您的能力所及。"卡莱尔说道。

"我想是的,但是彼得显然有不同的看法。这件事就发生在大前天夜里。我在黑暗中醒来,之后我发现大约是三点钟,我有种感觉,似乎有什么事情忘记做了。是我忘记了去邮寄一封信:信件很重要,第二天就要寄出,那时还算是同一天,我把它放在了胸前的口袋里。我知道假如不去寄信,就会错过明早第一班的邮件派发,因此决定溜出去,确保把信件寄走。

"这也就是二十分钟就能完成的事情，很近的地方就有个邮箱。天还没亮，我穿上衣服，准备踮起脚尖，突然一个新的想法在我的脑海中闪过。

"现在我太太睡得很不安稳，如果她被打扰，十有八九会醒过来，之后才能再次入睡。出于此原因，我们通常会分房睡。我想最好还是叫醒她，讲明我要出去一会儿，但是那时她可能没睡着，听到了些声响，朝我房间张望，想知道我是否一切正常。如果她发现我消失了，可能要大发脾气。冲动之下，我把抱枕推到床上，并把我的睡袍铺在上面，撒了个谎。在微弱的光线下看起来就像一个正在睡觉的人，我明白我太太不会再来打扰我了。

"没过多久，我就完成了工作，回到了住所。我刚要进门，事实上我的手刚刚摸到门把手，大门突然从里面猛地被推开了——一个男人跑了出来，正好和我当面撞上。我们两个都朝后退了一点，很快他推开我，急匆匆地冲到了大街上。路灯足够亮，我借助灯光认出了那个人是彼得，我敢肯定他也机警地认出了我。

"随后我两步并做一步地迅速跑上楼。公寓的大门敞开着，正如我刚刚离开时那样，在门把手上我安装了弹簧扣，却从未想过有人会在那时闯进来。四下静悄悄的，房间里面也没有任何异常，但是我花了几分钟才发现房间里有件事情不寻常。我的睡衣、抱枕和床单都被人划开了口子。卡莱尔先生，有人误把床上的抱枕当成真人，对我动刀。"

"但那也只能作为意图谋杀的证据啊，"卡莱尔诚心诚意地说道——不管怎样，他都厌恶暴力犯罪，"您的事情显然要通知警察。"

"不，"来访者慢吞吞地回答道，"不，当然我也想过报警，但是很快就放弃了这个想法。报警意味着什么呢？来访、问询、盘问，解释。每件事情都逃不掉。在得知种种事情，经受精神上暴风雨般的压迫后，我太太将会和我离婚，我也得面对这个事实，我想我应该只能再娶个老婆。当该说的我都说了，该做的我都做了，这是我最不愿意见到的结果。不论怎样，我的家毁了，我的生活也毁了。不，假如事情真到了那一步，我情愿去死。"

"那么我想问问，您到底想要别人帮您做什么呢？平静地等待着被刺杀吗？"

"这就是我来见您的原因。您知道我的处境，我的困难，我清楚您见多识广。抛开警察和那些公共服务机构不谈，您对我有什么建议吗？"

"嗯，好的，"专家卡莱尔说道，"这是个挺棘手的问题，我们会尽全力帮助您。您能具体说说您想都得到什么样的帮助吗？"

"简单明了地说，以下是我不想见到的结果。我不想被谋杀，或是骚扰，我也不想我的太太知道一直以来发生的事情。"

"为什么不离开这里一段时间呢？同时我们也能查出要找的那个

人,并进行监视。"

"我也想过这么做……除非凯蒂也这样想,她不想离开,当然现在我也不能把她一个人丢在公寓里。我最关心的是,经过了周二晚上的那件事,那个家伙是否有可能会再来我家?"

卡莱尔先生沉思了一会儿。他持有一个想法越久,便越能发现能够为自己的声明增添分量的依据——前提是他能正确表达。

"不会的,"卡莱尔确信地说道,"我想那家伙应该不会的,不会像上次那样做。他自然也会想到您会采取些防范措施,大概猜想警察会追查他。您家大门和窗户上有些什么固定装置吗?"

"没什么东西。我住的是老房子,维修得并不好。外面大门从来就没上过锁,整天开着。公寓的前门有个把手,安装了弹簧锁,还有个榫眼锁。白天的时候就靠着弹簧锁,晚上时才把其他的也锁上,但是弹簧锁却不上锁,以便那个女人来时能进来——除了我、我太太,她也有一套我家的钥匙。"

"我是说,周四晚您出去的时候,房门并没有上锁吧?"

"是的。简单转动把手就能打开门。我有意地锁上了失灵的弹簧锁,然后在门口时发现自己没有带钥匙,可我也不想回到房间去。"

"里面房间大门情况怎样?"

"已经上锁了,但是没有几个能正常工作,不是丢了就是坏了。我们没感到不方便，除了凯蒂的房间。那天夜里她谨慎地上了锁，因为她总是胡思乱想，害怕有贼夜里来偷盗。"

卡莱尔摇了摇头。

"至少您应该马上把锁修好。实际上，一个小孩子用把餐刀，就能打开所有安装了窗钩的窗户。"

"您说得很对，但是您看，假如我去找锁匠，就得向我太太编造些关于盗贼破门而入的荒唐故事，那就又会让她胡思乱想了。不管怎么说，我们可是住在三楼。"

出于对自己状况安全性的考虑，卡莱尔有些轻蔑地说道："亲爱的先生，假如您每次都要考虑妻子脆弱神经的话，恐怕您就会发现自己处境不妙。比如说，您怎么解释自己的东西上刀子的划痕呢？"

"啊，我把一切都安排好啦，"普利施机智地回答道，"我妻子没有注意到那件睡衣。床单和抱枕我目前已经藏到了抽屉里，换上了其他的床单。幸运的是那天夜里很炎热，我只铺了一张床单。我还要买两张新床单，随后把现在用的烧掉或是扔掉——凯蒂不会仔细地检查这些东西。抱枕我也缝补好了，不会被发现。"

"您得保持这种状态，"卡莱尔半信半疑地说道，"所有这一切，"卡莱尔继续说道，"我都明白。您想让我们提点建议，看看怎样能不直接去对付您称为彼得的那个人，同时避免采取那些刺激普利施太太的措施？"

"目前并没有迹象表明会发生偷盗或是谋杀，"普利施说道，"是的，但是快要发生了。您能够为我做些指点吗？如果不行……嗯，我知道这不好办，而且我并不在乎钱。"

"至少在我看来，"卡莱尔信心满满地说道，"现在就关于……"

作为一家咨询机构，这将有助于提高路易斯·卡莱尔的名望。在这个疯狂的世界里，只要还能学到些东西，没有谁会严肃地谴责卡莱尔获取不义之财，并且只要有值得学习借鉴之处，卡莱尔便会向新顾客提出问题，进行推测，给予建议。甚至当双方结束了有效谈话，满是记录的笔记本也完成了使命，卡莱尔还是会在那个话题上不停思索。

"普利施先生，出于职业兴趣，我看这个情况不寻常。我已经清楚了，您可以放心，假如有进一步的结果，哎，我会通知您的。"

"无论如何，请不要记录，"普利施先生突然真诚地哀求道，"事实上，我想请您勾画掉我的地址。您看，任何邮寄时间我都可能在外面，如果我妻子恰好接到什么奇怪的信件，嗯，那么，说句不好听的话，就会泄露秘密。"

"我明白了，"卡莱尔说道，"没错，就按照您说的办。"

"如果现在能解决掉问题就好了，"普利施继续说道，"因为我并不想让它变成新闻。那么，下周找一天，我来看一看报告，听一听您是否能再给我些建议。"

"可以的,同时考虑到最为实际的事情,您得把那个人监视起来。"

"我会的,"普利施承诺道,"但是目前为止我还没有打草惊蛇。"

卡莱尔之前也很不自然地听到了此类的话,而后他反驳道。

"好的,但最好搞清楚他什么时候会行动。"正如卡莱尔所说,出于必要的自尊和爱心,他对与普利施先生的面谈收取了一英镑左右的酬金,而后将普利施先生送到大门口——并非是起初进来的那扇门,而是另一个通往大街的大门。"您没有落下什么东西吧?"

"帽子和其他一些东西,我把它们落在您的前厅了。"他抬起戴着手套的左手,好像需要做出什么解释,"我戴着手套,是因为我少了一根手指,我已经注意到了有些人不喜欢我的样子。"

"我们过会儿走那道门,都是一样的。"卡莱尔一边说,一边把普利施引向另一道门。

接待室里已然有两位迟来的拜访者在等待着。一见到他们,卡莱尔天真无邪的面孔立刻表现出热情洋溢的欢迎。但除了那句清脆的"下午好!"他什么也没说,直到客户离去。客人的名字并不会出现在这里。普利施先生一边喃喃地赔礼道歉,一边在文件堆中找回了自己的物品,匆匆地离开了。

"马克斯,你为什么非要在这里等着呢,为什么不叫人给我送个信儿？"热情的卡莱尔气愤地说道。

"业务，"卡拉多斯简洁地回答道，"旅游业务，你明白的。你的一位主管下属想要给你发个信息，但是我说'不用了，凡事都有先来后到。'我为什么要打断博格斯公司促销员的自白，或是那位内疚丈夫的请求？"

"不开玩笑了。刚才那伙计讲述了一个非常吸引人的故事。"卡莱尔说道，"当我们谈论此事时，我很想知道你会对他讲些什么。"（不要马上谴责卡莱尔是个十足的骗子，这只是自信的一种表现：马克斯·卡拉多斯已经被任命为公司的荣誉顾问，任何严重的草率行为严格说来都属于公司业务范畴。）

"同时我的建议是，考虑到最近你连半天都没休息过，星期一早上休息我看挺合适。"

"您真大方！那么周一早上我们有哪些安排呢？"

"在皇家沙龙上，无线电台将展出些令人惊奇的东西，时间从十点到十二点半。我想你会感兴趣的，我这里有两张票，想找个聪明人一同前往。"

"安排得不错啊，"卡莱尔轻声说道，"我会努力让门票物有所值。"

"我敢肯定你会成功的，"卡拉多斯反驳道，"顺便说一下，门票是免费的。"

为了应对这次知识分子之间的闹剧，双方安排了会面，这也为那次拜访提供了唯一理由。卡拉多斯先生在帕金森尽心的呵护下离开了家门。无线电台的展览如期举行，但是（尽管第一次展出的发明和卡拉多斯之后调查的案子并没有多大关系）在大厅里他们无需陪伴，因为围绕着普利施先生的一个谜团跟此事也没有关联。卡莱尔和卡拉多斯在那里逗留了一个小时。午饭后，他们沿着颇尔摩尔街散步时，卡莱尔突然惊叫了一声，拦截住了一个急匆匆的报童。

"《霍洛韦公寓惨案》，"他一边读着标题，一边从各个口袋里摸索出硬币，"天哪，万一真是那样……"

"天哪，是他，普利施！"卡莱尔一眼就发现了那篇报道——就刊登在标题新闻栏上面一点的地方。"可怜的人啊！唉！唉！"他不住地表达着自己的后悔之情和反对的态度，"在事情发生后他本应该更清醒一点。真是疯狂。我想他实际上……"

"路易斯，是上周四那位惹人注意的拜访者吗？"

"是的，但是你是怎么知道的呢？"

"是他一次不起眼的轻率行为。我敢说在你的顾客里，那种不经心也是很少见的。普利施先生的一张卡片落在了书房桌子的下面，而好心的帕金森发现了它。"

"嗯，不幸的家伙现在不需要卡片了。马克斯，听着。"

北伦敦惨案

今晨早些时候,一位女清洁工走进霍洛韦区梅里顿公寓的一间房屋,发现一件令人毛骨悚然的事情。看到牛奶和报纸原封不动,她起了疑心,走进卧室,发现普利施先生死在了床上。他的伤势很重,众多疑点表明这是起蓄意谋杀。据了解,普利施太太正在德文郡度假。

"当然,苏格兰场的警察现在接手了此案,但是我必须把知道的信息提供给他们。他们真是走运。实际上我也可以把那个恶棍交给他们,让警察们赢得赞赏。"

"我也想听一听你的消息,"卡拉多斯提醒卡莱尔,"我们可以步行到苏格兰警场,在路上你跟我讲讲。"

在德比街的拐角处,他们遇到了刚从院子里走出来的两个人。其中年长的那个人从外表上看,像是个机智的农民,向他宠爱的孩子展示着伦敦的景象,但同时也对那些臭名昭著的陷阱保持高度警惕。为了进一步看清他的外貌,卡拉多斯和卡莱尔甚至叫住了那个人,想要通过年长者手中那把惹人注意的雨伞唤醒记忆。

"比德尔。"卡莱尔话音刚落,他的朋友就已经微笑着认出他们来了。

"正是他,"卡拉多斯亲切地说道,"侦探先生,我敢打赌您能告诉我们关于普利施案件的一些进展。"

身着便衣的卡拉多斯和卡莱尔会心地笑了笑。

"卡拉多斯先生,我能告诉你们不少事情,"侦探比德尔异常高兴地回答道,"我的侄子乔治要去工作,我要去打理一下花束,现在我们正往那里赶呢。"

"再好不过了,"卡拉多斯说道,"您应该不会介意我们一同前往吧?"

"非常愿意效劳,"比德尔回答道,"我们正要前往那一站。"

"您可以搭我们的计程车,"卡拉多斯暗示道,"在路上,卡莱尔先生有些事情要和您讲。"

大体上来说,卡莱尔更愿意把秘密透露给警察总部,但是这样的安排也十分便捷。在惊讶自己如此走运的同时,比德尔和乔治了解到了那位咨询机构客人的故事。

"看上去事情很简单,就是要找到那位姑娘,假如上述情况和他所讲述的事实相符的话。"乔治说道。他一面对发现如此直接的线索而感到心满意足,同时也担心自己卷入了更为复杂的案件之中。"先生,您是否碰巧知道那姑娘的名字和地址呢?"

"我不知道,"卡莱尔先生有些冷冰冰地回答道,"我并不了解。普利施先生不愿意让那位姑娘卷入此事,我也并没有逼迫他。"

"没关系,"乔治大度地说道,"有个女店员据说常和一个外国人在一起——大家都叫他彼得。要是不出意外,应该不难找到她。"

斯特里格罗夫大街上川流不息,很快梅里顿公寓大门前就迅速聚集了一群人来围观侦探办案。基本上,公众对于警察的到来十分失望,但是人们对乔治仰望大门并迅速朝大街左右两边张望的行为却大为赞赏。聚集在大门外的警察立刻就认出了他们。

一个中士和当地分局的一位警官负责12号案件。受惊的女清洁工看到警察们都待在那里,暂时动弹不得,在厨房里等待着问询。警方的四个人简单地寒暄了几句。

"我想,普利施太太已经派人去请了吧?"卡莱尔问道。

"几个小时前我们已经打电话给托基镇了,"中士说道,"他们会派遣一名官员到普利施太太的住所,尽可能地向她说明一切。这就是我们通常采取的手段。"他拿出一块沉重的手表看了看,随后思考起来。"托基镇,我想普利施太太已经不在那里了吧。"

"即使假设她已经出发的话。"他的下属解释道。

"好吧,"乔治说道,"那么我们四处看一看吧?"卧室是第一个要去的地方。除了一张床,那里没发现什么不正常的地方,现在秘密被深深地掩盖起来了——展现出的只是住户日常生活凌乱无章、不拘小节。这一切都需要仔细检查，但此刻有一个细节引起众人关注。

"抓住另一边，"中士提议道，他打算掀开床单。逗留在那里的女清洁员大叫一声，跑开了。

"这真是个野兽才能干出的事情，"侦探比德尔边说，边冷静地把床单拉近，观察细节。

"我的天啊，是的。"乔治有点不情愿地跟着说道。

"太可怕了！太可怕了！"卡莱尔先生迫不及待地要离开那里。

"一击致命，"中士暗示道，"尽管只有这一下。他的脸部被打得像块奇怪的面包，连他自己的妈妈也没法认出他来。真是可怕，对吧？手指也不见了吗？嗯，那个情况我们已经知道了。您怎么看待这一切？"

"报复——报复和愤怒，纯粹的血腥暴力，"卡莱尔总结性地说道，"有什么东西被翻动过吗？"

"就目前我们看来，一切正常。"中士指着女清洁工消失的方向，"那位上年纪的当事人说她所熟悉的一切似乎都没什么变化。"

"案件估计发生在什么时候？"比德尔问道。

"梅多斯医生就在这里，据他说是星期六午夜到星期天的凌晨。对面公寓的人也同意此观点。他们听见星期六晚上大约十点钟有锁门声，星期天早上牛奶和报纸都没有人触碰过。"

"我想，牛奶盒子一整天都被放在台阶上吧？"有人问道。

"是的,对面公寓的人注意到了这一点,但是也没多想。他们觉得普利施太太可能周六出去了,而普利施先生可能会跟太太一起回来。琼斯小姐周日不会来打扫,所以直到今早人们才发现情况。"

"最好听一听她现在怎么讲,"比德尔说道,"没必要为了已经掌握的情况把她留下来。"

"要是您不介意的话,请等一下。"面对案件,卡莱尔并不急于寻求他人的许可。眼前的衣橱让他想起了普利施讲述的故事。他拿起挂在那里的睡衣,殷切期盼着有所收获。"肯定会有一些我想要真正发现的东西。就是这件睡衣,啊,天哪,就在这里!"

当大家聚拢过来后,卡莱尔指向了一处清晰的划痕。

"这是什么?"中士看了一下大家,随后问道。

"之前的预谋。"比德尔迅速回答道。

"在某个地方还应该能找到一张床单和一个抱枕。"卡莱尔急切地说道。他现在完全入迷了。在他的热情驱使下,所有的抽屉和衣柜都被翻开,大家小心翼翼地检查着里面的物品。

"衬衣里面有什么东西。"乔治大声说道。

"拿出来,不要再把它和其他物品放在一起。"藏匿的物品慢慢被发现,惨案的证据清清楚楚地呈现在大家眼前。

"天啊,你们看,我有些觉得普利施想象过这一天的到来,"卡莱尔详细地向门口的众人吐露心声。"唉！唉！到底是谁下此毒手……"卡莱尔记起那个死者就静静地躺在那里，依旧能听见他的话，只好忍耐下来，耸了耸肩。

"我们继续吧，"比德尔说道，"这些细节一直以来就是普利施所想的。"

"我把证据包起来。"卡拉多斯说道。经过仔细检查，其他所有人的好奇心都得到了满足，卡拉多斯也就能自由行事了。他手里拿着一个松垮的包袱，一种怪异感油然而生，促使他朝光亮处走去——这种地方总会让这位神探有所触动。卡拉多斯离开了人群，摸索到了窗户旁。

"太太，现在请您过来跟我们讲讲您了解的全部。"那位年轻的警官说道。

"不用了，"比德尔侦探好心地说道，"可怜的人已经够难过了，就不要把她带到这里来了吧。就站在那里，琼斯太太，我们过去。"他站在门口对琼斯太太说道。大家都沿着狭窄的通道走进了臭烘烘的厨房。"现在您能平静地告诉我，您所知的这场惨案的情况吗？"

琼斯太太的证词十分好理解，因为她早已做好了当自己所说内容偏离事实时，随时被打死的准备。琼斯太太也没有提及什么新情况，所讲内容多是和生活或朋友的观点相关，与案情关系不大，谈话中她还使用了过量的代词，严重影响了叙述效果。但是大家都听得很耐心，赞扬了她的勇敢。琼斯太太悲伤地晃动着她那古董般的黑色帽子，并且觉得帽子质量低劣。

"我只会站在那里尖叫，"琼斯太太惆怅地承认道，她指的是刚进入卧室那会儿的可怕情形。"在我缓过神来之前，我站在那里，尖叫了三次。可怜的人！他得多招人记恨，才会有这样的下场啊！"

在琼斯太太离开前，大家提出了一连串的问题，一个接着一个。

通常是比德尔和乔治发问，卡莱尔有那么一两次会殷勤地插上几句话，来确认一下信息："就在八点钟到六点钟之间，琼斯太太曾见过普利施夫妇有几位拜访者，但她以前与那些人素未谋面，互不相识，星期六也没有人敲门。她还记得有个'外国人'最近在附近或是大门口逗留（有一家外国人居住在5号房间，但是大家对他们都很熟悉），但那天她并没有注意到有那样一个人出现；普利施先生和太太谁也没有对她说起有什么不对劲的地方，丈夫通常外出，而妻子也不是友善之人，这对夫妇相处得似乎挺融洽，她从未听过他们真正争吵过。就她看来，普利施太太大约周六中午时离开家，说要外出一周，而普利施先生陪着太太去了帕丁顿（因为普利施说过，回来的路上要去喝茶）；她最后一次见到普利施先生是在周六大约五点钟的时候，那天她离开得比往常早一些；她并不清楚厨房壁炉里的灰烬，因为过去几周都没生火了；寄来的明信片（此刻在大家手里传阅着）说明普利施太太已经到达了托基镇,她发现大厅地板上还放着周日的报纸;即便普利施太太不在家,琼斯太太也要像往日一样做些日常工作等等;这就是每周的常规安排。"

"似乎情况就这么多,"比德尔侦探看了看四周,总结性地说道,"我们有您的地址,琼斯太太,您肯定很快就会得到我们回信的。"

"在您走之前,"从房门那边传来一个平静的声音,"您是否还记得上周四下午您干了些什么?"这是卡拉多斯提出的第一个问题,大家几乎没有注意到卡拉多斯是否重新加入到了谈话之中。

"上周四下午?"琼斯太太绝望地重复着,"啊,天啊,我的脑子全乱了——"

"嗯,您再想想,应该没有那么难——您知道,那天是提早停业日。"

这个提示显得很有效果,琼斯太太果然想了起来。那天她还有些特殊的事比较难忘。星期四的早上,普利施太太递给她一张帕克赫斯特下午场演出的票,并且告诉她,自己收拾完餐桌后,她们两个人可以一同前往。

"这么说周四下午您根本没在这里啦?琼斯太太,还有件事,迟早我们会需要您主人照片的,您是否有他的照片呢?"

"先生,我知道在小房间的餐具柜上有一张他的照片,或许还有别的照片,不过您不会感兴趣的……"

"我敢肯定您也不会感兴趣的,"卡拉多斯说道,"现在,您走之前请把照片指给我们看一下,以免出错。"

"您不可能弄错的,因为房间里只有那么一张照片,普利施太太的照片挂在那边,"琼斯太太解释道,但她还是想确认一下。"这就是……"

"怎么了?"卡拉多斯一面问道,一面靠近琼斯太太。

"对不起,先生,实际上,我犯了个错误……"

"我想您并没犯错,"卡拉多斯敦促她说道,"我觉得您也没真正那么想。"

"我应该遭埋怨,我真不知道该怎么想,"琼斯太太说道,"这不是普利施先生。"

"这是相框吗?不,别碰它——您看,真不走运——但是您应该还有印象吧?"

"就是这个相框,没错。我应该记得,我给它除尘好多次了。"

"但照片被换掉了,和原来的照片一点都不像。您最后一次注意到那个照片是什么时候?"

似乎看上去,事情应该没过多久,但是琼斯太太此刻脑子直打转,也没法说清楚准确时间。可能是周五,也可能是周六。卡拉多斯耐着性子,要求她说得准确些,但是在警方的建议下,琼斯太太离开了,如果有必要的话,在任何情况下,她都不能向其他人提及今天谈话的内容。对于今天来讲，琼斯太太已经回答了足够多的问题。

"既然大家都在这里，"中士说道——大家依旧聚在'小房间'里，只有一个人站在前面朝外面望去，"你们大概能明白罪犯是从哪里进来的吧。"房间里的窗台是由木头和石头做成的。中士走到窗边，指着窗台上的几道痕迹说道。

"我们到达这里时，发现低处的窗框被抬高了几英寸。"

"我想，这就是罪犯进来的方式吧？"乔治说道。

"一定是这样。所有的钥匙都清点过了，琼斯太太发现前门如往常一样上了锁。并且凶手为什么不这样做呢？这里有阳台，几乎不用侧身就能发现楼梯那边的窗户不过一码远。嗯，这简直轻而易举，好像为他量身打造一般。"

"嗨！嗨！"卡莱尔不快地说道，"要是我说，我们还没检查过任何一把锁。"

"锁？"年轻的警探那一刻出现在门口，随即回应道，"嗯，有个小伙子拿来了工具，他说能把这里的锁修理好、组装好。"

"好吧，假如这并不是件特别难办的事，"中士继续说道，"不管怎么样，叫他进来吧，伙计。"

这名锁匠，看上去即使是身陷贼窝，也会保持警觉，关于锁匠还有个简短的情况要说明。他的商店开在七姐妹街，上周五下午，一位先生来到他店里，约定好和他下周一一起来这里修锁。那个人称自己为普利施先生，还留下了地址。锁匠对于这里发生的案件一无所知，如约来修锁了。

"真是遗憾，你没能在周六来修锁，希普韦特先生，"侦探比德尔说道，他将这个情况视为一个新的证据，"或许……我不能说可以，但是或许……能够阻止这里发生的谋杀案。"

"但这正是我不愿去做的事情，"希普韦特热心地说道，"'周六不要来，因为我的妻子很敏感，假如她觉得夜里有盗贼，肯定会犯病的。'普利施先生这样说的……这是原话。'她周一就离开了，等她回来时也不会注意到。'那么周六我还能去吗？"

显然锁匠做得很对。"没错，"大家认可道，"但是今天这里也没你什么事了。"几乎是在大家的劝说下，众人也跟锁匠解释了他在这里帮不上忙，并且被卷入这么一桩引人注目的惨案中也没法让他心情平静下来，希普韦特才离开了。

"在我走之前，"中士回到厨房，再次说道，"还有个情况我必须要说明。你们听见琼斯太太提到的炉火了吧——普利施夫妇一直使用壁炉，但却几周没有点火了。"

"这正是我问她的事情，"乔治提醒中士说道，"有人在这里点过火。"

"对的，"中士冷静地说道，"在你们到这里来的两个小时前，我也是这样询问她的。有人在这里生过火。谁干的呢,他的目的是什么？嗯,我取出些灰烬查看了一下,现在我让大家看一看那里面有什么。"

"手套纽扣,"侦探比德尔说道,"都是这种金属,我想,同种款式的有成千上万个。"

"工作后烧掉自己的手套——情形一定是一团糟,"乔治说道,"上面印着'奥杜邦兄弟'——国外制造。"

"这倒提醒了我,还有个情况,"中士掏出便签本,拿出折叠好的一张纸的碎片,纸的边缘已经被烧焦了,"这是从壁炉里找出来的,显然在点火时有些部分脱落下来了。您可以发现,是国外报纸,依我看是意大利报纸。"

卡莱尔先生、比德尔侦探,还有乔治相互会心地看了看。在稍有缓和的气氛下,大家都轻声地笑了起来。

"是否有人注意过靠近床的一面墙上用红色写着'大家说意大利语'？"有人狡黠地问道。

那位年轻的警官,恰好离大门最近,听到那假情假意的暗示,站起身来,主动走过去检查了墙壁上的字。其他人则盯着卡拉多斯,满心的不确定。

"不,不用了,"卡莱尔先生真诚地说道,"没必要再看了,谢谢您。当您和我一样了解卡拉多斯时,您就会明白,他总能说出些什么,但和您所想的不太一样。马克斯,现在请您给我们些启发吧,为什么凶手在床边写下了'讲意大利语'的字样呢?"

"很显然是想引起别人的注意。"卡拉多斯回答道。

做了一两个简单的伸展运动活动身体后,中士说道:"那么,我大概要走了。"而后他悄悄地补充说道:"我不懂意大利文,也不懂荷兰语。"

卡莱尔先生也觉得没有再待下去的必要。"马克斯,假如您这里完事了……"他转过身来,发现卡拉多斯已经不在那里了。

"您的朋友刚刚去了前屋,先生,"警官经过时对卡莱尔说道,"看到盲人那样走动还真有趣……"但是突然一阵玻璃的破碎声从前屋方向传来,打断了警官接下来对卡拉多斯的恭维。

"是我干的,"卡拉多斯解释道,"完全是我犯了可笑的错误。"正是好奇心驱使他去触摸墙壁、照片、容易断裂的绳子和不结实的钉子……难道从墙上没有掉下来什么别的东西吗?

"依我看,只有从餐具柜上掉下来的两个相框,"卡莱尔回答道,"玻璃全碎了。但我认为普利施先生在那样的状况下没有心思去顾及这些小事。不管怎样,幸好你没有受伤。"

三天过后,警方公开了阿尔伯特·亨利·普利施的验尸报告。这仅仅是一种官方说法,仅仅验证身份却无对死因的声明被作为唯一的证据呈现给公众。一周后警方对这份报告稍作调整,再次将其公开。

普利施先生的死因再次被提及,广大的报纸读者第一次有勇气来了解案情,并且将它视为最为流行的轰动事件。路易斯·卡莱尔再次讲述了有关那位不速之客的插曲。对于那段特别浪漫的故事则进一步得到了多方证实。两天后,希普韦特先生的桥段讲述了死者如何来到店里、要求他去修锁,还有自己在公寓里一无所获的经历。琼斯太太则技巧性地将故事引向发生的日期和细节,证明自己是发现尸体的当事人。两位医生——一位是第一次报警后被匆匆喊来的私人医学从业者,还有一位是分区的外科医生——在所有关键点上看法一致。警察也在不同阶段高效地阐述了对案件的看法,试图向公众呈现惨案的真实调查情况。

一位悲伤的寡妇成了当天最为牵动人心的人物。尽管她的证词不多,并且大多数的内容都被否定掉了,当她走进证人席时,脸色苍白但却端庄大方,显得并不习惯于出席那样的场合。但是,可以这么讲,她并不太吸引人。法庭里一阵骚动,大家纷纷表示了对她的同情。卡莱尔原本对她持有偏见,如今也被这种气氛所打动,不由自主地回想起了普利施先生的命运,也开始同情起这位遗孀了。

普利施太太低声地讲述了自己的情况,而且语调特别吸引人。她直勾勾地盯着眼前的众人,丝毫没有沮丧的神情。据她解释,她叫做凯瑟姆·普利施，今年二十九岁。她对于案情一无所知。案发的那段时间，她一直都待在托基镇，上周六下午就已经赶到那里了。普利施先生将她送到帕丁顿镇后才和她分开。他们夫妻间感情一直很融洽，只是没那么明显。普利施先生很体贴人，但却十分保守，没有什么特别的爱好。两年前，她就已经习惯靠工作来养活自己了，但是神经疾病迫使她放弃了工作。正是出于患病的原因，她才独自住在自己的房间里。她的疾病有很多症状，但是听到别人将她描述为"不理智,坏脾气的人"时，普利施太太还是吃了一惊。

"'不理智、好激动'，我想这是人们描述您的准确用语。"卡莱尔鼓起勇气说道。

"基本上是这样的。"普利施太太根本不为所动。她讲道，正如刚才提到的一样，自己对于丈夫和女店员之间的阴谋毫不知情，也没听说过彼得这个人，不论是名字还是他的意大利国籍。她也没办法说清楚有嫌疑的商店位于伦敦哪个区，因为死者经常出门走动。警察已经将普利施先生的财产列了个清单。在作证结束时，普利施太太几乎要晕倒了，必须靠别人搀扶。

进一步的调整后，警方依旧一无所获。死者的死因——法庭上真正的焦点——也相当清楚了。陪审团最终以"某个或某些未查明的人被判蓄意谋杀"裁定此案。在记者离开法庭前，警方请求媒体能够循环刊登一则消息：任何人如有女店员的消息，看到和她在一起的叫做彼得或是彼得罗的外国人，或任何符合普利施先生描述的人员，请与媒体、苏格兰场的警察或是当地警局联系。各个媒体答应帮忙寻找嫌疑人，作为最后的解决方案，媒体愿意刊登普利施先生的照片，但却获悉并没有可以清晰表明死者身份的照片，只好对女店员和绰号为"意大利人彼得"的外国人展开强大的媒体追踪。

"我在想，你或者是比德尔侦探哪天能来我家一趟。"卡拉多斯对乔治说道，此刻乔治正在检查角楼。距离上次庭审一进过去整整两周了，《霍洛韦公寓惨案》的新闻价值大打折扣，从头条变成了对面版面"家庭与公共事务"专栏下的六行文字。

"您的叔叔拜访我时，经常会向我透露些案件的进展。"

"卡拉多斯先生，这并不是他看问题的方式，他过去常常讲要想看穿一堵墙，你就得……嗯……见鬼！"

"充满好奇心，"卡拉多斯说道，"我并不记得比德尔侦探使用过如此精确的语言。"

乔治的脸色微微发红，对于自己刚才的话付之一笑。

"嗯，大概碰巧我说出了自己的观点。"乔治说道，"但这也是我叔叔的意思——是出于恭维的意图。当然，事实上，正是在我叔叔的建议下，我才敢贸然来打扰您。"

"谈不上什么打扰，"卡拉多斯说道，回应了刚才两人之间细小的分歧，"我敢肯定，那是比德尔侦探不该用在我身上的另一个词语。"

"您真是善良，"乔治接过一支烟，而后说道，"我必须走这条路去见另一个——啊，天呐，另一个人！——女店员，嗯，我想是这样的。"

"啊，案子进展如何呢？"

"没有进展。卡拉多斯先生，我们见了数千个女店员，还有数百个叫彼得的意大利人。我开始想，"乔治一面看着卡拉多斯的脸，一面抛出了令人惊奇的异端邪说，"其实彼得这个人并不存在。"

"什么？"卡拉多斯镇定地说道，"这似乎超出了常理，不是吗？比德尔侦探是怎么认为的？"

"他说，'我应该明白卡拉多斯先生讲'说意大利语'的真正含义，以及他把照片打碎时的真正意图。'"

卡拉多斯赞许地笑了笑，他似乎能够看见眼前盘旋而上的蓝色烟雾。

"当人们提出一个简单的问题，是多么容易给出这样一个直截了当的答案，"卡拉多斯说道，"通过'说意大利语'这个信息，我尝试着表达了自己的观点，那就是意大利人彼得并不存在。我打碎照片，是想找到些确凿的证据。"

乔治满怀希望地等待着卡拉多斯将这个主题继续下去，但是神探似乎想到他所说的内容很重要。当你没法和一个人目光相对时，就很难引导他进入一段对话。

"普利施可能自己搞错了，"卡拉多斯继续试探性地说道，"或是他在某些细节上有意地误导卡莱尔先生，想着能套取他的建议，但是又不完全相信卡莱尔。"

"有这个可能。"乔治安静地抽着烟回答道。

"有件事我一直不明白，尽管普利施打算和女店员在一起，他在女孩身上花费的钱似乎比预想的要少。我们发现了一个小的日记本，普利施将日常开销情况全部记录在了本子上，里面没有一条写到关于巧克力、鲜花、看戏，以及诸如此类的东西。"

"一个日记本？"

"嗯，普利施不写日记，本子仅仅用来记录收入的现金、收取的租金等等。假如您愿意，就检查一下本子？"

"谢谢，我愿意检查一下本子。我想知道我们的朋友卡莱尔先生给了普利施什么样的建议？"

"我并不记得见过这个本子，"乔治翻了翻前几页说道，"星期四，3号，对吧？不，奇怪得很，这里并没有出现……我想他并没有些写下来什么您称为可疑的条目，为的是防止普利施太太发现。"

"这并不奇怪，"卡拉多斯说道，"您有没有发现其他有趣的东西，新名字或是新地址？"

"没有。嗯,您所拿到的内容不过是记录了些交易的号码、数量等等。"

"没错,这是个相当有用的习惯,对吗？"卡拉多斯细长的手指不停地颤抖着摸索,没有做任何停留。"当阿尔伯特·亨利·普利施写下这份清单,他并没有多想——鞋子,9号；帽子,7号；衣领,16号；手套,8号；手表,31903号；重量,11号,81磅。我们能够知道普利施先生的为人了：窥一斑而知全豹——正如这句格言所讲,仅仅是在这个案子中,帽子和手套更加有价值。"

"的确如此,先生。"乔治说道,他的直觉告诉他对所有的情况应该有个了解。

过了一会儿,当帕金森被召唤进到屋子里时,那里只剩下卡拉多斯一人了。屋子里灯光明亮,卡拉多斯正坐在桌旁,面前放着一张纸。帕金森训练有素,出于警觉,他立刻明白了新情况下的每个细节,随即在脑海中记住了那张薄边纸的样子、乔治使用过的那张椅子的位置和外形,烟头和火柴的数量以及摆放位置,所有和烟灰缸及里面物品的细枝末节,还有其他几样事情。这就是他的日常惯例。

"关上门,进来,"卡拉多斯说道,"我想让你想一想大约四周前,最后一次我们到卡莱尔先生办公室一起拜访他的情形。我们坐着接待室里,那时我问过你是否我们认识的某个人把东西落在了那里。"

"我清楚地记得那时的情形,先生。"

"请描述一下那里的物品。就说说手套怎么样?"

"那时房间里只有一只手套——是右手的手套,深灰色山羊皮做的,没怎么用过,裁剪手艺也不是最好的。手套纽扣是个按扣,上面写着'奥杜邦兄弟'。手套里面唯一的标记是7号尺码。"

卡拉多斯在他的纸上做了记录。"帽子呢?"他问道,"帽子的号码是多少?"

"帽子的号码,印在一个八角的白色标签上,是6,先生。"

"目前为止,我们干得不错。那个拜访者走过去时,你看见他了吧。除了衣服,不重要的东西以外,是否有什么体貌特征能让我们辨认出他来?"

"在他的左眼下长着颗黑痣,右边的耳垂比左边的要小,右手中指的指甲不知什么时候因为受伤而上翘了。"

卡拉多斯在面前的纸上做了个最终的记录。

"帕金森,你做得真的非常好,"卡拉多斯说道,"这些正是我想要知道的情况。"

一个月过去了,风平浪静。偶尔会有报纸刊登出个标题,对侦破的谋杀案令人焦虑的发生频率进行一番评论,在其他提到《霍洛韦惨案》的情况中,强烈谴责意大利人彼得依旧逍遥法外。在那时,彼得这个名字对读者来讲既遥远又熟悉。

十一月份的一天晚上的早些时候,卡拉多斯接到了比德尔侦探打来的电话。那天恰巧接电话的是卡拉多斯本人,刚听到几个字,他就明白,那个乏味、漫长等待、阴郁的几周就要过去了,真相即将揭晓。

"嗯,是我,先生,比德尔侦探,"电话那边传来比德尔的声音,"我正在比克街给您打电话。您提到的两个人刚刚去了华沙街的某个酒店。今晚那个女的在爱尔汗布拉酒店预订了两个位子,我们判断他们几乎在一小时内出现。"

"我马上到,"卡拉多斯回答道,"那么卡莱尔先生呢?"

"我已经通知过他了,他在布尔顿皇宫酒店后门,"比德尔说道,"现在这里就我一个人。"

自从事发以来,这次卡拉多斯"提到"的那两个人第一次露面,他们之间的联系显然是偶然的。但并非出于内心的一丝怀疑,而是出于对案件的关心,卡拉多斯才拿了一张画,用一块一直保留着的方形玻璃加以覆盖。

"极其隐秘的楼上私人小房间。"当那两个人四处张望时,业主介绍道。业主建议他们应该避开公众,他的观点是对的,尽管完全不必如此。那两个人简单地点了点头,随后业主把他们沿着狭窄的楼梯引向上一层可疑的"小洞穴"。下面普通房间并不拥挤,而这间小屋子却完全是空荡荡的。

"很有古代的气息。"那个女人脱下斗篷说道。她的笑声很刺耳——这却有点暗示出她现在是个悲伤寡妇。"我想为将来考虑,我们最好逃到托莱多去。"

"对的。"她的伴侣慢吞吞地回答道。他的外貌很值得怀疑——他没有戴眼镜,也没留小胡子,他的左手此刻也没有戴手套,一根手指也不缺。"只是还有件事,我们是否不应该这么快就聚在一起。"

"嗨!"那个女人感情激动地呵斥道,"大家都已经麻木了,没有一件事,没有一个细节出错过。最可能会发生的情况也就是对意大利人彼得进行围捕!"

"哦,拜托!别再说了,"那个男的急促地说道,"根据你所言,对你来讲你的丈夫就是个禽兽,事已至此我不后悔,但是我想把一切都忘掉。你有你的方式,按照你的计划,该做的事情我都做了。现在你自由了,能够体面地生活,只要等安定下来,我们马上就结婚——假如你还愿意嫁给我的话。"

"假如你还愿意的话,"那个女人一边满怀深意地望着对方,一面重复道,"迪克,你知道吗,我自己,比我想象中,还要愿意嫁给你。"

"嘘!"那个男人警告道,"有人来了。凯蒂,你下命令吧,你一直是这样做的!我怎样都可以。"他转过身去把大衣放在一张空椅子上,在离他最近的衣兜里翻来翻去。

楼下，在那间不伦不类的起居室里，某酒店的业主马上就迅速、高效地搞清楚了当时的状况，立刻完全接受了发生的事情。在当局人士面前，肥胖的业主殷勤地鞠躬、尽力地表现，压低自己的声音，时不时还知趣地将手指放在唇边表示赞同。

"您好，"另一个叫做"迪克"的服务生端来一盘菜，"其他的服务生到哪里去了？"

"一些常客刚刚把他叫走了，"迪克解释道，"先生，希望您别介意。"

"他没有铜纽扣？"

"没有，侦探先生，""侍者"回答道，"迪克拥有您所说的三个标记——痣、耳朵、指甲。"

"那个女人呢？"

"毫无疑问，是普利施太太。"

"有什么证据吗？"

"请您不要担心，我会证明的，好戏才刚刚开始。那个人随身带着枪。"

"现在就好理解了。不要关门，看一看是否你能让他们讲话……假如您二位先生能够走到那边去，就可以听见他们讲话了。"

卡拉多斯微笑着表示赞同。

"我已经能听到他们讲话了,"卡拉多斯说道,"正是9月3日拜访你的那个人的声音。"

"我觉得也是,"卡莱尔蹑手蹑脚地走回去后说道,"我真是这样想的,但是两个月过去了,我并不敢保证自己是对的。"

"就是那个人。"卡拉多斯深思熟虑后说道。

比德尔侦探悄悄地抓紧了衣兜里的物品,对一个服务员点点头:"摩根随你一起拿咖啡进去。"又说道:"摩根,把它放在桌子上,站在那个女人身边。你一抓住那个男人就喊我。"

第一位进去的侍者拿了些糖果,还有些酱汁。东西倒没有被打翻,只是侍者脚步笨拙,洒了几滴。侍者手里拿着餐巾纸,一面道歉,一面靠近顾客,准备擦去顾客大衣袖子上的污点。

"嗨!"那个顾客惊叫道,"你到底想干什么?"

一切都为时已晚,此刻那个顾客也只能尖叫。他的手腕已经被一只训练已有素的手稳稳地抓住,刚想挣扎,便被死死地按回到了椅子上。凯蒂·普利施感到心头一紧,慌忙从椅子上站起来,突然觉得有只手搭在了自己的肩膀上,随后惊恐的朝四下望了望,坐回到了椅子上。侦探比德尔出现在他们面前,手腕肌肉紧绷着和青筋暴起的大手此刻如钢铁般牢不可破。整个紧张的局面持续了不到三十秒钟。

"理查德·克里斯平齐,你被指控谋杀了这位女士的丈夫。凯瑟琳·普利施，你作为同谋被捕了，"比德尔随后一如既往谨慎地说道，"摩根，去叫辆出租车来后门。"

克里斯平齐此刻心头五味杂陈，他看了眼身边的同伴，而后转向控诉者比德尔。

"你真是疯了，"他拍打着，想要努力把手挣脱出来，"我从没有见过那个人。"

"假如我是你的话，现在就什么都不说，"比德尔平静地建议道，"事后你会发现我们掌握的信息可比你想象的要多。"

后面发生的事情应该不难猜到，之后一条电缆断掉了，那一刻华沙街的一侧陷入了黑暗之中。黑暗中所发生的事情——在黑暗里，前前后后有几个人站在那里——要么走来走去，要么谈论事情，他们高举手臂，一直在争吵，突然那团黑暗被一道小小的红色裂痕刺破了——跟纸袋子破裂的声音极为相像——简直没有分别，大家几乎都等待着，随即听到了玻璃和瓷器碎裂的声音。

"一盏路灯掉下来了！"比德尔竭力喊道，一束手电筒光转动着，如同俾格米人搜寻猎物之光，随后照在了一个翻倒在地，躺在桌下的东西。"快点！"

"他们说什么地方有烟雾出现，"卡莱尔说道，他一边走一边点着了一根火柴，"啊，在这里。"

随后发生的事情无需多问，尽管事情发生的经过并不能让众人完全平静下来。凯蒂·普利施正站在那里，就站在刚才的座位那里，她颤抖的手完全可以够到身旁的武器。屋子里的人似乎出奇地冷静，仿佛那小小物件释放出的味道使众人麻木了。普利施太太慢慢地挪向她的爱人，比德尔也只好抓紧手枪等待着。她没法平静下来，随后缩成一团，跪倒在地上，挣扎着抬起头来。

"再见了，我的爱人。"凯蒂平静地说道。她最后一次吻了吻死去的克里斯平齐的嘴唇："都结束了。"伴随着一种奇怪的责任感，悲惨的普利施太太以另一位致命密谋者的口吻补充说道："我们失败了！"

凯蒂似乎是唯一在这里还有事情可做的人。比德尔心不在焉，卡莱尔和卡拉多斯像旁观者，刚刚出现演出便结束了。楼下大街上喊来的出租车有节奏地震颤着，可大家谁也没有注意到它；大家此刻都在等待着另一套装备。下楼时，凯蒂·普利施顺从地跟在警探后面，好似一只无家可归的流浪狗。

"这绝不是我们想要的结果，让一个罪犯就这样溜走了。"侦探比德尔抑郁地说道。卡莱尔和卡拉多斯临走前说道："但是，既然他们都和案件相关，这也算是最好的结果了。"

"您是从哪点看出来这是个最好的结果了？"卡莱尔出于某种职业热情，期盼着得到答案。

"嗯，看看发生的事情吧，考虑到绞刑这一最后肯定会发生的事情，克里斯平齐让我们省了不少麻烦，一点也没让别人操心。凯蒂可以从中受益，因为她的律师现在就可以针对那个家伙，说克里斯平齐完全诱导了凯蒂。我个人觉得，陪审团会有十二个人，或是十三个人，但凯蒂不会是那第十三个陪审员，她可能会被绞死，因为明天我将会是陪审团负责人。"

那天夜里，卡莱尔和卡拉多斯坐在一起抽烟时，卡莱尔说道："马克斯，你想一想这件案子的案情，还是很惊悚的。"

"是让人好奇，"卡拉多斯沉思着说道，"对我来说，案件绝对简单，并且显而易见。可能因为我应该也那样做过……基本上说，是同一种手法。"

"那么你也同样被抓了吗？"

"罪犯犯下了错误。假如你决定杀人，你就必须既秘密又公开地完成此事，因为事情迟早会暴露。假如你公开地进行，就能为案件蒙上另一层面纱。那两个人——克里斯平齐和普利施太太——清楚用相反的方式杀死丈夫会为妻子招来嫌疑。在严密的调查下，她和情人的秘密不会隐藏很久，而结果就是致命的。实际上，假如普利施还活着，事情很快就会真相大白。在普利施发现阴谋前，他那受人诟病的爱记账的习惯决定了他的命运，使得案件早早地就发生了。

"路易斯，假如你想要谋杀别人，就得明白迟早你会遭人怀疑，那么你期盼发生的第一件事是什么呢？很显然是让别人的嫌疑变得更大些。但是对他人的拘捕会打乱计划，你就会发现他的身份，看到他有很大的机会逍遥法外。最难找的人恰恰是不存在的人。

"你对整件惨案的计划一清二楚。每件事就建立在这个计划之上。一旦你有了线索，不仅能看到每件事情的真相，还能够自信地预见事情的走向。人们会认为你和普利施真正地交谈过，实际上你却根本没见过他本人。这就是缺憾。而袭击者应该怎么做呢？只会出于嫉妒而变得疯狂、愤怒。南部的人通常是最爱嫉妒和喜欢复仇的，因此我们就听说了一个意大利人或是西班牙人，而意大利人是两者中最容易让人相信的。同样，希普韦特的到来进一步地证实了你的论断。但为什么希普韦特先生要从一英里外的地方赶来呢？离案发地很近的地方就有锁匠；我特意去拜访了希普韦特先生，发现，据我判断，是因为他能够认出普利施先生，虽然这并非希普韦特的本意。"

"可能我应该对希普韦特的说法更加有所怀疑，"卡莱尔认可道，"但是，马克斯，你知道每个月都有十几个人来向我讲述他们奇怪的故事，而这种案件发生的概率也就是百万分之一啊。不管怎样，我也就见怪不怪了。你说克里斯平齐犯了个错误？"

"克里斯平齐，作为案件背后的隐藏者之一，做错了几件事。他曾经做过演员，在普利施太太的指导下，毫无疑问他干得还不错。事后来看，他可能过于强调事情的隐秘性了。当初袭击的想法，当然，是经过设计的，作为不可辩驳的证据太过于明显了，低调一点会好些。就我而言，正是罪犯过于谨慎，琼斯太太在周四下午才会被打发走。凯蒂可能过于依赖自己的直觉，以至于在回忆案情时显得异常哀怨。毁掉普利施先生唯一可以辨认的照片很重要，但这种风险通过烧毁照片已经被消除了，凯蒂也制造了自己不在案发现场的可靠证据。但是在克里斯平齐烧毁后的手套上，我们发现了能辨认其身份的指纹。"

"他曾经被指控过吗？"

"六年前被指控敲诈罪，之前还有些其他罪名。克里斯平齐既软弱，又暴力，经常选择向女性寻求帮助。但是他犯下的最大错误是，严重地忽略了我们对警告信号的感知。"

"嗯，我几乎除了你没跟其他任何人谈论过此事。床单和抱枕很明显地契合了普利施先生的说法，永远难以消除掉。这两样东西从来就没有放在普利施的床上过，请相信我，路易斯。一个女人会从自己的床上把这些东西拿走，这很平常，但是却十分致命！当我把这两样东西拿在手中时，就觉察到了可怕的事实，就在那一刻，整个骗局，设计得如此无懈可击，但却毁于一旦。没有什么东西能够挽回那简单、致命的愚蠢行为所带来的后果。"

两只左脚鞋子的奇遇记

　　恩德利一家丢失银器的那段时间恰逢猴子大盗气势正盛。如今很多人可能已经淡忘了猴子大盗，他经常爬树跳上建筑高层的窗户进屋偷盗。他的偷瘾很大，据说他进行的多次偷盗事件中，被盗房屋的前门敞开着或者有梯子整夜放在那里，他将梯子调整到合适位置进行精彩的一跳。当年盗窃案件频发期间，每一期的话剧《庞奇》中都会包含一两个关于猴子大盗的笑话；假如没有一些关于猴子大盗的故事，那个话剧就不完整。被盗之人永远都试图宣称自己是真正的受害者。而媒体界出于正义感，也正当地做出了相应的努力。

　　恩德利一家那时住在银色公园旁边，那里全都是老式房子,宽敞的、令人赏心悦目的花园一直延伸到河边。年轻的恩德利夫妇一直住在其中一间中等规模的房子里，等待着有朝一日恩德利出色的品格得到合作伙伴的认可，在此期间，恩德利表现得高度负责，但是同地产商和房产巡视员联系后，收获却不尽如人意。马克斯·卡拉多斯从一两位朋友那里得知了恩德利的情况，对他印象很好，很愿意帮助这位年轻人。这位失明的犯罪学家终于等到了机会，作为一名委托人，卡拉多斯要到华威郡去处理一桩地产案。确定恩德利可以为自身利益工作，卡拉多斯就委托他检查一下自己的财产并写一份大致说明。业务并没有那么紧张，卡拉多斯很容易抽出几天，离开办公室处理些私人业务，恩德利欣然接受了这个建议。

恩德利尽职尽责地在两天内完成了自己的工作，回家之前他朝角楼望去，发现卡拉多斯先生正好有空。

"我想现在就把情况说明交给您，"恩德利解释道，"无论如何请您看一下，问些我仍然记着的细节。我在回程的火车上记录了些想法。"

"干得好，"卡拉多斯微笑着，接过了记事本，"我本想让您待在这里，谈论案情，但恐怕有人要优先占用您的时间了。"

"怎么会呢？"

"几个小时前恩德利太太刚刚和我通过电话，她让我向您转达，请您第一时间和她取得联系。"

"天哪！"恩德利有些不安地说道，"我猜是发生什么事情了吧？您知道是怎么回事吗？"

"没什么情况，"卡拉多斯淡定地安慰他道，"我想，您的妻子一切安好，但是有些难言之隐。不管怎样，打个电话会安心一点。"卡拉多斯指了下电话，"电话供您使用。"

"请您别走。"恩德利在那一刻似乎在盘算着什么，相当不愿意让自己的心情放松下来。"我那会儿吓坏了，但是假如我妻子她自己对您那样讲的话，那问题就不大了。事实上，"恩德利腼腆地、自满地说道，"她最近总爱胡思乱想，我明白，这种情况经常见。"

卡拉多斯谨慎、小声地向恩德利表达了自己的祝贺之情。

"天啊！"卡拉多斯听到恩德利对着电话轻声低语，然后连珠炮似的迅速发问道，"什么方式？""什么时候？""事情怎么样？""你并没有这样讲！"字里行间满是当事人的惊恐之情。

"真糟糕，"恩德利在挂断电话后说道，"我家被盗了！"

"怎么会这样！"卡拉多斯同情地说道，"希望您妻子不要为此太烦恼。"

"我可不这么认为。事实上，她看上去很烦恼，因为我们的几个邻居最近被盗贼以同样的方式抢劫了，她认为这一定是猴子大盗所为。"

"有什么东西被偷走了吗？"

"丢了银箱子，别的东西都还在。就像我说过的，迈拉爱胡思乱想，她想让我在我回去的路上打电话给她，因此给您打了电话。她想让我直接回家，您不会介意吧？"

"当然不会。我本希望您能让我陪伴您一两个小时，但是现在不可能了……我真正想要告诉您的是：我想和您谈个条件。您在这里再待上十五分钟，在这段时间里我们找个吃饭的地方吃些糕点一类的东西。我有辆车，可以更快地载你去你想去的地方；作为回报，请您允许我调查此盗窃案。"

"从我的角度来看，这的确是一桩好买卖，"恩德利回答道，"假如没给您添麻烦的话，我愿意接受您的建议。"

"一点也不麻烦。"卡拉多斯礼貌性地正式回答道。他走向电话，迅速地下达了几项必要的指令。"我喜欢事情突然取得进展，但大概这只是个开始。那么案情究竟是怎样的呢？"

"嗯，谈到案情，当然也涉及两个方面，"恩德利温顺地说道，"事情发生得相当突然，我并不喜欢这样。"

卡拉多斯几乎履行了承诺。在二人交谈了十五分钟后，他的红脚鹬牌小汽车已经迅速驶入公路，奔向银色公园了。

"说到这，我要跟您说说银器的情况，"在信任驱使下，恩德利对他身边的伙伴说道，"我们恰巧有不止一件银器——我意思是，我们比一般人更爱运动。我的岳父是个果农，在他那个时候就赢得了不少的奖杯和奖盘。我过去爱好跑步，也赢了几个类似的奖品。当我结婚时，朋友们又送了我们不少容器和饼干篮子。结果就是家乡厨房里特制的盒子里，摆满了将近五十公斤重的结实金属器具。当然，这些器具应该放在银行里保存，起初我们是这样做的，但是迈拉喜欢餐具柜里摆满各种各样的物品，所以把器具送来送去挺麻烦。之后我就说假如我们把器具留在家里，把它放在卧室里就安全了。但迈拉甚至不愿去搬动箱子，觉得把它留在原处就挺方便。一件又一件，该死的银器成为我们的痛点——成为我们之间不悦的开端。之后，厄运降临了。有天早上，我要离家去上班，因此我认为有必要和迈拉再谈一谈银器的事情。鉴于家里只有两个女人——迈拉和仆人，我提议最好还是把银箱子搬到卧室里藏到床底下安全些。天知道是怎么了，迈拉反驳道，假如银器真的遇到危险，想要把东西放到她卧室里的想法是多么的恶毒。愚蠢的话一句接着一句，我最后说道，但愿那该死的东西沉到河底才好呢。"

"您似乎已经得到了自己想要的结果，"卡拉多斯说道，"银器显然不会再来打扰您了。"恩德利对此激动人心的总结摇了摇头，很是迟疑。

"嗯，是的，"恩德利回答道，"但是不喜欢一件事，并不代表希望它真的发生啊。"

"我想,您投过保险吧?"

"恐怕只投保了部分物品,因为银器的价值已经超出了保险允许的比例。尽管物品并没有文物价值,但还是很要紧的呀。我真想知道当兴奋感慢慢消失后,迈拉会怎么看待此事?"

但就目前为止,兴奋感依旧存在。尽管卡拉多斯在没有提前告知的情况下贸然登门拜访有些让人摸不着头脑,但迈拉愉快而热烈地欢迎客人的到来。卡拉多斯这位犯罪专家的知名度自不必提,男女主人对于他那神秘的名声一清二楚。对于他们来讲,卡拉多斯就是位富有的盲人,尽管他对于盖伊来说更有用些。

"这并不算丢人,对吧,卡拉多斯先生?"迈拉细声细语地说道,这意味着第一轮的疑问和感叹算是过去了。"拉普沃思中士说这不可能是猴子大盗所为。我可是全靠了这一点才把希格斯镇住的。"

卡拉多斯和他们相互对视了一下,恩德利玩笑般地向妻子投去训斥性的眼神。

"我和拉普沃思中士见过一两次,他似乎对自己的工作挺在行的,"卡拉多斯说道,"他有没有提到为什么不会是猴子大盗所为呢?"

"嗯,盗贼唯一能进来的地方就是侧门。侧门没有关紧,窗子也是开着的。猴子大盗不会考虑从侧门进来的。"

"但是到底盗贼是如何行窃的呢?"恩德利问道,"我意思是并没有使用暴力的痕迹。乔尔昨晚锁门了,是吧?"

"假如您不介意陪我一起到下面看一看的话,我愿意领路,"迈拉欢快地说道,"乔尔似乎只是把门锁上了,但是门栓太僵硬了,没什么用处。拉普沃思中士说过,有些人——他说的应该就是那个家伙——拥有各种各样巧妙的工具。握住钥匙,把一种特殊的镊子从另一面伸进去,就能轻易地开锁,为了开锁,还会把油涂在上面。"

"今早您发现门没锁吗?"

"不,门是锁着的。我不知道,我也不去想它,我觉得盗贼很容易再锁上门掩盖他们的作案痕迹,直到今天下午我才发现自己的银箱子不见了。从大门到侧门,我发现床上有些脚印。我丈夫也发现了这一点。这是迄今发现的最令人兴奋的线索;我一下午都在找罪犯的脚印,但是目前为止毫无进展。"

"好啦,"恩德利说道,"我想,你应该有盏灯或是蜡烛吧?"

"是的。卡拉多斯先生,您愿意去看一看我们的阴冷小屋吗,啊,真抱歉,我忘了您是个盲人。"

"要是您能忘了的话,那就太好了,"卡拉多斯微笑着,"这说明我毕竟没那么可怜!当然,我应该去看一看,我和您一样,十分热衷于犯罪线索。"

众人的兴趣点都在侧门。它从洗碗间开向花园。洗碗间是一个潮湿阴冷且封闭的小房间——这样的形容几乎一点不差,随后是厨房,由厨房再进入大厅。但是也有几条其他出去的路线。这是个老房子,有很多高高低低的通道,大多数的房间似乎至少有两个门。"我想建造此房子的人一定很喜欢法式建筑。"卡拉多斯对恩德利说,他对房子特征的总结一针见血。

但即使在侧门那里,众人也没发现什么,恩德利家的盗窃案显然拥有不同特征:锁被上过油,钥匙上有些划痕,仅此而已。

"假如拉上门栓的话,就不会有事了,"恩德利说道,"或许将来……"

"但是亲爱的,门栓根本拉不动,"迈拉说道,"我自己也试验过,我可怜的拇指都快错位了也没成功。每个人都说,假如盗贼想进来的话,就能进来,即便是通过烟囱进来也行。"

"我认为门栓可能被移动过了,如果他们被简单上过油的话,"卡拉多斯说道,"您看,门栓高度还行。"

"乔尔,"恩德利先生喊道,"我们家有油吗?"

厨房门开了,一个戴着帽子、穿着围裙的可爱姑娘出现在厨房门口。

"是油吗,先生?"乔尔低声重复道,她看着迈拉,好像是什么事情出了差错。

"是的,油,普通的油,就是你使用的那种。油一定是在什么地方。"

"啊,对的,有些用来润滑缝纫机的油。"乔尔应答着去拿油,不一会儿又回来了。

"现在找根羽毛来。"

乔尔的眼睛盯着水槽下面的一个装垃圾的水桶,随后站起身来,继续待在原地不动。

"乔尔,羽毛在中间装衣服的抽屉里,"女主人刻薄地催促道,"上帝保佑,我觉得,乔尔快要疯了。过于激动对我们可怜的女性来说可不怎么好。"

"现在我们需要把椅子或什么东西来看看顶处的门栓。"

"要是您允许的话,我想我用不着椅子就能行,"卡拉多斯说道,"我觉得从这角度来看,我离门栓也就几英寸远。"

"但实际上,卡拉多斯先生,"迈拉说道,"难道您不要穿上您的外衣……或是什么东西吗?"

"那只是个在意与否的问题,和视觉无关。"卡拉多斯回答道。他灵巧地将羽毛在瓶底转了个圈,在拿出来前将多余的油去掉。"孩子们的视觉最为敏锐,恩德利太太,看一看他们是怎么把羽毛塞进去的吧!"

"这可真是神奇啊。"迈拉小声地说道,一面看着卡拉多斯把油灌入到锁里,继续着他的行动,直到锁轻松地滑动。

"并没有您想象中那样神奇,"卡拉多斯说道,"当您依赖于自己的视觉时,您就会经常忽略其他感觉,但其实每个感觉都很重要。有几个人跟我讲过,他们做一些细致的调整工作时总要闭上眼睛。"

"我认识一位女士,她开枪总爱闭上眼睛,"恩德利补充说道,"但是她喜欢开枪,经常能击中目标。"

"目标是狗还是管理员?"迈拉礼貌性地问道。

当然夜盗似乎并没有让大家情绪低落。厌烦了划火柴,众人点上了蜡烛,随后走出去看那些罪犯的脚印。卡拉多斯早已习惯了黑暗,他以独有的方式摸索着走下楼去,靠着极其灵敏的手指来触碰、去感受。

"那是什么?是下雪了吗?"恩德利推开通往花园的大门后说道。众人眼前光秃秃的地面上显现出一片耀眼的白色。

"傻瓜!"迈拉深情地反驳道,"那是石灰。卡拉多斯先生,老本杰明是本地的一个临时工,盖伊雇佣他每周来一天,就坐在院子里抽烟,昨天才把石灰铺上。他说土壤对于植物来说太松动了,本总是爱大惊小怪的。"

"石灰总是有用的,一直都是这样,"恩德利说道,"你们看,石灰被踩过了,正好留下脚印,这说明盗贼是在铺设石灰后作案的,这点很重要。"

"啊,拉普沃思侦探已经肯定了这一点,智慧源泉大师。"迈拉取笑道。她向前凑了凑,轻轻地敲了下丈夫的胳膊,"你就爱那样!一起比赛去河边，盖伊。"

"嘘！"恩德利朝卡拉多斯警示性地点了点头。

"快走，孩子们——快跑，"卡拉多斯亲切地催促道，"我得按照适合自己年龄的节奏走。"

"等一等！"在他们离开前，迈拉跟跟跄跄地走着，忽然叫喊道，"我忘记了，我的双脚发软，像烂泥一样。此外，我们现在也不应该就这样离开。"

"对的，你当然不应该这样做，"盖伊严肃地说道，"我们不应该就那样丢下卡拉多斯先生。天知道他以为自己掉进了什么样的一个疯人院呢。"

"别太在意了，我想让你远离那里。就这一条，盖伊。不要担心卡拉多斯先生。他提起过自己的耳朵相当灵敏，实际上相当于他的眼睛。就算你把他留在锯木厂，那位老人也不会有事的。"

"老人！"恩德利愤怒地说道，"好家伙！你还想说什么啊？"

恩德利夫妇二人走了回去，正好碰到前行的卡拉多斯，之后三人一起来到了花园的边上，神情严肃，站在泥泞的，缓缓流动的河边沉思着，随后转身向回走去。

迈拉三人快走近房子时，走在前面的女主人加快了脚步，随后说道："盖伊，你带卡拉多斯先生先去卧室，我要去换双鞋子，鞋子全都浸湿了。"

"好的,我的夫人,你可真是高高在上啊,"恩德利特指道,"卡拉多斯先生,她就是这样,在天黑前,要是她还没有发脾气,那我就算是走运了。"

众人穿过大厅,从乔尔身旁走过,随即她说道:"先生,我已经把热水送到空房间了。"

卡拉多斯和恩德利洗了洗手,随后来到楼下的餐厅。女仆已经点上了台灯,正在朝里面添燃料。但恩德利太太还没有出现。等待的时间单调又枯燥,恩德利不经意地问东问西,但卡拉多斯却没有明显表现出不自在,很快两人不再交谈,只是耐心地等待。

"盖伊,"房门微微地打开了,门外传来一个奇怪的声音,"你能不能来这里一下?"

恩德利朝那边迅速地张望了一下,而盲眼神探似乎察觉到了说话的人,随后点了点头,表示了默许。房门随即关上了,卡拉多斯缓缓地转向房间内的四角。

大概五分钟后,恩德利回来了,他若有所思地穿过房间,来到卡拉多斯的椅子旁。"正如我担心的一样,"恩德利谨慎地说道,"实际上迈拉现在状态十分不好。有件奇怪的事情让我妻子很是烦恼,事情有些琐碎,但我必须承认,确实离奇。这件事还和其他的一两件事情搅在了一起,我想这次盗窃案尽管和我谈到的事情没有关联,但也会有助于我们打起精神来。假如您有兴趣,我很愿意讲给您听,特别是您已经看到几分钟前迈拉还是那么的欢快,但我是真的不愿意来打扰您。"

"请讲吧,"卡拉多斯说道,"奇怪又琐碎、离奇的事情从不会让我感到无聊。"

"嗯,您会自己判断的。我的意思是,站在您的角度看。最近几个月我们一直期盼着能为这个家添丁进口,而就是因为这件事,迈拉情绪上有很大的波动,这也挺正常的。她有些不幸的忧虑,她的父亲出生时凑巧是跛足,而她的祖父同样也是跛足。当然,我们安慰她这些事情毫无意义,但遗传学中这样的情况却难以否认,而迈拉自己也十分清楚这一点。就在刚才,她更加想起了这些预兆,特别是考虑到不幸之事发生的可能性。您听到她说要上楼去换鞋子了吧?嗯,事情就这样发生了:她走上楼,脱掉湿鞋子,想要换上另一双鞋子。那双鞋在过去几周内,穿起来还是很舒服,如今其中一只鞋——右脚的那只,却穿不进去了。迈拉想也没想,继续拿起一只左脚鞋子不停地试,可还是穿不上,她又换成右脚,仔细地一看……根本没法合适,卡拉多斯先生,因为离奇之事就是,过去几周内,迈拉曾十多次穿起来都很舒服、很自然的鞋子,竟然全是左脚的。"

漂亮的女仆走进屋来时,差点将托盘掉在地上,盘子里的杯子碰在一起，叮当作响。恩德利敏锐地四下环顾，而女仆却转过身去，走出了房门。

"一定是另有人动了手脚，"恩德利说道，"当然这挺可笑的，关于那些鞋子，您推断出什么结论了吗？在每个有预示的案件中，右脚总是错误的，因此可怜的迈拉奇迹般地将此刻的两只左脚鞋子看作是一种警告，而非一个无需多言的正常现象……但是，我想，您也没发现什么吧？"

"恰恰相反，"卡拉多斯不紧不慢地说道，"我觉得这里面大有文章，尽管有数千种可能性，但只有一个是对的。我想去一间非常宽敞的、没有人的阁楼，里面点上几盏烛式弧灯，在那里冥想。"

"这是我最能够提供给您的东西了，"恩德利说道，"有个存煤的地窖，就跟这里一样宽敞，实际上是空的。此外……"恩德利发现很难再继续玩笑下去。

"所以，"卡拉多斯严肃地说道，"我们必须沿着鞋子这条线索调查下去。我非常想去摸一摸那双引起麻烦的鞋子。您认为恩德利太太会允许我这样做吗？"

"她怎么会不允许呢？"恩德利说道，"我去把鞋子拿来。"

恩德利不一会儿就回来了，但却两手空空。

"迈拉马上就下楼来。这样会更好些，"恩德利如同一个密谋者，轻声地说道,"她会拿来鞋子。"几乎是跟恩德利前后脚的工夫,冷静下来的迈拉再次出现了。

"卡拉多斯先生,我像一只无助的小兔子,"迈拉抱歉地说道,"请不要说什么安慰的话。因为我是……"

"兔子!"她的护卫者恩德利脱口而出,"卡拉多斯先生,我是兔子,因为,嗯……精灵希尔芙有那样一颗心脏……嗯,我对动物学不太擅长,但不论怎样都与兔子相对立。"

"比如说雪貂,对吧?"迈拉风趣地问道,"盖伊,您的奉承听上去可真差劲。"

"请继续,"盖伊欢快地说道,"只要你能开心地笑笑——"

当迈拉再次和卡拉多斯交谈时,她朝恩德利挥了挥手,叫他安心。

"卡拉多斯先生,我知道恩德利已经和您讲过我的情况了,"迈拉说道,"因为当我谴责他时,他就说,'我刚刚才——'这就是个谜。"

那是一双偏深红棕色的鞋子,整洁、结实。迈拉把鞋子递到卡拉多斯的手中。盲眼神探一只只地查验,他那修长、灵巧的手指抚摸过鞋面,恩德利夫妇则好奇地看着这一切。

"我不该介意……我应该不会介意那双鞋子,"迈拉说道,她觉得有必要说几句,来打破神探那双手催眠性的活动,"尽管,当然,我并不经常穿这双鞋子。但是几周来鞋子一直都很合脚,现在我明白事情有所变化。一定是我什么地方出了问题,您说呢?"

"但是,亲爱的,"盖伊安慰性地解释道,"假如我们能检查一下鞋子,就能得出个相当简单的解释。嗯,正如你刚才所说,你的脚很柔嫩,大概就是这个原因,你的双脚感到疼痛,因此穿不上鞋子了。假如你的双脚没问题,你就能穿上鞋子,不会注意到什么,就像刚才你做的一样。"

"别说傻话了,盖伊!"迈拉有些恼怒地说道,"要是我穿上了两只左脚的鞋子却什么也没发现,即便是我能穿上鞋子,但是,"迈拉痛哭道,"这多么可怕啊!我一直穿着两只左脚的鞋子!"

卡拉多斯显然完成了对鞋子的检查,如往常一样,依旧平静地听着迈拉的哭诉,一边不经意地拿着鞋子擦亮的鞋尖,轻轻地蹭了蹭鼻子。

"请您冷静些,恩德利太太,"卡拉多斯平静地说道,他把另一只鞋子递给迈拉,"一切正常。您也没有穿过那只鞋子。"

"我从来没有穿过那只鞋子?"

"不仅是你,别人也没有穿过。这只鞋子还没有被人穿过。"

"但是看一看鞋子的磨损处,"迈拉继续说道,一面指着烂掉的鞋底,"您看,鞋带也烂掉了。"

"鞋带,对的,"卡拉多斯确信地说道,"但这并非是原来的那只鞋子。"

"可您是怎么知道这些的呢？"

"就跟我给门栓上油一样的道理——靠的是视觉以外的力量。"

"您是说……"恩德利问道，但卡拉多斯挥了挥手打断了他的问话。

"我建议，不要再谈论鞋子的事情。此刻拉普沃思中士应该已经站在门口了，您的女仆正在接待他。让我们看一看他会说些什么吧。"

几乎是出于某种警觉，迈拉和盖伊相互疑惑地看了看，随后迈拉又变得欢快起来。

"对呀，盖伊，"迈拉说道，"我忘了告诉你了。拉普沃思的确说过你回来后他再来看一看。"

"夫人，又来了个侦探，"乔尔在门口说道，"要是您愿意的话，他想问问先生是否方便。"

"很方便，"迈拉说道，"请他进来吧。"

拉普沃思中士是当地一位便衣侦探。要是说他有什么不足的话，那就是他给人的印象总是，他所知道的要比说出来的多，最后却还不像人们期盼中的那样无所不知。当拉普沃思中士认出卡拉多斯时，他突然间显现出的谦恭使得恩德利夫妇十分吃惊。

"先生，我想起一两件事情，想要和您谈一谈，"拉普沃思对恩德利说道，"是关于侧门那边的脚印。我知道自从您的园丁昨天撒过石灰后，就没有人打那里经过，正如我昨天见到的一样吧？"

"是这样的,"迈拉说道,"我们让送奶工从前门进来,去了侧门,帮他抬着罐子走了另一条路。我专门问过乔尔,没人去过那里。"

"先生,您是怎么看的呢?"中士向卡拉多斯发问道,"留下这些脚印的人一定是我们寻找的目标。我们愿意让他为昨晚的事情做出解释,那个人当然不会是园丁老本。现在,我想……"拉普沃思随意在一两个衣兜里摸索着,语气也变得耐人寻味,最后他拿出一张长靴的纸质样板。"我想这是否对您二位有所启发呢?"

迈拉摇了摇头,把纸张又递给恩德利。

"我想这是男士靴子,"迈拉说道,"这比女士靴子要宽,后跟有两倍大,盖伊,但是它比你的鞋子小多了。"

"没错,夫人,"恩德利表示赞同,"我的鞋子比这大得多呢。"

"有可能,"拉普沃思继续说道,冷静自若的叙述中几乎有点梦幻的味道,"可能这个东西会给您带来更多的帮助,假如您见过原样的话。"这次他从衣服里拿出的神秘之物是一枚小巧的纽扣,似乎是从阿拉丁山洞里挖出来的宝物一般。迈拉顿时精神为之一振。

"多么棒的一条线索啊!"迈拉说道,"拉普沃思先生,您是从哪里找到它的?"

"目前我还不想透露关于它的消息,"拉普沃思明确地表示道,"事实上,我就是今天下午在您的厨房里找到的。"

"这是枚靴子上的纽扣,对吧?"恩德利问道,"我感觉它相当考究。"

"应该说这是一枚顶级的珍珠靴扣,"拉普沃思说道,"如今金属手柄会把这些靴扣固定在靴子上。首要问题是,这枚扣子是否属于这里的某个人?我敢说您一定有很多双精美的靴子和鞋子,但是您应该还记得这枚靴扣吧?"

迈拉几乎喘不过气来,她承认假使自己拥有那样的扣子,是绝不会忘记的,并且还说假如是盖伊拿来的东西,她也绝对不会忘记。这番低声细语的诉说让盖伊感到很是紧张。

"厨房里的那个年轻人呢?"拉普沃思问道。

"我见过乔尔的靴子,当然扣子也不是她的,"迈拉回答道,"但是,为了万无一失,您最好问一问她。我现在就把她叫来吗?"

"不必了。"拉普沃思说道。当他把重要物证"残骸"放回它的"藏身之处"时,下意识地朝桌子上的酒瓶望了望。"我走的时候会和她谈一谈。至于银器,先生,您的夫人说会给我列张清单。"

"那是当然,"恩德利承诺道,"事情得解决,对吧?还有保险公司的人。有个年轻人介绍自己时说代表'媒体'。中士,我得告诉您,像盗贼这一类的事情毕竟很棘手。"

"先生,我不明白。依我看来,对于此事,您已经断定难以解决。不破不立。家里每个角落里的物品您都该记住,否则索赔时就晚了。

毕竟只有个大物件被拿走了。"

"不管怎样，他也就只能拿走这么多东西，"恩德利说道，"我并不希望那个箱子被搬到远处。"恩德利不经意地指着一摊液体说道，"中士，这是什么？"

"我把这条线索留给您，先生，"中士坦诚地说道，"没错，这需要很大的负重量。我并不记得这个箱子之前被搬动过。我记得在这附近好像有辆车。"

"不管怎样，我们并没有什么遗漏，"迈拉说道，"在那边的餐具柜里摆放着的啤酒杯，抽屉里三十多个各种尺寸的勺子，都不见了。我把它们放在——"

"您把它们放在哪里了？"恩德利催促道，因为迈拉并没有往下说，似乎她觉得自己已经给出过答案了。

"亲爱的，我一点也记不得了，"迈拉如实回答道，"实话告诉你，我觉得我有点迷糊。我放在哪里了呢？"

"嗯，先生，我认为我还是走吧，"拉普沃思明显地暗示道，"我一收到您的消息——"

"不要这样说，"恩德利插话道，他打消了中士的想法，"再来一杯。"他朝中士紧紧抓着的杯子里倒满了酒。

这时突然传来一阵急促的敲门声，乔尔拿着张卡片走了进来。

"夫人，打扰了，"乔尔说道，恰巧她坐得离恩德利夫人最近，"有位先生想见一见主人。"

"维奇——威廉·维奇先生，"迈拉读着名片上的名字，"距离这里几间房子的距离不就住着位维奇太太吗？"

"夫人，特里富西斯……维奇太太，"拉普沃思主动说道，"还有位威廉先生，是她的儿子。"

"我最好出去看一看是怎么回事，"恩德利说道，"大概只需要一分钟的时间，抱歉。"

众人在短暂的等待中无意再寻找话题进行交谈，没有人打破这片刻的沉默。假如众人果真谈论了彼此的想法，那么他们之间的交流应该如此：

"我想知道维奇太太是否想要拜访……城市骑士的遗孀。胖中士离开后，卡拉多斯先生是否也要走，或是他期盼着我们准备好晚餐呢？"

"对名片上的那位威利·维奇先生我略有耳闻。老式的社交活动让他忙得不可开交，开玩笑的。那些姑娘啊，苏格兰真正的好东西。想一想假如一切顺利，假如他能够再次点头认可，因为我想要……"

"维奇太太身高五英尺五英寸——可能有六英尺。再看一看那双脚，有 4 又 1 ／ 2 码到 5 码。没错，在练习之后她也勉强可以穿进 3 又 1 ／ 2 码的鞋子。关于另一只鞋子有两种分泌物可以确定，和丁香花相关的是那个女人,还有桂竹香——就是那个东西。"

房门开了,恩德利走了进来,站在那里似乎等着什么人一样。

"这挺奇怪,"恩德利说道,"既然我们都在这里——我的妻子、维奇先生、卡拉多斯先生还有拉普沃思中士,维奇先生想要告诉我们一些关于昨晚那位朋友的事情。"

"您知道,实际上是我母亲叫我来的,"随着恩德利走进来的,衣冠楚楚的年轻人说道,"我妈妈身体不好,因此她派我来这里。本着良心说,我们听说了昨晚发生的事情:真是耻辱,如禽兽一般。"

"我们不知道您对此事感兴趣。"迈拉大度地说道。

"嗯?啊,我意思是遇到那样的盗窃案真是不幸。嗯,我母亲似乎昨晚不太舒服,因此坐在敞开的窗边透透气。她就是这样发现了真相。我们住在旁边的一两间房子里,从她的窗子那里大概能看见您的花园。您知道,她坐在那里,清楚地看到有人从您家花园里出来,朝河边走去,消失在树林里。她说那时她并没有太在意,因为看不出其中有什么不对劲的地方,并且天很黑,她也没太看清楚,那时她也感觉很疲倦。但她的确注意到那个人似乎拿着个又大又沉的东西,当她听说这个案件时,马上就想了起来。"

"维奇太太能够派您来真是好极了,"迈拉冒出来这么一句,"既然您来了,我们想尽微薄的地主之谊来庆祝一下这件事。维奇先生,您愿意喝一杯来敬祝'我们缺席的朋友'吗,威士忌、波特酒还是咖啡?"

"嗯,好吧。就威士忌吧,谢谢。"

"那条河,"拉普沃思沉思道,"这确实是个想法:那旁边路上我们可没发现任何机动车的车轮印记。先生,您知道有条船等在河边,那大概是什么时候?"

"嗯,我母亲说,大约是十二点半钟。"

"啊!"中士一边继续怀疑地看着维奇,一边又习惯性地把手伸进了那神秘的衣兜。"先生,我想您不会那时凑巧就在案发现场附近吧?"

问话语气中的毕恭毕敬难以掩盖这个问题的重要性。维奇先生抬起头来直勾勾地盯着中士的眼睛。恩德利也发现了两位客人之间的紧张气氛;卡拉多斯微笑着,平静地凝视,继续关注着那看不到的空间。迈拉似乎对此不感兴趣,她的脸色马上又发生了变化。迈拉双唇紧闭,抑制着自己心中警告的叫声。她的心像机器般怦怦地跳动着,上一秒钟她还望着拉普沃思,下一秒她看到着装整洁客人伸出来的靴子上装饰着相同的珍珠纽扣,而上面的一颗已经不见了。

过了很长时间,这个问题依然没有答案。四目相对间似乎看得出维齐先生并没有思考如何作答,而是出于谨慎考虑后给予回应。

"您这么说是什么意思?"维奇警觉地问道,"您知道,我就住在附近。您是说,我是否在家吧?"

"我并不是这个意思，先生，"中士说道，"您回家的路上，或许要经过这间屋子，我想您能看见或是听见什么可疑的事情，能走过来瞧一瞧。或是您的狗走失了，跑进花园里，您来这里叫它回去，诸如这类的事情。我想知道的是，昨晚您是否出于什么目的进到了房间或是花园里？"

"我没有那样做，"维奇说道，一面放松下来，咧嘴笑道，"中士，除此之外，在我漫长、勤劳的一生中，我从来就没有进入过这间屋子和花园。"

"这是肯定的，"拉普沃思说道，"先生，在这种情况下，您是否介意说一说昨晚十一点到今早两点，您在什么地方？"

对于那些了解他的人来说，维奇先生就是个谜。大家抱怨从来猜不到维奇会如何行事，是否那个家伙真的像看起来那么傻？

"中士，您说的'在这种情况下'似乎像是在暗示还存在某些我不自知的情况，"维奇随后回答道，"如果那会儿我在老贝利法庭的被告席上，被指控谋杀了一名警官，或是在萨利佩蒂巡回法庭前被指控窃取了恩德利先生的古董盘子，两件不测事件中任何一件都构成强迫我默许您所说的'这种情况'。现在我没有任何理由，来讲述我微不足道的生活和行为。"

拉普沃思中士大大方方地掏出一块白手帕擦了擦脸，并没有加以指责的意味。

"很好，先生，"拉普沃思意味深长地说道，"如果我拿这个东西和您现在穿的靴子进行对比，不知您是否会有异议？"中士边说边像变戏法般地拿出刚才的第一件证据。

"我没有意见，"维奇乐观地回答道。他把右脚抬起来以方便大家查看。"尽管我对你们无缘无故关注我其貌不扬的鞋子有些不满，但我愿意尽我所能协助公正合法的判决，"维奇又严肃补充道，"而不是出于粗俗的好奇心。"

拉普沃思中士并没有屈就回答维奇，而是单膝跪地，拿着纸质样板比对维奇展现出的靴子。大家立刻就清楚了，二者惊人地吻合。但更重要的证据随即出现了，拉普沃思中士调查取证时悄悄地将一个钉子塞进鞋子足弓处，一撮白色的土壤明显地落入到了他的手中。

"先生，我必须要提醒您，从您靴子里取出来的土壤似乎和花园里的土壤一模一样。"

"喂！"维奇惊讶地说道，"对不起，恩德利太太——我把那样的东西带到您漂亮的房间里来了！"之后他面露宽容道，"但是我想您该清楚仆人是做什么的！"

尽管拉普沃思中士脸涨得通红，但还是镇定地说道，"最后，我想您应该看到这枚靴扣和您靴子上的扣子完全一样，您丢的那个扣子哪里去了？"

"谢谢您，"年轻的维奇回答道，随后把扣子还给了拉普沃思，"您真是个好人，愿意为我保留这枚扣子，但是没有用。这并不是缝制的，是机械制造的东西，扣子的扣眼还损坏了。"

"先生，那我就明白了，您拒绝向我们透露信息吗？"

"啊，不是的，您不会，中士——要是您能听懂普通语言，或是白话，就知道我不是这个意思，"敌手维奇反驳道，"目前为止，我只是拒绝透露我的行踪，而大家的理由是基于假设我靴子上一枚旧的纽扣丢失了一阵子，还有一张纸样来衡量我靴子的尺寸。大概是法律允许大家向我展示证据，我必须要看。但是您可能记得我来这里的唯一原因是来提供信息。"

"嗯，没错，"迈拉说道，她完全被嫌疑人的冷漠征服了，"我们肯定，维奇先生没有问题。拉普沃思中士，是这样吧，盖伊？"

"恩德利太太，"维奇崇拜地看着迈拉，说道，"在我澄清前，恐怕您以后不会对我有什么好印象。我没有偷您的银器，我也不知道是谁干的。再见。"

"您真的要走吗？"迈拉问道，"请您一定帮我谢谢维奇太太，好吗？欢迎她星期四来做客。"

"好心的维奇先生，您是否愿意帮助一个盲人上车呢？"卡拉多斯说道。恩德利发现自己的主动帮助得到了冷遇。

"您可没说您是个盲人!"维奇说道,"我真没注意到。您的小汽车在那边等着呢吧?我一直希望拥有那一辆四轮的车,但是目前两轮的我也知足了。"

二人走到街上,卡拉多斯说道:"让您搭车几乎不费事,但是您要不介意的话,我想和您走一走,送您到家门口。"

"没问题——"维奇一边说着一边琢磨着,这位奇怪的客人葫芦里到底卖的是什么药。"这真是美好的夜晚,对吧?那么您的汽车怎么办?"

"车子在后面跟着,我司机知道的。我一直在想我们之前在哪里见过。您是否是五年前效力于雷斯特队,号码是四十九号,对阵贵族学校队的那个维奇?"

"嗨,是我!"维奇说道,对于卡拉多斯的问话,他显得像个男孩般羞涩。"您别说您还记着我吧?您那时在贵族学校队吗?"

"是的,我很喜欢小型的体育赛事,从那边我能够听到更多的一级赛事消息。我们没有交谈,但是您经过时,我想我听出了您的脚步声。一个温彻斯特的家伙告诉我赛事情况,您被驱逐出场了吧。"

"先生,您就是本移动的《威兹登》杂志。"维奇崇拜地说道,随后他好奇地问,"但为什么说我'被驱逐'了呢?"

"我记得是……您没有出局吗？"

"事实上，我没有出局，"维奇回答道。

"我想您没有小题大做吧……和裁判员争吵或对着观众席发牢骚？"

"嗯，我是那样的人吗？……这可是板球比赛啊。"

"是的……那么现在您做什么工作呢？"

二人随后来到特里富西斯家门口，但是维奇却不愿进去，两人又慢慢地开始散步。

"这很难讲。但绝不是很长、很长的故事。坦白地讲，我也很吃惊，我并不知道有什么线索。当然事情果真如此，那么告诉中士发生的一切就再简单不过了。"

"您是说案子里的那位女士，或者我们能谈一谈那双鞋的女主人吗？"

"不完全意义上看是可行的，那就是我的母亲，要是她知道我带着邻居的女仆参加了午夜狂欢会，或是其他类型的'罪行'，肯定会心脏病发作的。"

"是关于……板球的吗？"

"大概也不完全是，我开始并不了解乔尔。但是您知道，她的确是个好姑娘。她又会说些什么呢？"

"就我所知,她什么也没讲。"

"那么您到底是如何知道乔尔……还有那双鞋子的呢?"

"我想,和拉普沃思中士的方式相同,他靠此方法找到了你和你的靴子——因为痕迹是如此的明显。"

"我必须得说,我觉得乔尔有点笨,她从床边走过去,还把纽扣丢在了那里。想必她可能已经从照片里获得什么信息了。"

"乔尔自然没有预见到她那恶作剧式的行为竟然和盗窃联系在了一起。年轻的朋友,我并不想责备她,"卡拉多斯不动声色地说道,"最严重的错误是别人犯下的。"

"问题很明显了,"维奇说道,"可我做什么了?"

"您可以告诉我这一切事情吗?"卡拉多斯问道,"我可以保守这个秘密。"

"我不知道。明早我要做的第一件事就是去见一名律师,看一看如何能规避开法律的制裁。或许您能给我些建议吧?"

"或许我能够给你些建议,"卡拉多斯说道,"在任何情况下我都会这样做的。"

"真没有太多事情可讲,"维奇沉思着说道,"几个月前,我恰好独自待在河上,费劲地朝河岸边行进,发现一个美人儿正盯着我。我来到河岸边走近一看,随后问道她是否是普伦德加斯特夫人。她否认了,但奇怪的是，她几乎敢肯定我是约翰逊先生。这是从另一次要角度对已知的事实进行陈述，我觉得有必要出去短暂地巡航一圈，甚至接受某些对于自然浅显的新知识。"

"在上帝的保佑下，这一宁静的画面得以继续，以其正常的轨迹运行着。据我所知，关键点在于事情发生的可能性和确定性，涉及其中的人发现这一点时，会将最邪恶的动机归咎于我的行为。

"上周一个普通的夜晚，我正在充满激情地享受着一种叫傻瓜探戈的无害饮料，乔尔看到了一张传单，上面写了在几英里外的一个公共大厅将举办廉价的印第安舞会。

"'我想去参加舞会。'

"当然，对于女人的痛苦只能做出一种人情味十足的回应。我大胆地这样做了。

"'我愿意带你去，好吗？'

"对于我的邀请，乔尔说这绝对没办法实现。我们做了些安排，别人都上床睡觉后，乔尔就悄悄地从侧门爬出来，锁上门，拿上钥匙，和我在通常约会的地方见面——离我们各自住所几百码远的地方。我会骑摩托车到那里和她会合，乔尔在后座上会觉得如临仙境。

"一切都照计划进行着。唯一的缺憾就是乔尔的鞋子坏掉了，自然就报废了——顺便问一下，我是否提及过女主角就是乔尔？我承认面对乔尔的焦虑，我有些吃惊，这种不幸降临在这个可爱的姑娘身上，之后她向我讲述了一切。她很羞愧没有鞋子，因此偷偷地借用了女主人的一双鞋子。事情现在暴露了，不仅丢脸，甚至还会被辞退。

"她叹息、流泪、自责，天啊！我再次做了件充满侠义气概的事，答应帮她在十二个小时内把鞋子换掉，否则就不再见她。

"后面的事情很明显了。乔尔知道鞋子是从哪里买来的——牛津街上的一家商店里——我自己在拂晓时又去买了同样的一双鞋。接下来就是要让鞋子留下穿戴过的痕迹，留下一种鞋印会比较简单。我躲进花园侧墙旁的常春藤灌木丛。但当我要分开鞋子的时候，问题就来了：我有必要让鞋子保持一种图案。我不能允许那位可爱的忏悔者穿着短袜走在石子路上，在我们的房子附近冒着被发现的风险是不明智的。最好是借给乔尔一只我的鞋子，当我从灌木丛出来，穿着另一只鞋子时，再把这只鞋子穿上。卡拉多斯先生，讲到这里，您已经对发生的事情一清二楚了。"

"事情进行得很顺利吧？"卡拉多斯故意问道。

"非常精准。我知道鞋子准确的尺寸，擦了擦鞋子，看上去和另一只一模一样，随后系上了旧的鞋带。那双多余的鞋子丢弃在一旁，像艾尔沃思当地的交响乐队一般。再没什么可讲的了，但是现在您明白了，为什么我没法满足拉普沃思中士不合时宜的好奇心了吧。"

"您大概会发现还有一两个人对此并不满意。乔尔让您进屋时是否和您讲了什么？"

"嗯，是的。那时她的话让我觉得很不礼貌。那位天使奇怪地看着我，骂道：'笨蛋！'我觉得她紧张过度了。"

"我觉得很有可能。我和您讲，除了乔尔犯下的错误，还有一些其他的错误。我年轻的登徒子先生，她用一个词给您暗示，是您留下了错误的鞋子，恩德利太太看到鞋子的奇异之状，现在正处于歇斯底里的崩溃边缘。"

"不会的！"维奇疑惑地反驳道，"我不会搞错的。但是，当然……啊，天哪，我犯了错！我把鞋子凑成了一双———只新鞋子，一只旧鞋子，替代了……嗯，我真是个蠢货！现在怎么样了？"

"您觉得怎么样？错误对您来说不算什么，毕竟乔尔极有可能被解雇。"

"啊，在见过恩德利太太后，我并不那样认为。您和乔尔都误解她了。依我看恩德利夫人是那种很开朗的女孩，我敢打赌她会理解我们的。"

"我猜她会的，"卡拉多斯严肃地说道，"她知道她可爱的仆人穿了自己的鞋子，在晚上偷偷地溜出去（更别提给盗贼提供了作案的机会），跟隔壁家的小伙子一起去参加舞会之后，可能不会像半小时前那样如此富有同情心。要是她没就此事去拜访维奇太太，那就算我出局。"

"这真是件令人头痛的事情,"维奇自责地说道,"我该怎么办呢?"

"您最好交给我来处理,并且同意我的条件。"

"什么条件?"

"今后您不许再和乔尔一起闲逛。你们两个'并没有什么',但假设您碰巧让乔尔沾上被怀疑的名声呢?您是否能换种方式,表现得像傻瓜或是骗子一样,让事情就这样过去呢?"

"哟!"维奇一边整了整衣领,一边说道,"这可真是贴心啊。嗯,假如您能履行诺言,我这边没有问题。乔尔当然很不错,但是严格地说,在我们之间,她更像是过时电影里的角色,思想陈腐。"

当恩德利先生第二天下班回来时,迈拉克制着自己,递给了他一张纸条,但她的激动之情明显已经消退了。

"假如卡拉多斯先生对你来说真的有用,盖伊,我会尽全力取悦他的,但是我一直在想,是否每天晚上他都要来家拜访我们呢?"

"怎么会这样呢?"盖伊说道。

"今天下午卡拉多斯给我打电话,说过后他想来拜访我们,希望你和我都能在家。我得承认,我们都被他迷住了。"

"幸好你答应他了,夫人,"盖伊说道,"你知道那些大人物总有些最离奇的想法,我听说苏格兰场的警察也会请他来帮忙,这就是我今天遇到的事情。"

"感谢老天!"迈拉被深深地打动了,随后说道,"幸好我讨好了他。谈到警察,今早我在路上碰到了拉普沃思中士,他似乎很奇怪,他说他们接到了指令,延缓采取任何行动。"

"这真是符合他们的办事风格,"盖伊悲观地说道,"夫人,我们再也看不到银盘子了。"

"盖伊,我不知道。拉普沃思中士欲言又止,他跟我讲他们希望取得些进展。"

"这种情况过去叫做'正在调查线索'。"盖伊对此并不感兴趣。

恩德利太太约定今晚九点比较方便,而大忙人卡拉多斯九点钟准时出现在了恩德利家花园的小路上。迈拉朝窗外望去,看到汽车正在门口等待着,重要人物卡拉多斯从车里走了出来。

"您能再次光临寒舍真是太好了!"迈拉高兴地说道,"在昨天发生其他事件受到惊吓后,我几乎不敢再想此事。"

"嗯,是的,"卡拉多斯平静地说道,"您丈夫和我还有些小细节要商量。"

"那是自然,"迈拉马上表示赞同,"我把时间都留给您。"

"但是首先,"卡拉多斯继续说道,"我有件事想拜托您。"

"拜托我?真是刺激!是什么事情呢?"

"您真的想把银器找回来吗?"

"嗯，是的。盖伊和我讲，按照保险公司的政策，我们收到的补偿只有原物价值的一半，对吧，盖伊？"

"恐怕是这样的，"盖伊说道。

"不只是钱的问题。对于我们两个人来说，许多东西都价值连城。"

"您对那双鞋子没有什么特别的感情吧？"

"鞋子？啊，那双鞋子！卡拉多斯先生，您说笑了！您像个新式的魔仆来到这里，当然不是来为旧鞋镀银的，不是吗？"

"您已经猜到了。但是您该记得，那些吸引人的交易背后总有些隐情。假如您同意不再提及那双鞋子，与之相关的事情也就消失了。您不必好奇，不要询问我，也不要怀疑：事情就是这样，仿佛事情本身或是关联之处都未曾存在过似的。"

"我在想自己是否能想得通？"沉思中的迈拉敏锐地看着卡拉多斯。

"我想您可以的，"卡拉多斯回答道，"恩德利夫人，您并不愚蠢——原谅我使用这个词语。假如您还不能理解，那是因为您还没有时间来思考。很快您就会明白的。"

"好吧，我会思考的。"迈拉慷慨地说道。

"但是您现在是否真的知道银器到哪里去了？"恩德利问道。

"我知道它在哪里，"卡拉多斯说道。

"在哪儿？"恩德利夫妇异口同声地问道。

"恩德利先生,几天前离开我办公室时,就银器的去处,您表达了意愿,对吧?"

"什么?"迈拉说道,在她看来,之前的诅咒已经失效了。恰恰相反,恩德利却记得非常清楚,不由地脸红起来。

"迈拉,提到此事,我十分抱歉,"恩德利忧郁地说道,"发生的事情让我感到不快,那会儿我正在气头上,也是无心之语,我说我希望银器被扔到河底才好呢。事情就是这样。"

"没错,这就是你们冲动之人的行事方式,这就是我们魔仆通常的发现。您想要件东西,但发现事实并非如此。嗯,我的朋友,不管您愿不愿意,您的愿望实现了。那东西现在就躺在河底。"

"真是开心啊!"迈拉说道。

"盗贼把银器扔到还是藏在了河底?"恩德利急切地问道,"您到底是怎么发现的呢?"

"盗贼跟此事没什么关系。因为根本没有盗贼——没有偷盗案。"卡拉多斯回答道。

"啊,卡拉多斯先生!不,我认为……您知道,除了东西不见了,还有侧门的钥匙。"

"嘘!"卡拉多斯神秘地说道。"这不算什么。侧门的钥匙和鞋子一起消失了。"

"好极了,"迈拉默许道,好像还咯咯地笑了起来,"但假如没有盗贼,银器怎么会在河底呢?"

"怎么会在河底?"卡拉多斯抬起手指,指向女主人迈拉,控诉地说道,"怎能会?看一看这个罪犯!是你,亲爱的夫人,将银器扔到了河底!"

盖伊和迈拉心底一阵翻腾,随后缓缓地站起身来,看着卡拉多斯微笑的面容,似乎很难相信卡拉多斯——毫无疑问就是他——在想些什么。

"我——把——它——扔到了河底?"迈拉奇怪地询问道。

"您故意把那'该死的东西'扔掉了。您那天深夜起来,什么也没讲,穿上了拖鞋,或是遮盖住那些衣服,隐藏着自己的性别特征,您爬出去,小心地替换了放在那里的银器,拿着它穿过草坪,来到了寂静的河边,把整袋子东西扔到了河里。完成这项值得嘉奖的任务后,您长舒了一口气。当然,四周的一切都在熟睡中。此外,我想您的脚今天好多了吧?"

迈拉再次坐下来,眼中满是奇怪的神情。

"但是我没有——我甚至没有移动过箱子。"她轻声说道。

"那时您并不清醒,"卡拉多斯说道,他的脸色再次严峻起来,"您知道为什么会这样吗?那是因为您知道您搬不动,因此您的身体遵从您的本意,你确实搬不动。但是在睡梦中,您什么都不知道,您的思维却没有限制,所以您——"

"您知道吗,"恩德利睿智地说道,"我最近听说了几件这种类型的事情呢。我想这里面肯定有些问题。"

"不管怎样,"卡拉多斯说道,"有件事您值得庆祝。一位妻子即使在睡梦中也能帮助丈夫完成那小小的心愿,绝对是千里挑一的啊。"

里格比·拉克索姆先生的奇思妙想

这桩与解剖学主题相关的神秘事件,虽结束于英国西部快速列车上,却真正发端于纽约西部的一座大楼里。那时海勒姆·S.诺格先生正穿着拖鞋,却没有发出一点声响,漫不经心地走进他那五间宫殿般的书房里最远的那间。他的侄女萨比娜显得有些尴尬,而里格比·拉克索姆则更加沮丧。就拉克索姆先生未曾说出口的评论而言,他对于田园生活不成熟的构想,在诺格那里"碰了一鼻子的灰"。他很快想到,此情此景,除非发生些刺激的或是令人信服的事情,否则自己不仅会错失与卡拉多克小姐牵手、合理交往的机会,自己作为诺格先生第三秘书的位置也会不保。但对于刚才的情形,拉克索姆早已习惯于保持沉默，因此没什么事情能真正帮助到他。

"嗯，叔叔，"卡拉多克小姐审视自己的处境后（在家长期居住，导致她习惯于采取这种令人不快的形式来表达亲密之情），说道，"您有什么话要讲吗？"

绰号"雨衣"的诺格先生暧昧地摸索着稀疏的山羊胡，以责备的眼神望了望两个年轻人。他的私人专家曾经警告过他，强烈的情感会浪费纸巾，既然他已经七十五岁了，就绝不会那样做。诺格也是如此行事的，并没有显现出强烈的情感。

"萨比，你不知道我有很多话要对你讲，"诺格先生警觉地回答道，"总而言之，一言难尽。里格比下周要去欧洲执行销售工作。他最好如往常一样，仔细检查一下，或是就待在这里。"

"我可不这么认为，"卡拉多克小姐同样怀疑地说道，"英格兰挺适合旅行的，但是我不能永远那样想。我必须得有自己的空间。"

"我可不这么看，萨比。"老人说道。

"的确如此，"萨比回应道，"从童年时代起，别人就鼓励我要为自己着想。从刚才里格比的话中，我了解到要是他去欧洲的话，很愿意带上我一起去。"

"先生，我希望您不要认为，在您家里我的行为有什么不可告人的秘密。"里格比扶着大理石壁炉，重新展现出作为"高贵爱人"应有的态度，摆出了个耐人寻味的姿势，但对老人真正的态度却没有把握。"过去我对待卡拉多克小姐是出于某种仰慕，但直到今早，当谈到我即将开始的异国之旅时，我还从没有——"

"没有什么？"诺格难以置信地打断了里格比的话，"嗯，我们就谈到这里吧。那么，今早的邮件是否送来了苏富比拍卖行寄来的施拉布沃思销售清单？"

"是的，先生。"里格比茫然地回答道。到处都是老诺格的身影——在他自己觉得方便时，这个年轻人才敢有所暗示，是耻辱性的驱逐，还是仁慈的恩赐。

"我想和您谈一谈，"海勒姆严厉地说道，"约翰逊先生走后，把清单拿到我房间里来。"诺格先生又静悄悄地走了，而他的情人里格比压抑住自己的情感，也跟在诺格后面离开了。当他去寻找著名的施拉布沃思销售清单——那份关于莎翁文物收藏品的文件时，里格比更加迅速、努力地去回想自己刚才做过的事情。

马克斯·卡拉多斯，您可能还记得他和美国方面有些渊源。他继承了一位美国表亲数量不多的一份遗产，那位表兄曾是位成功投机商——他并非真正投资于农业，那些人出了名的难对付，而是官方报告中的那种商人。在几位挑选出来的朋友陪伴下，卡拉多斯努力想在那里多逗留一会儿，来应对礼貌的新闻界建立起的、注定要失败的"独立前哨"。卡拉多斯了解到自己的努力是被认可的；作为回报，他当然也了解到不少情况，得知有些信息甚至美国新闻界的侦探也无法获得。有那么一两次，他的信息还出奇地有效果。

"我怀疑您是否见过'雨衣'诺格先生。"大约就在这时，有人如此描述道——那是一位精明的老妇人，她那发荷兰音的名字使得那些野心勃勃的女主人们都竖起耳朵仔细聆听，即便是消息已经被一转再转。"没多久前，诺格还可怜地靠着富人们废纸篓里的残羹剩饭过活，但是最近一二十年里，他发展得很快。我并不清楚他是干什么的，但假如我有个儿子——不，我情愿是我的孙子——我想我愿意让他试一试。我们知道那么多的谷物'大王'、棉花'大王'、煤炭'大王'、铁路'大王'、引擎'大王'，福特先生；硬件、软件、组合书柜、犯罪、盒装土豆等各个领域的'大王'。但是所有大王都和各自的领域有所关联。我听说诺格也属于某个领域。我认为人们把计划书拿给诺格看，要是诺格同意了，他们就会拿出计划中的一份股份作为答谢。事情看上去就这么简单。

"无论如何，诺格先生十分富有，但是他也老了。我听说，那种疾病已经让他产生了可怕的感觉：一种恐惧，害怕他死后马上就被人遗忘掉。尽管诺格现在有权有势，但这已经变成了件麻烦事。诺格去世后，关于他的记忆马上就会烟消云散。我想他一直在考虑这个问题。没错，他在华尔街有三个儿子，薄嘴唇、下巴刮得干干净净、面色严峻，就像苔藓一样靠着诺格的名声寻求发展，直到宪法限制了他们的发展。"只要我是家里能挣到钱的人，我就可以让他人为我服务。"是一条诺格的名言。但这却使问题升级了："雨衣"诺格，可怜的浪漫主义者，想要如同乔治·华盛顿、W.E.科迪上校、波卡洪塔斯、玛丽·嘉顿一样，被人们铭记。

"您可能听说过他在弗吉尼亚州修建的国家殿堂吧？我们并没有威斯敏斯特教堂的诗人角，这一点触动了诺格的自豪感，他开始在自己十七处地产中的一处建造一座宏伟的瓦尔哈拉殿堂，作为伟人的安息之地，以此来消除他人的诋毁。知名的美国人可以在那里举行葬礼，但是谁的愿望可以达成呢？只有委员会才能决定。这一直是个敏感的话题……人们只知道当案子审理时，诺格根据委员会的判决，保留了滞留权。想要流芳百世，并不容易成功，但是有些人却做到了；否则盖伊·福克斯、威廉·特尔、萨缪尔·佩皮斯现在早就被人遗忘了。

"另一方面，诺格先生发现在他生活里，迄今为止仍缺少我所想到的东西——快乐。这使得我回想起了起初关于羊的设想——在羊群中见证捕食者诺格的狼性。我知道，您也喜欢收藏，但从香烟图片到猛犸象，不论什么收藏品，我都一无所知。可我知道不论哪种收藏品，到您手中一定是精品——因此，我的朋友，请听我明智的一言。假如您的藏品恰好是莎翁文物，赶快把它们锁起来，直到您听到一个叫里格比·拉克索姆的年轻人返回了他的祖国，再把藏品拿出来。

"诺格还十分迷恋莎士比亚。不久前，一个神经兮兮、野心勃勃的家伙向诺格建议（这两个特征似乎结合在了一起），除生意以外，应该培养更多的兴趣。诺格那阵子还培养了一种兴趣，成了笑柄，不过不要在意了。不论是可怜的老诺格在那时第一次听到了莎士比亚这位诗人奇怪的名字，还是因为他的竞争对手'猛击者'麦克马霍梅特派遣弗里斯曼去网罗莎翁早期的一张手稿，不管怎样，诺格迷上了莎翁文物，变成了一股强有力的力量。

"诺格早期的收获是找到了一位睿智的、古籍买卖方面的年轻专家，那个年轻人也很满意自己能跳出原来的圈子——聪明人拉克索姆先生，他成了诺格的图书管理员和莎士比亚业务方面的秘书。我想，这就是他们的工作方式。"

"你来瞧一瞧，"诺格说道，"我听说街那边的家伙只花了一千五百美元就拿到了一本叫《哈姆雷特》的书，印刷版本可以追溯到中世纪。我也想让你去找本更好的。"

里格比·拉克索姆考虑了一下。

"我知道有个版本可以试试，"他回答道，"但是您至少要多付两百美元，因为它比麦克马霍梅特那本还要大半英寸。"

"英寸！"诺格呵斥道，"我现在可不想考虑什么英寸的事情，年轻人。把那本大半英寸的书给我找来，我最多出价两千美元。"

"打那时起，诺格就变得精明起来。您可能听说了去年秋天在克罗克斯顿公园的那次第一手稿的匿名买卖，诺格只花了四千多英镑。没错，跟马奇斯的波利一样，诺格先生如今还非常地微不足道。

"我是否该中止这样的争论？我会的，先生，只有您能发现它的重要性。里格比·拉克索姆先生精力正旺，诺格先生对于如此一位值得期盼的年轻人，态度则是不理不睬，只叫他做事。因为充满魅力的图书管理员拉克索姆迷上了诺格先生的侄女，那女孩儿可不那么老实，也对他有好感。但是，大家都在问，诺格先生对此该作何感想，一对年轻人的爱情梦想是否会就此结束呢？嗯，我们机警的罗密欧抛出了诱人的鱼饵，可怜的鱼儿便上钩了。莎翁文物是如此的罕见和珍贵，我们的英雄拉克索姆乞求主人继续信任他，直到他从英国回来。这次是否只是在虚张声势呢？他的目标是什么呢——手稿，签名，一张绘画，或是交易密码呢？不管怎样，年轻的风流浪子开始行动了——这里无需多言。"

"因为你们收藏家总是……嗯，我该怎么说呢？诺格先生会为我着想的。"

"想一想在英格兰，人们甚至搜集莎士比亚的袜子作为财产。里格比,假如你有机会碰到些奇特的东西,不要以为我因为刚刚发生的事情为你担忧——只要我还没有参与其中的话。"诺格说道。

"我知道您不会的,先生。"里格比坦诚地说道。

"所以现在你明白啦。"

卡拉多斯先生一直在阅读《蓓尔美尔公报》,随后他放下报纸,点上了一支香烟。

"格雷特雷克斯,"卡拉多斯隔着屋子喊道,"这是女权主义者的最新消息:她们想要摧毁埃文河畔斯特拉特福教堂。"

"我的天啊!"秘书格雷特雷克斯十分震惊,不由地说道,"还真是那么回事。"

"你说什么?"

安斯利·格雷特雷克斯并没有明显的遗憾之情,他停下手中打字的工作,走到卡拉多斯的椅子旁。

"某种意义上讲,在事实面前,我就是个附属品,"格雷特雷克斯自满地说道,"至少,我从莫雅的暗示、一种神秘且充满胜利感的气氛中感知到,她们是想搞个特殊的恶作剧,大约上周五就开始了。"

"莫雅?"卡拉多斯重复道,"你是说你那害羞的妹妹已经变成了一个激进分子吗?"

格雷特雷克斯自豪地笑了笑。

"先生，您是说'害羞'！我想您至少六个月没见过莫雅了吧？嗯，自从那时，那朵紫罗兰为了打架，蔫了至少两次了，要不是她妈妈及时地编造出重感冒的名义，我想，那个害羞的小家伙早就把自己绑在大本钟的分针上了。"

"我想，是为了证明女性和时代同行吧？精神可嘉，格雷特雷克斯。"

"我叫她，道德鸦片，"安斯利严肃地更正了卡拉多斯的说法，"假使英格兰下一代的母亲都是这个样子，那么国家的前途可并不光明。"

卡拉多斯转身背对年轻的助手，点燃了一根火柴，其实也并没有用到。

"关于女权运动你还听到了些什么？"卡拉多斯指着报纸问道。

"嗯，您是知道那些女权运动者的。我不敢说她们会泄露秘密，但同时她们又喜欢透露消息，一个接着一个的，然后否认自己所讲的话。既然莫雅已经上了危险分子黑名单，她和其他六个狂热分子经常整天像兔子般进进出出。从上周五起，就能听到'假如我们想，就一定能做到'的讽刺话语。"

"喂！"卡拉多斯兴致勃勃地说道，"又是莎士比亚。那位诗人可真能坚持。"

"榜样的力量。先生，过去几天中，莫雅和她的新朋友玛米一直跑上跑下，叫喊着，引用了各种名言。当然，到今天我也没看出任何高明之处，但也足够表明将要发生的事情了。"

"啊，"卡拉多斯思考后说道，"玛米！""信任一个美国人，"他大声评论道，"比我们大多数人更了解莎士比亚。我想你妹妹的朋友来自美国吧？"

"是的，先生，"格雷特雷克斯回答道，声音中夹杂着一个特殊的鼻音，"致力于解放她那受压迫的英国姐妹。说她们是真正的女人，还想让她们活跃起来。她似乎正在这样做。我敢打赌，报纸上那件事一定是她的主意。"

"你是否清楚她在这里做什么？"

"她说自己是虚情假意的、愚蠢的《击剑周刊》的欧洲代表。我的天啊！"

事实是明摆着的。但安斯利·格雷特雷克斯不是笨蛋，尽管有时他小毛病不断。当他和卡拉多斯站在一起时，他明确知道字母"i"上的那个点和字母"t"的那一横意味着什么。卡拉多斯仅仅是指了指报纸上造成他助手跑题的那段文字，格雷特雷克斯便大声、极其清晰地将消息读了出来，吐字清晰、沉着冷静、显现出一位务实助手的风。

试图摧毁埃文河畔斯特拉特福教堂——女权运动最新的愤慨之行

午夜过后不久，女权主义者下定决心，尝试用炸弹摧毁了埃文河畔斯特拉特福镇的圣三一教堂部分建筑。巨大的爆炸声惊醒了当时镇上的居民。正在进行的调查表明这起耸人听闻的案件将牧区教堂定为了袭击目标。消防队和警察迅速赶到现场，但因爆炸并未引起大火，消防人员和警察均未派上用场，邪恶的犯罪者在最早的调查者赶到之前就明确地表达了意图。周围散落的女权主义者宣传单充分表明了这可耻行径的目的。

天亮时，经过细致勘察，教堂爆炸造成的破坏程度比预计小。袭击者选定的地点在海峡的北面，共济会的几层建筑被毁掉了，很多玻璃也碎了——幸运的是全是现代品，一面窗户的窗花格也损坏了。爆炸的具体地点位于旧尸骨堂靠墙的大门处，里面的仿造门被炸飞了，足可以体现出爆炸的威力。熟悉那座伟大建筑的人们很快就从描述中得知，爆炸的具体地点就离莎士比亚纪念碑几英尺之遥。据推测，莎士比亚纪念堂实际上才是真正的目标，由于天黑，爆炸地点有些误差，大概由于炸药本身的材料使得建筑免于破坏。幸运的是，这一故意破坏行为没有造成人员伤亡；纪念碑安然无恙，实际损坏能够得以修复，历史遗迹均不会造成影响。

"先生，就是这些……不，'插入消息这一栏'内还有些内容。"

埃文河畔斯特拉特福教堂爆炸案——后续报道

海勒姆·S.诺格先生，美国的一位百万富翁、莎翁文物的爱好者，他的一位代表恰好正在镇上，得知袭击案件后，立刻和诺格先生取得了联系。诺格先生及时介入，慷慨地承担了所有损坏建筑的维修费用。维修工作立即展开，教堂因此向公众关闭。

"先生，我想这次真没有新消息了。"

"谢谢，"卡拉多斯说道，"这就很好。现在请把瓦尔皮的《第一帝国》拿给我，好吗？我想查一查资料。"

格雷特雷克斯关切地望着卡拉多斯说道："对不起，您不记得了吗？您建议我也读一读那本书——"

"没错，我是叫你把书带回家的。书现在还在这里吗？"

"是的，先生……我可以少用些时间，一小时之内，就能把这些要邮寄的信件处理完。"

"不，我想让你去办些其他的事情……帕金森出门了，我想……"

"我可以打电话给邻居。他们能帮我捎个口信，要是莫雅在的话，她很快就能把书带来。"

"你真是这样想吗？那就太好了，但似乎有些麻烦——"

"一点也不麻烦，先生，"安斯利大度地说道，"莫雅十分敬重您。事实上，有那么一天，她讲过要是有人要她点燃这座房子，她可不会那样做……"

"真的吗？"卡拉多斯不胜感激地说道。

"是的，莫雅说她会劝说别人来完成这个工作。但是，目前来看，这只是种可能性，如掷硬币赌输赢一般……"

正如预想的一样，无论如何，卡拉多斯猜对了，因为格雷特雷克斯小姐正待在家里，而后如离弦之箭般四十分钟内赶到角楼。莫雅长得很小巧，像个淘气的小精灵（和安斯利也一样，继承了家族的好容貌），在亲密的政治圈子里通常被称为"田鼠"。

"过来喝杯茶吧，格雷特雷克斯小姐，跟我说说今天的秘密历史事件。"卡拉多斯建议道。莫雅亲切地微笑着走了过来，拿起了茶杯。

"卡拉多斯先生，我知道您不太赞成我们的做法，"莫雅说道，"但是那仅仅是因为您从来没有仔细考虑过。只有那些幼稚的、愚蠢的人才会真正对我们充满敌意。"

"她们就像鹦鹉一样活泼，"安斯利满是歉意，"莫雅就是个典型的代表。"

隔着桌子，莫雅露出了她迷人的小牙齿，在那种场合下，对那书本中的五六条反驳意见极其克制。毕竟，对于卡拉多斯来说，安斯利并没有表现出什么特别的智力上的浅薄。莫雅相当喜欢她的哥哥——尽管他将以房客身份进行注册登记。

"我猜想这也是您无聊工作的一部分吧？"安斯利一边指着敞开的晚报，一边说道，"我希望你能引以为豪。"

"说真的，巴顿斯，我对此并不知情，"莫雅大方地回答道，"但似乎引起了些轰动。天啊！哪个傻瓜会有这样的想法啊？"

"哦，我的天啊，不要那样滑稽地称呼我，我们都是成年人了，"安斯利恳求道，"至少我是成年人了。"

"当然，如果你在，将会引起更大的轰动，"卡拉多斯调解道，"我想知道你的朋友如何避开对莎士比亚纪念碑的攻击。"

"大概她们并不想袭击它。"莫雅隐秘地说道。

"先生，不要相信她，"安斯利激动地说道，"她们就是想摧毁莎士比亚，假如成功了，就会成为公众瞩目的焦点。"

"卡拉多斯先生，您认为，创造了鲍西亚的那个男人，难道不会反对让那个退休屠夫的肥头大耳、洋洋得意的形象彻底消失吗？假如这有助于鲍西亚赢得选票的话。"

"我认为，"卡拉多斯笑着回答道，"他会建议你做些更好的炸弹——

假如你想证明你无所不能的话。"

"听听,听听。"安斯利仗着胆子鼓起掌来。

莫雅瞥了一眼微笑着的卡拉多斯,好奇的表情使她的脸都扭曲了。

"卡拉多斯先生,我不介意告诉您,"莫雅说道,一面故作端庄地低头望着自己的盘子,"是有个人策划了这次特殊的袭击事件。"

"啊,我们英国人可做不到,"卡拉多斯马上说道,"我们过于守法了。我想,你应该找个爱尔兰人或是美国人干这活儿。"

"您真是太精明了,"莫雅笑了笑,"嗯,确实如此,他是个美国人!"

谈话终止了,部分是出于一位先生的愤慨,还有考虑到另一位先生的沾沾自喜,莫雅取得了这次小小的胜利,随后起身离开了。

"再见,"莫雅伸出手和卡拉多斯告别,"我非常愿意帮您这个小忙。"

"谢谢,"卡拉多斯回答道,"您能把书带来真是再好不过了。"

"嗯,那本书。"莫雅随意地将那本书打发掉了,"是的,我是指您想在书中找到的那些信息。坦白来说,卡拉多斯先生,我对这件事的来龙去脉并不满意。"

她明确地点了点头,在那位神秘兄长的护送下离开了。

格雷特雷克斯回来后,卡拉多斯说道:"格雷特雷克斯,我不会遵循常理,但是不让你妹妹去选举确实可笑。"

在这危急关头,卡拉多斯先生不可避免地被卷入了离奇的莎士比亚文物案件。一封关于特拉特福教堂爆炸案的八卦信件,与此同时自己秘书的妹妹又是"激进分子"委员会的一员。无论里格比·拉克索姆怎么想,就卡拉多斯先生本人看来,自己和这些事情扯不上关系。一间装满希腊拉克马古币的房间对他来说没有吸引力,作为一名业余的犯罪学家,自己装作受到公众情绪的影响,而对未来即将发生的重罪产生兴趣,在他看来十分无聊。如果他富有同情心,应该会协助破案。不,他自己首先得承认,一定有什么神秘的因素吸引着里格比,无法令人满意的事情将继续搅动他平和的思绪。

"好极了,我的朋友,"那天晚上卡拉多斯自言自语地说道,"但是你还有些事值得去做。巧合是两条直线的交点,但是我们都清楚,它们永远没法构成一个空间。我建议你先验证下美国在这一事件中的影响力与里格比·拉克索姆的关系,无论如何拿到事件中的莎翁文物,这样才不会白费力气,到那时你的推断才不会悬而未决。"

"对的,"格雷特雷克斯回答道,"我会的,那位奇怪的年轻人当然也明白,假如我好好地跟莫雅讲,我认为她会把事情的原委告诉我的。"

"你会这样做吗?"卡拉多斯责问道,"嗯,对此我非常怀疑。"

卡拉多斯先生不再浪费时间去争辩,他坐下写了一张如同外交辞令般的小纸条。他得要等待几日才能从格雷特雷克斯那里得到回信,因卡拉多斯碰巧听说,莫雅去什么地方"外出活动"了,但最终还是有了回信。内容大致如此：

亲爱的卡拉多斯先生：

就此回复您的询问，您需要的信息似乎在诗人第三部作品中，《盖厄斯·凯撒》，第一场，第二幕中。

莫雅·格雷特雷克斯

"我需要的信息？"卡拉多斯疑惑地思考着，随后走到书架旁，"嗯，我是否该……"这会他的手指正好触碰到了要找的那本书，随后在《莎士比亚悲剧集》中翻阅着。"嗯，不管怎样，这就是我需要的信息，意思是……"

布鲁图：我不喜欢干这种陶情作乐的事；
我缺乏一些安东尼那样活泼的精神。

突然一道光照在了他的身上，卡拉多斯又读了一遍。

"缺乏一些……"音译过来正是暗指"拉克索姆"，"我敢发誓，那个女孩儿是个天生的阴谋家。要是在十五世纪的意大利，她就敢去参加什么政治组织……在那些乏味的日子里，她一定会成为激进的女权参政主义者……嗯，事情就是如此。"

但毕竟事情果真如此吗？假设自己信息准确，但事实却是令人好奇的，拉克索姆表面上是来英格兰参加图书销售活动的，已经促成了一个权益组织对于某个古建筑进行劫掠，而自己事后很快现身，安排善后的修复工作。要使诺格的名字和斯特拉福郡扯上关系，这可能不是一个详尽的计划；这种结果本可以通过更加明显，且花费更少的方式来实现。同时还有个细节值得关注：导演并演出这一切的人有些考虑不周。当地报道证实了这一点，莫雅的怀疑也能说明此问题。卡拉多斯倾向于未曾开口的格雷特雷克斯的观点，那些"激进分子"狂暴之极，想要摧毁莎士比亚的墓穴，而非炸掉他的雕像。事实上，是否这意味着双重目的呢？

在一番深思后，鲁滨逊·克鲁索对案情做出了图表式的分析。怀着同样的心态，卡拉多斯拿出一大张纸，摆在面前，记录下对案情的分析。

"里格比·拉克索姆想要得到些什么呢？"

"在回国前，他一定想带走一个独一无二的莎翁文物——不论是靠公平的手段还是肮脏的行径。"

"他的计划进行到哪一步了？"

"在独特的有利条件下，对于埃文河畔斯特拉特福教堂，他已经占据了先手。为了防止激进分子的袭击，教堂将会关闭。维修的部分假如需要的话，也会用幕布隔开，完全有理由相信他会自己挑选维修人员进行工作。"

"在他的直接控制下，有什么地方特别值得注意吗？"

"莎士比亚纪念碑和墓穴都在那里。"

卡拉多斯若有所思地将那张纸准确地折了又折，反复十几次，随后开始在屋子里走来走去。他在屋子里的家具之间走动，位置感惊人的准确。他不时地停下来摸一摸象牙或是黄铜的物品，有时下意识地、满意地盯着某件物品看上一阵。

纪念碑，墓穴……墓穴，纪念碑。

莎士比亚的一生中充满令人困惑的矛盾，最大的疑团肯定是：他那丰富的作品（论体积和《圣经》差不多，论重要性仅次于《圣经》），并非是今天现存的一系列手稿。莎士比亚小心翼翼地详述了自己破旧的衣装、次等的床铺，而后立下遗嘱，特别提到了在哪里能找得到那三十七部戏剧。在文学史上，没有什么样的抹杀能够与此相提并论，且事情颇具传奇色彩。假如威廉·莎士比亚是现代方法的最佳倡导者，那么他构建出的"绝技"极富成效，无人能及。鲍西亚的异教邪说就是最初的产物之一——当然后来也是最富有活力的——很多走在"文学骗局小路上"好奇的探寻者总会提出很多这样的话题来。

纪念碑，墓穴……

比如说，按照美国理论（大多数莎士比亚的异端邪说发源于美国那片充满活力的土地），尽管在现今物质化的世界里，文物保护不会有太大的压力，但在诗人的墓穴里，在永久的诅咒下，消失的手稿依旧能够被全数找到并且完好无损吗？嗯，谈到手稿，不论是莎士比亚之前的时代还是后面的岁月，诗人们都会把诗稿埋在自己或是他人的墓穴里，日后至少会有位诗人对此感到后悔，并且把手稿又挖了出来。

"我不会再纠缠于那些特殊的书稿，"卡拉多斯想了想说道，转过身来再次在书架上寻找，"在英国没有人会相信，我怀疑在美国是否有人会那样想。不，朱迪斯发现《罗密欧与朱丽叶》的手稿就写在油乎乎的蛋糕纸上，并且在场的律师也认可了这一发现。但是，天啊！想象一下如今发现一份完整的、原创的手稿，比如说《哈姆雷特》，是否得用数百万的金子才能买下它呢？"卡拉多斯从书架上取下来一系列实用的《美国清单》，很快就发现了他所需要的切入点。

"哈斯德鲁巴尔·波特1866年于费城所写的《威廉·莎士比亚的手稿到底在何处？》确实有用。或许这篇文章值得一读。拉克索姆当然也知道波特的文章，这个人一定和他不相上下。"

卡拉多斯一贯精细，记录下了细节问题，还给格雷特雷克斯留下了指令："博物馆街的沙德罗克最有可能拥有那篇手稿。"

"不，不对，不是的，"卡拉多斯把书放回去后，轻声重复道，"要是我猜对了的话，我的手指尖会察觉到的；但那又会是什么？纪念碑……没有什么实际用处或是机会啊。毕竟，露西·希斯科克的确发现了手稿，她或许能给些提示。或许，我最好要搞清楚露西究竟讲了些什么。"

在那间配备完善的房间里查找什么信息都十分方便。没过多久，卡拉多斯就又在阅读那篇关于诺格巨大野心的讽刺性评论。在那时，卡拉多斯已经收到了信件，他仅仅将其视为娱乐性的某种警告，基本上可以被看作是种玩笑话，但是现在，一行接一行地读下去，卡拉多斯修长的手指似乎停留在纸张上，寻找着灵感。

随后刹那间灵感产生了。

"您可能听说过弗吉尼亚州的国家殿堂……一座宏伟的瓦尔哈拉殿堂……作为伟人的安息之地……这次诺格有点迷上了莎士比亚……"

报纸并没有引起卡拉多斯的注意；他陷入到了对于那无耻勾当重要性的考虑之中。

"天啊！"他最后说道，"但这真叫人吃惊，不是吗，山姆大叔？"

"了解到"自己观点正确是一回事，最终将你全部未证实的想法付诸实践又是另一回事。在他揭露惊人的真相前，卡拉多斯先生写给莫雅一张纸条，承诺不会有任何形式的迫害。他几乎实现了自己的诺言。

在目前的案子中，他无意偏离自己的初衷，但这意味着他几乎无法获得任何官方帮助。

但首先要加深案子的调查力度，不是基于他的思考，而是针对那些可能发生的事件。卡拉多斯面对那些欠缺浪漫的人，在另一件事情发生前，必须要落实自己的怀疑，况且他已经这样做了。假使他贸然行动，可能这会儿早就深陷其中了，可卡拉多斯并无此意。

他的切入点有两个——伦敦和斯特拉特福郡。后者更令人信服，同时也最微妙。在伦敦任何草率的行为都会带来伤害，任何一步错了，都会轻易致命。因为据记载，出于对犯罪敏锐的嗅觉，马克斯·卡拉多斯在一个阴谋得逞并展现出来前，并不十分关心去破除它——仅仅就他而言——他的推断都是正确的。此外，针对拉克索姆的突然离去带来的先发制人，卡拉多斯还得做些防范措施。此后，他很满意自己稳定住了局势，轻松地投入到案件更为微妙的线索调查中。

就此事件的理论性来看，并没有单独的固定模式。某种程度上来说，卡拉多斯能够忍受自己和里格比·拉克索姆混在一起，不论成败与否。里格比·拉克索姆已经抵达了伦敦，他在火车上充分地谋划，哪些事情可以确认，哪些危险就在眼前，清楚地认识到赌注是高昂的，在最后一刻，事情一触即发，没有什么外在的异常情况能使他放弃既定目标。那么现在，里格比会怎么做呢？

从一开始，卡拉多斯就拟定了四条完全不同的调查线索。随着时间流逝，没有一条线索取得了突破。似乎应该继续前往斯特拉特福郡，从重要的方面来调查案件。在发现这种方法失败之前，卡拉多斯不止一次安排了一系列的冒险行动。

"我想叫你去看一看，是否能够找来一套完整的人体骨骼，"第二天早上，卡拉多斯对格雷特雷克斯说道，"今天我这里没有工作，你可以离开了，明天告诉我你的进展如何。"

"好的，"格雷特雷克斯高兴地回答道，他经常替主人"寻找"不寻常之物，这没什么让人惊讶的，"那么价格如何？"

"不涉及价格。我并不想最终买下什么，但是你也不必显露出来。就去找个想要聊聊的家伙谈一谈。即便你恰好遇到要出售的商品，可以去试一试。我想要知道在过去几周内类似的问价，不论成功与否。拉克索姆不可能已经买下了物品，假如你接触到此类买卖，尽可能地打听消息，最近被问到关于骨架的买卖，肯定会提到此事。"

安斯利一如既往欢快地微笑着表示赞同，随后走到了房门口。

"嗯，先生，我最好去哪里碰碰运气呢？"安斯利站在门口问道。

"这正是我没法告诉你的事情，"卡拉多斯坚定地说道，"在此事中你主要的优势是一无所知，很可能找到其他陌生人同样会去的地方。"

第二天，安斯利一整天都在外面闲逛（有时他是个慷慨的雇员），这看起来极富戏剧性，悲剧性、戏剧性、闹剧性、传奇剧般，或是狂想曲般交替呈现，甚至同时集中在一起——当然也不能将童话剧和道德剧排除在外。安斯利的意见是，任何描述，因缺少连贯的情节、相关兴趣点的连接、而包含多种无关的细节，只能被裁定为音乐喜剧。此剧开始于帕特尼商业街上波普金顿小姐豪宅后面的会客厅里，结束于伦敦桥街失物招领处。在这一范围内，安斯利去过两家医院，参观过一家拍卖商公司、林肯客栈菲尔德广场上的一间博物馆，以及杜莎夫人蜡像馆，拜访过舰队街的一位生物学家、皮卡迪利街的一位知名自然学家、大象堡区的一位五金商人、考文特花园的一位戏剧服饰经销商、奥德门水泵站附近的一位玩具批发商、哈利街上一位专家、拆迁工人（合法的那种）、退休的一位魔术师，以及其他八位不难定义的人。大多数情况下，他都是在别人的建议下找到这些人，而那美好一天留在他脑海里的印象是，几乎他见过的每个人本质都出奇地好。安斯利当然也过得很愉快。

最后，安斯利取得了最为惊人的成功。它来自那些善意建议中的一条——实际上是拆迁工的想法。

"你看，朋友，"大个子的负责人说道，"你怎么看伦敦西区的商店呢？厌倦了吧？"

"没有，"安斯利刚刚从一位教育用品制造商那里赶过来，他问道，

"你有什么好建议呢?"

"干吗不去试一试呢?我就会这样做。布莱克利和怀特宁商店就在肯辛顿路上。我老婆一个不好伺候的人都说那里几乎什么都有,甚至比她想到的还全。不管怎样,去看看没坏处。"

安斯利郑重地感谢了那位满身尘土的工人,随后离开了那里。布莱克利和怀特宁商店骄傲地吹嘘,从用来巡回演出的蜈蚣,到废弃的小岛这一类没人要的东西,都能在其出售清单上找得到。当一位年轻人向他介绍业务时,安斯利依然感到有些不同。在一个意想不到的入口处,面对面迎接他的是一位来自销售部的高个子金发女郎。安斯利想到这些大型的、繁忙的商店,希望每个人都能够做到准确行事,但是,恐怕……那位高个子的金发向导发出了一声刺耳的尖叫。安斯利要求去见一见经理。

对一件确定无疑的物品进行挑剔需要一丝不苟。不管怎样,安斯利还是见到了一位看上去很重要的人物,似乎是商店经理。经理认真、耐心地听取了顾客的叙述,随后按响了桌子上的铃铛。

"查德比特先生!"

这应该是那些大型的、繁忙的商店中最差的一家。安斯利想象着接下来要做的事情。现在他必须一个字、一个字地向查德比特先生重复讲过的内容。查德比特先生认真地、耐心地听取了他的叙述,随后礼貌地说道："先生，麻烦您这边走。"并将安斯利带进了第三个房间。

"诺特先生！"

"天哪，"安斯利小声地说道，他面对的将是无休止的叙述，"我应该把所讲过的话印下来。"

诺特先生确实是个人物。他完全明白了安斯利的意图，甚至还表现出同情之心。事情就是如此，你永远没法讲清。同样诺特先生也感到好奇，在过去的几周内，也有人同样的问询过。是的，在那种情况下，商店能够提供订单……

"真的吗？那么您有什么样的要求呢？"

不管怎样，在很少情况下，布莱克利和怀特宁商店会如此关注顾客的需求。当然，他们享有声誉，来开玩笑的人也时不时地出现……但是最后一次出现这种情况还是在几年前。

"当然是出于科学研究需求了？"安斯利问道。

"嗯，是的。是位美国人。奇思妙想。有理论指出美国和英国人种源自同一血统，随后开始分支。他想要通过英国人的骨骼来证实。"

"我最近遇到位先生，"安斯利说道，"也有此想法，他叫做拉克索姆，是美国百万富翁、老诺格的私人秘书。"

"就是那个年轻人，"诺特先生高兴地叫道，"怎么，您认识他？嗯，凑巧我们能满足他的需求。"

"不费事吧,"安斯利说道,"他没有跟我提及此事。商品是一件笨重的行李,对吧?"

"当然,我们有合适的箱子,包装精美……他似乎更关心的是船务公司那边,或是海关的问题。他不了解那边的业务,觉得自己会遭人怀疑,被扣留下来。"

"没错,我也有同样的担忧。"

"这种情况很常见。我们保留货物,并填写了一张特殊的海关申报单,就没什么麻烦了。但拉克索姆先生依旧很焦虑,我们又给丘纳德船务公司写了信,他们同意接受我们的代金券,运送货物。现在关于……"

"谢谢您,"安斯利感激地打断了诺特先生的叙述,"我认为得给我的人找点事情做了。正如我所说,我还有些疑虑,但是假如……"

"我们会尽我们所能的,放心吧。"诺特先生温和、体面地回答道。

卡拉多斯从废纸篓里找回一张褶皱的纸张,若有所思地把它展开,在新位置又下了几行字。

"对于引起不便的怀疑,拉克索姆会采取什么样的预防措施呢?"

"针对他可能被怀疑从事非法买卖情况,拉克索姆已经拿到了一张真正的收据,确保那不寻常的货物免于被问询。他还制造出自己不在场的假象,好像所有虚假的不在场证据一般,当假象破灭时,结果将被证实是一场灾难。"

这次卡拉多斯烧毁了纸张,案情大纲撰写完毕。

最后一列从埃文河畔斯特拉特福郡出发到帕丁顿的上行列车(那时是六点三十二分发车),刚刚驶出利明顿。车上并不拥挤,吸烟车厢的一位旅客此刻朝车厢后面走去,庆祝自己剩下的旅程将会无人打扰。这时有两位先生沿着走廊慢慢地走过他身旁,偶尔议论上两句。

"这次干得漂亮,"卡拉多斯说道,他站在车厢门口,帕金森为他开门,"我们到达威斯本公园就返回。"

"是的,先生。"帕金森一边关门,一边回答道,随后二人又向前走去。

卡拉多斯选了角落里的一个位置,随后抬起头来看着另一位乘客。

"拉克索姆先生,嗯,我想,"卡拉多斯寒暄道,"斯特拉特福郡,是个美好的古城,对吧?"

里格比·拉克索姆放下在利明顿买到的晚报,一直冷冷地盯着卡拉多斯。

"是我,先生,"拉克索姆故意说道,"但是您认识我吗?"

"不太熟。"卡拉多斯微笑着。他似乎很有精神,尽管此次采访有些娱乐的成分。

"我是说,"拉克索姆解释道,"我并不记得之前在什么地方见过您。"

"这可对我不利,因为甚至现在我都没见过您。"

"您是什么意思？"

"简单说来，我是个盲人。"卡拉多斯温和地问笑着，对惊奇的拉克索姆说道，"您瞧，假如要使用暴力的话，谁更有优势，这点毫无疑问。"

"先生，请给我一点点喘息的时间，"拉克索姆恳求道，"您说得太快了，我没法跟上……为什么要使用暴力呢？"

"没人会知道……我正在和一位先生随便聊一聊最近发生的一件谋杀案，就像我正在和您谈话一样，他就变得非常暴力。"

拉克索姆装作不经意地望了望他们所在的狭小空间，看到另一个角落里那位泰然自若的先生，但并没有丧失掉自己些许的自信。

"我想，您肯定弄错了，"拉克索姆说道，"您是苏格兰场的警察吗？"

卡拉多斯赞许地笑了笑。"不，不是的，"他说道，"拉克索姆先生，请您不要拿我们的国家机构开玩笑，我谁都不是。之前我应该先做个自我介绍。我的名字叫做卡拉多斯——马克斯·卡拉多斯。我仅仅对物品感兴趣。"

"我明白了，"拉克索姆沉思后问道，"先生，我是否可以问一下是什么特殊的物品呢？"

"通常和犯罪相关，假如案件不那么寻常的话。此刻关于我称作身体标本谜团的案子，我想澄清一两个观点。"

里格比·拉克索姆伸展了下四肢，打了个哈欠，表示漠不关心。

"卡拉多斯先生，听上去没什么稀奇的，"拉克索姆回答道，"事情的关键点在哪里呢？"

"恐怕，"卡拉多斯抱歉地说道，"关键点在于您行李中的物品……不，是车厢警报索，假如您能找一找的话，就在您的旁边。"

"我想您说自己是盲人，是骗我的吧？"拉克索姆先生机智地问道，"我不需要警报索，现在在我们进行下一步之前，我想知道您是怎么知道这一切的？"

"依靠我们旧式司法制度中的细节，"卡拉多斯解释道，"根据古老的法律，这纯粹是像我本人这样的局外人的义务，去抓获、拘捕任何被怀疑犯下重罪的人。"

"是这样吗？"拉克索姆畏惧地说道，显得手足无措，"要是他低头发现装着枪的圆筒，会怎么办呢？"

"嗯，暴力已经出现了！"卡拉多斯亲切地责备道，"我已经警告过您了！但拉克索姆先生，对于这个问题，相信我，一个盲人绝对不会，当然，他确实正在低头看着你装着枪的圆筒。"

里格比·拉克索姆的手又放回到了先前的位置。

"卡拉多斯先生，请原谅我再次使用了我们的行话，"拉克索姆毫不客气地说道，"但您绝对是我见过的最冷酷的家伙。"

"没错，"卡拉多斯说道，"有何不可呢？拉克索姆先生，我敢肯定，要是您遇见一位英国人，在任何情况下，他开始显露出某些情感的痕迹，一定会给您留下深刻印象的。就您而言，您是我迄今打过交道中最有成就的盗尸贼。距离出发去帕丁顿已经一小时了，为什么我们两个人不能坐下来，像维多利亚时代中期两个庆祝圣诞节的旅行者一样呢？"

"提前做好准备，当火车到达终点站时，把我移交给某个警局吗？"

卡拉多斯做了个手势以示反对。

"拉克索姆先生，我想您一定误解我了，我说过这是每个公民的义务……唉，但如今有几个人能够做到这一点呢？"

"先生，您就跟我直说吧，"拉克索姆疲惫地说道，"我承认，自己反应有点慢。"

"很简单。您会发现到威斯本公园站，火车会减速停车。有两位便衣在站台等候着。假如我在窗口展示白手绢，他们就会登上火车，采取行动。假如我展示的是彩色手帕，肯定是彩色的，他们就会知道案子完结了，我们不再需要他们了。"

"好极了，"拉克索姆有些怀疑地说道，"先生，我不知道我们这样做的原因……卡拉多斯先生，现在我来告诉您，您真是没事找事。您所察觉的特殊物品，并不引人注意，是我买来的一件科学展品，打算带回美国进行人类学研究使用……想要看一看布莱克利和怀特宁商店的收据吗？"

"现在不需要，谢谢，"卡拉多斯回答道，"诺特先生已经给我看过存根了。我们没必要浪费时间，来争论您在克拉弗希尔街船务分公司所做的安排，或是您了解诺格先生达成的协议，也别提您还做过山姆·巴贝尔公司的维修工头。"

"见鬼！"里格比痛苦地说道，"先生，我必须得承认，这可真叫人脸红。我一只手只能拿一张扑克牌，但是我猜这次是牌面是小丑。"

"什么意思？"

"您认为我偷走了那位老人，莎士比亚的遗体，同我们堆积在英国的货物汇合，是吗，先生？"

"我觉得您说到点子上了。"

"卡拉多斯，就承认吧，好吗？"拉克索姆乞求道，"我希望您这次真猜错了。"

"是诅咒让您变得优柔寡断了吗？"

拉克索姆先生微笑着，想到自己如同异教徒般迷信，却落了个如此下场。

"不是的，先生。面对众多极其扭曲的中世纪诅咒，我可是一丁点、一点点、每一刻都未曾动摇过。此外，您是否觉得，一个人，对罗密欧与朱丽叶、罗莎琳德与奥拉迪多、弗罗利泽与佩蒂塔之间的故事，感到万分心痛，还会去关心一副三个世纪后的松散黄色皮囊吗？假使它能帮助我赢得萨比娜·克拉多克小姐芳心的话？不，先生，莎士比亚先生的身体没有一丝一毫的损坏。"

"似乎看来是这样的，"卡拉多斯说道，他记起来不久前发生过相似的事情，"不论是谁想对莎士比亚先生下手，都会在他的作品中找到如此做法的权威解释。"

"是这样的，"里格比简单地回答道，"威廉·莎士比亚不属于一个时代，而是属于整个时代；不属于某个国家，而是属于全世界。他所说过的事情涉及方方面面。这就是老诺格脱离正轨的原因。他已经发觉莎士比亚是位美国公民，他高兴得要死，想到了把莎士比亚带回美国国家殿堂的主意。"

"我想有人证明过诺格是位德国人，"卡拉多斯说道，"那么他就是位德裔美国人了？"

"都不对，先生，"拉克索姆回答道，"莎士比亚真的是个文学集团。诺格在这一点上，确实心智失常了，他的病症还在加重。我很担心自己的婚礼，在他被证实得病之前，我还要再做些经济上的安排。您看出来我是怎么准备的了吗？"

卡拉多斯同情地点了点头："但是您还没告诉我，您是怎么失败的。"

"失败……"里格比疑惑地想了想，"嗯，卡拉多斯先生，说到失败……您应该很满意吧？"

"生活总是充满惊喜，"卡拉多斯说道，"但是我坚持自己的观点。石头无法移动——接缝处也进不了水——您当然也不会挖洞。"

"是的，先生。事实上石头确实无法移动。"

"是吗？为何不能移动呢？"

"我想，因为要等待下一代人来找到方法。我们有架吸力千斤顶——当然我们没敢使用杠杆——它能够抬起不足五百斤石头上重达五吨的壁画，但却没法估算一根头发的重量。先生，我们没法做到，我们备受打击，心灰意冷。您想知道我的附加词，我觉得在莎士比亚谜团中最重要的事情就是耐心地等待一个聪明的家伙来进行挖掘。"

"非常正确，"卡拉多斯认同道，"无论如何，您并不是第一个做此尝试的人。我猜想，您不会两手空空地离开吧？"

刚才还很轻松的拉克索姆，不再显得机智聪明、意志坚强，此刻亲切地笑了起来。

"嗯，这个嘛，卡拉多斯先生，"拉克索姆回答道，"瞧瞧您说的！您知道就在我们脚下，人们叫做古老藏尸间的地方，埋藏着足够多的、各种各样的遗骸，甚至可以覆盖整个滑铁卢战场。头颅、四肢、躯干、脚指头、手指头、肋骨什么的。而在另一边，海勒姆·S.诺格先生对我的电报照单全收，竭力想要保持冷静。在此过程中，我们干吗要让一位可怜的老偏执狂失望呢？嗯，我只会挑选了古墓里的几件小物品和一个黄铜盘子，上面刻有矛状切割的图案。诺格会满意的，萨比娜也会满意的，我看不出为什么不能让里格比·拉克索姆也满意呢？大约再过一个世纪，在诺格先生的国家殿堂中，最引人注目的莎士比亚谜团将会浮出水面。"

郊区的灯管变得越来越亮，火车在最后几英里减慢速度，开始躲避道岔和岔口组成的迷宫。帕金森平静的面孔出现在窗前，随后走廊的大门被推开了。

"先生，我们就要驶入威斯本公园站了。"

拉克索姆开始念叨那个名字，尽管路程中他们的关系一直很友善，他讲话时也并没有表现出丝毫的焦虑。

"先生，我希望您也能满意。毕竟，没人愿意把事情搞砸。"

"很不错的想法，不是吗？"卡拉多斯说道，"不管怎样，您就在站台一侧，或许您应该从窗户里给他们看一看这个东西。"

里格比从卡拉多斯手中抓起一块黑色丝绸手帕，转身拼命地向窗口挥舞。

"但是站台上根本没有警察啊！"拉克索姆回头看了看，茫然地说道，"我说，卡拉多斯先生，您是不是一直在哄骗我呀？"

"天啊，"卡拉多斯垂头丧气地坦白道，"无论怎样，我大概应该想到过这个结局吧？"

卡尔弗大街店铺悬案

贝尔马克一家经过索恩登小屋时，发现花园大门正敞开着，从小路那边传来了剪刀尖利的、喊喊嚓嚓工作的声音。艾尔茜·贝尔马克变得犹豫不定，停下了脚步。

"罗伊，你介意我进去待一会儿吗？"艾尔茜问道，"我猜这是巴罗福德小姐正在修剪花园，你知道，这能帮助我撰写关于女性友好协会方面的文章。"

"没错，"她的丈夫回答道，"只是不要忘记我，记得来吃晚饭。"

"你怎么能这么想！好像我曾经……我会赶上你的，要不你也一起来？你是认识巴罗福德小姐的。"

"不了，"罗伊做出了决定，"要是我也去了，肯定会留在那里谈上一个小时的。我也不想往前走了。我就在合适的距离内走一走，让你来决定什么时候离开。"

艾尔茜点了点头，微笑着跟罗伊道别，几乎剪刀声一停止，女贞树篱笆那边就传来了迷人的互相问候声。贝尔马克愉快地笑了笑，随后点燃了一支香烟。

"我应该可以不被打扰吸完这支烟。"罗伊推测。但是他想错了，因为在第一撮烟灰落地前，他就听到一声"罗伊"，女贞树篱笆那边传来的声音召唤他进屋去。

"全完了，"罗伊一面低声说道，一面愉快地服从了命令，"亲爱的，这可不合规矩。"

"啊，罗伊，对不起，我没办法控制自己，"艾尔茜用眼神暗示道，"巴罗福德小姐猜想，你是否见过她哥哥。他没跟你乘一趟车，是吧？"

"贝尔马克先生，您肯定见过韦恩，对吗？"花园里的女士问道，"通常星期六他不会这么晚来。"

"我想我认识他，"罗伊说道，"在一等座，非吸烟区，拿着早晨的《邮报》，不急不忙的，937号座位，是他吗？"

"他穿着鞋罩，黑色领带，有把整洁的雨伞，"巴罗福德小姐微笑着说道，"曾经干过行政工作，对吗？"

"不管怎样,他没有来,否则很早他就该到了。我们过来时,这位年轻的女士一直在购物,没注意到什么。我想了想,只有另外一位男士在斯坦索普下了车———一位稍显衰老的先生,看上去似乎并不知道自己在干什么。下车的还有很多女士和孩子,可男士只有他一位。"

"嗯,我觉得不会有人会说韦恩年老,"巴罗福德小姐鼓起勇气说道,"当然我们都不是孩子了,可是——"

"不是的,实际上,"艾尔茜急切地辩解道,"我的意思是……"她又仓促地补充了两句,因为艾尔茜发现自己善意的否认声明来得太晚了。"关于您哥哥,我是说,我肯定,他看上去肯定比实际年龄显年轻。"

"差不多啦,亲爱的,"巴罗福德小姐低声吐露道,"我觉得他最近生活压力比较大。我经常想他是否好好考虑过放弃行政工作,进而经商。萨默塞特医学中心已经确认,他的这种持久压抑感必须要得到治愈。"

"我想他现在工作很努力吧?"艾尔茜礼貌地暗示道。她对缺席的韦恩并不感兴趣,对他的职业就更没有心思打听了。但是巴罗福德小姐是她的一位"闺蜜",对于她观点最佳的回应便是充满同情的倾听,听她温和地絮叨那两个主题:她那完美的花园和杰出的哥哥。

"没错,"巴罗福德小姐有些疑惑地说道,"我认为他确实如此。但是我想他更看重责任。你们瞧,韦恩,他从未经过商——事实上,是任何生意都未做过,我的一位叔叔把生意完全交给他打理,条件是他要继续下去，结果韦恩好像获得了重生。他的地产生意充满了艺术气息，他必须要克服对于生意的厌恶——尽管严格说来是指批发生意。"

"我觉得自己甚至都不了解他的工作，"艾尔茜说道，"但是大概我不该这么问的——"

"嗯，是的，亲爱的；根本没有秘密可言。"巴罗福德小姐瞪大了那双机敏、善良的眼睛，"他从事的是花式皮革批发生意——就在卡尔弗大街上的威多森和斯塔布商店里，尽管康叔叔是那里最后一个姓斯塔布的人，而且半个世纪以来，根本也不存在威多森这个人。他们那里出售较好的各种皮革。韦恩接手生意时，对皮革和商业一窍不通，但是他拥有精明强干的经理和值得信赖的职员，否则我真不知道会发生什么事。"

"上好的皮革，听上去不错，书籍上的皮质封皮闻起来味道就很好。巴罗福德小姐，你是否去那里参观过？我有些想去。"

"我去过那里一两次，但是并不喜欢，"巴罗福德小姐说道，"商店以前是间宽敞、杂乱无章的旧房子，曾经是个不错的住宅区，但很多年前，那里发生了一件可怕的谋杀案。当然……"年轻的女士适时地笑了笑，"现在鬼魂还在那里出没。但是，认真来讲，我并不在意那地方，也就是黄昏后有些神秘罢了。"

"真是可怕！如今你的哥哥真的喜欢那里吗？"

在她作答前,巴罗福德小姐耸了耸肩,表现得像个小妇人似的,暗示了自己观点的复杂性。在她偷偷地瞥向贝尔马克夫妇时,巴罗福德小姐甚至还神秘地剪断了一片多余的叶子。

"亲爱的,男人是种奇怪的生物,"巴罗福德小姐说道,"我们是否知道他们真正的爱好呢?或是,他们真的了解自己吗?但是谁让我们聚在这里了呢?"

突然,一只陌生的手臂,将大门朝贝尔马克夫妇方向慢慢地推开了,沿着洁净的小路,走进来一个特殊的身影——让人好奇的不是他那古怪的衣装或是特征,而是他那古怪的出现方式,以及某种意义上自我迷失的可怜神情。"不全在这里"这样的开场白老套又显得愚蠢,给人留下的奇怪印象只能理解为:某些重要的东西不见了。

"嗯,是谁呀——"巴罗福德小姐询问道,她的声音中透着距离感,突然,她吃惊地大叫一声,朝前紧跑几步,重新陷入一种莫名的恐惧中。

"韦恩,韦恩!"巴罗福德呼喊着,尽管几乎听不到她的声音,"亲爱的,是你吗?啊,到底发生了什么事?"

"对的,没错!"罗伊对他妻子说道,"这就是我和你提到的——一起乘车的那个人。我不知道是不是他的哥哥,但是有点像。你明白了吗?"

"我不知道你在说什么,"艾尔茜回答道,她被眼前的两个人搞糊涂了,"但是好像发生了可怕的事情。"

"那我们是不是该离开这里?"罗伊问道。

"我也搞不清楚。我不想让巴罗福德小姐知道——但或许她还需要我们。"

韦恩·巴罗福德缓慢地沿着熟悉的小路,来到房门口,不时地朝左右两边望了望,似乎像是在辨认有些遗忘的路标。他走过巴罗福德小姐的身旁,贝尔马克夫妇的身旁,并没有认出他们来,巴罗福德小姐截住他,拉着他的手动情地呼喊着,让他开口讲话,韦恩没有甩开她的手,可韦恩就是不说话。他温顺地来到关闭着的前门处,站在那里,用他从花园里进来一样单调、准确的动作,拿出钥匙,找出正确的那把,慢慢地转动,随后关上了门。

"我必须去看看她,"艾尔茜说道,巴罗福德兄妹二人迅速在视野里消失了,"不管怎样,我们现在都瞧见了,应该不会有什么问题。你在这里等我,好吗?"

"我当然会等在这里,"罗伊粗声粗气地回答道,"告诉她我们愿意做任何事——"

三分钟后,艾尔茜回来了,她看到罗伊正坐在花园的椅子上沉思着,他看向艾尔茜,疑惑不解。

"韦恩就坐在起居室里，什么也不做，话也不讲。并且，他妹妹小声跟我说，让我问一问你韦恩是不是喝醉酒了。她是那么认为的，但我肯定事情并非如此。"

"你问一问他们，"罗伊严肃地回答道，"在任何情况下，人们都不会承认自己醉酒，但是如果他们真的喝醉了，就会开始争辩，急于证明自己并没有醉酒，你越是赞同，劝解他们说'没关系，老伙计；别再叫嚷了，没人会注意到的'，他们就越起劲儿，直到你离一英里远就能听到一个醉鬼吹嘘自己多么清醒为止。"

"嗯，情况不妙，因为韦恩并没有辩解。要是他这样做了，巴罗福德小姐或许能松口气，他说些什么都好。"

"韦恩看上去清醒得很，事实上，太过于清醒了。假如你想听一听我的建议，我想还是去看医生吧。"

"我也这么认为，罗伊。我敢肯定在别人的鼓励下，她妹妹愿意送他去医院，所以我回去，把你的想法告诉她。"

"等一等，"罗伊朝艾尔茜的肩膀处望过去，随后说道，"我想……没错，她来了。"

"罗伊怎么说？"巴罗福德小姐问道，艾尔茜走过来正好碰见她。

"他认为你应该马上去请医生。亲爱的，我也这么想，我们恐怕你哥哥真的是生病了。"

"我觉得你说的没错，我马上去请佩奇医生。事发突然，那时候发生的事我不太想让仆人们知道——那太丢脸了。我应该还算了解韦恩，但是在太难以解释了。"

"我们直接过去，去请佩奇医生过来。我肯定罗伊也能很快请来医生的。"

"是吗？你们真是太善良了，"巴罗福德小姐不胜感激地说道。

"嗨，干吗要那么说呀！"艾尔茜说道，赶忙亲吻了一下巴罗福德小姐，"真没什么，任何人都会……"

"那么，我现在就回去等着，"巴罗福德小姐说道，"我不能让韦恩单独待太长时间。"

"让罗伊自己去，我陪着你一起等医生来吧？"艾尔茜建议道。

"不用了，谢谢你亲爱的。我现在一点也不害怕了，我这就去通知仆人们。"

佩奇先生很容易请到，不到二十分钟的时间里就赶到了——况且他还在住在半英里以外的地方。他那欢快、自信、得意的风采给索恩登小屋带来了一种更为健康的感觉。巴罗福德小姐灰暗的表情消失了，两位女士认为再没必要小声地交谈。没有人会想到将佩奇描述成"睿智的"医生，"好"这个词过去常常用到，那就意味着一般来讲，你很快就有所好转了。

"那么这次是韦恩先生生病了,是吗?"佩奇问道,他走到韦恩身边,韦恩并没有回应,蜷缩在一张大安乐椅上。佩奇医生三十年前给患了麻疹、不停咳嗽的韦恩先生治过病。"

"巴罗福德小姐,我想,我上次来这里办事还是您生病那回。"

"啊,那回!"巴罗福德小姐轻描淡写,"那没什么,感冒而已。"

"正常的时候没再复发,是吧?"佩奇耐着性子表示同意,"事情总是这样发生的,不是吗?是的,他心存感激就能挺过去。现在让我们来看一看。"

巴罗福德小姐站在一旁,细致的检查仍在继续,她随时准备完成分配给自己的事情,但巴罗福德小姐过于敏感,以至于提出些毫无用处、令人焦虑的问题打断了诊治。当佩奇完成检查后,他若有所思地走到窗边,朝外望去;巴罗福德小姐的眼神随之盯向佩奇,询问道。

"巴罗福德小姐,简单的一个词'惊吓'就能概括所有症状,对此您是否满意呢?"

"但我还是不明白。事情发生得太突然了,并且很可怕。韦恩他……是否病得很厉害?"

"您意思是'他会死吗?'不,他不会死。他会康复的。伤害在所难免,现在需要做的是尽快让他恢复健康。"

"但是,医生,他到底怎么了?得的是什么病呢?"

"他受了惊吓。我初步诊断他得了此病。韦恩没有任何的外伤,也没有遭受过打击。贝尔马克先生告诉我韦恩来时的情况。不论是否有特殊的原因——比如说,工作上的还是私人的,为什么韦恩先生的思维会如此混乱,我想您应该比我更清楚吧。"

"我真不知道,一无所知。真是可怕,韦恩从没提起过。"

"您没法询问他。目前他最主要的事情就是休息。巴罗福德小姐,假如他醒来,不要让他开口说话。假如公司的人把公务带到这里来,想知道些什么,那么他们必须自己处理了。您是否真正明白我的意思?不管什么事情,假如业务上缺了韦恩就没法进行的话,那就先歇业。业务比人好处理——韦恩就是我们的工作。"

"他的病果真如此严重吗?"巴罗福德小姐轻声问道,此时她的心里直发紧。

"假如我们不关心,他的病很容易发展成那样,过几天我们就能知道了——比如说,他不说话是否会发展为失语症,或是仅仅是暂时性的最初兴奋感的一种反应。这是个特殊的病例,我想去请麦克弗林医生再来诊断一下。明天或是下星期一让他来,可以吗?"

"当然可以,"巴罗福德小姐回答道,"嗯,医生,还有什么事——任何事都可以,是您能够做的?"

"嗯,对了,"佩奇医生点了点头,"我想,不管怎样,这一周您最好找个护士。霍奇小姐现在有空,可以胜任此工作。回去后要我打电话给她吗?"

"假如您愿意的话,我没问题,当然……"巴罗福德小姐有些惆怅地说道,"您知道我自己也可以护理得很好,并且……"

"整整一个周呢,"佩奇微笑着再次肯定地说道,"那时或许……"

"那好吧,我就坐在门槛上,像只真正的母龙一样,防备入侵者。但是我们真的什么都不做,不去看一看到底发生了什么事情吗?"

"嗯,对的。事实上,我们必须这样做。一切真相都需要询问韦恩才能知道。我们的第一步就是治好他的病,找出韦恩发病的原因。我们清楚这种状况下,他去过斯坦索普,所以我们必须努力调查过去发生的事情。他可能几乎没有机会染上这种病。"

"那里有个货仓。但是很久前就废弃了。"

"那么,我们就从那里开始调查。我听说不是有个经理吗?"

"是的,普里杰尔先生。他住在克罗伊登区。"

"您有他家的地址吗?"

"嗯,是的,我能否……"

"好的,发电报给他,让他来这里,看看他今晚或是明天什么时候能到。听一听他能讲些什么,但是,"佩奇伸出根手指头来提醒巴罗福德小姐,"不要带他去见你的哥哥。也别提起刚才发生的事情。"

那位精明强干的经理,早已养成了个习惯,每周护送自己的妻子去一次剧院。星期六的晚上通常是举行此"仪式"的时候。这并非是关乎生死的事情,巴罗福德小姐的电报仅仅要求他"尽快赶来"。似乎并没有什么紧急的事情让普里杰尔先生在午夜后从克罗伊登赶到斯坦普尔,开始他的冒险之旅,因此,按照事情自由发展,直到星期天下午,普里杰尔才了解到他老板的状况。

艾尔茜出现在索恩登小屋的大门口,准备开始"问询"任务,正好和一个陌生人碰了个照面。那一瞬间,心事重重的艾尔茜,望着陌生人脸上奇怪的表情,胡思乱想起来,随后那个陌生人记起来艾尔茜曾经拜访过这里。在自由活动的情况下,艾尔茜冒险打探屋内的情况。起居室的房门半开着,从门背后断断续续地传出低沉的话音。艾尔茜轻轻地敲了敲门。

"请进。"是巴罗福德小姐的声音,随后另一个声音打断了她的话音。

巴罗福德小姐正坐在沙发上——很明显,那一刻前她是躺在那里的,她的眼神和手帕出卖了她。贝尔马克夫人吓坏了。

"啊,亲爱的路易斯,"贝尔马克夫人向后退了几步说道。

"别走,"巴罗福德小姐叫道,"不管怎么说,这是最后一天了。谢谢你能来看我。我今天正想见你呢。"

"韦恩病得不那么严重了,是吧?"

"啊，不是的。他几乎跟你过去看到的一样，并没有好转。"

"你的意思不会是他还有别的病吧？"

"你进来时见到普里杰尔先生了吗？他刚刚才走。"

"我的确在大门口碰见一个人，这到底是怎么回事啊？"

"感觉就像是世界末日。我们遭遇了火灾。"

"在这里吗？"

"不，在办公室和货仓那边。实际上已经烧完了，普里杰尔先生这么说的。"

"普里杰尔先生？"

"是的，这就是他今早无法赶到这里的原因。警察按照地址先去拜访了他，而后将他送到事发现场。他发现那里早已是一片狼藉。这难道不是灾难吗？"

"那么，火灾是否和韦恩的病情有关呢？"

"我们还不清楚火灾的原因。普里杰尔先生昨天实际上也并不了解韦恩的病症，因为他要赶去伦敦的另一个地方与客户见面。他甚至觉得没必要再次返回卡尔弗大街。星期六晚上才发生的火灾，而韦恩那时早就回家了。"

"是的，"贝尔马克夫人说道，"但是不管怎样，这看上去很奇怪。我想，既是做生意，商店一定投保了吧。"

"嗯，是的，我敢肯定已经投保了。难道你没发现吗，这对于韦恩来说却是令人不安的。当他完全康复，再次投入工作时，却必须要接受这样的麻烦事。重建商店，让生意好转起来需要好几个月的时间呢。"

"应该说,这正好是个让韦恩好好休息的机会,"贝尔马克夫人说道,"亲爱的，此外，根据你昨天所说，我猜想你哥哥大概不会对生意上的损失感到遗憾。当然，我们还不敢肯定，但是这大概是个机会……"

"嗨，不要那样说,"巴尔福德小姐急忙反驳道,"我敢说韦恩从不会想利用这样一个机会脱身。"

"嗯,我也不敢肯定啊,"艾尔茜说道,"看上去不像是韦恩自己纵火。但是聊一聊也没什么坏处吧？对于发生了什么，没有什么进展吧？"

"我一点也不清楚。我开始思考下一步该怎么办，正如我期盼的一样，韦恩真的已经离开了办公室。"

"我一直在想,"艾尔茜主动说道,"你听说过卡拉多斯先生吗？"

"没有,"巴罗福德小姐不明确地说道。随后她说了人们常说的一句话,"但这个名字听上去很熟悉。"

"卡拉多斯善于发现。考虑到他是个盲人，在这方面他已经是相当出色了。这是他的爱好，因为他很是富有。"

"但是假如他是盲人，亲爱的……"

"你几乎看不出他是个盲人。假如你丢了什么东西——我的意思是被偷了，或是东西消失了，他就能帮到你。他走进你的房间，几分钟后就能了解一切：房间的大小、有什么样的家具、墙纸的颜色，你什么时候打扫的烟囱、为什么把一幅画从一个地方移到了另一个地方。不管怎样，正如你想的一样，你没谈到什么特别的事情，他就能拔起别人未曾注意到的'旧钉子'，一下子找到墙壁上的那个划痕。"

"他怎么能看见墙上的旧钉子，而后把它拔出来呢？"巴罗福德小姐问了一个实际问题。

"当然，他看不见，但是他却依然能拔起钉子来。几天之内，或几周之内，就能以相当简单的方法直接找到你丢的东西。"

"听上去真是神奇，"巴罗福德小姐怀疑地说道，"但我确实不认识这位卡拉多斯先生。"

"我们和他很熟悉——打我们住在格罗兹·希斯那时起就相互认识，"艾尔茜说道，"我的一位叔叔是卡拉多斯先生的好朋友。我敢肯定他愿意来这里，假如他认为对我们有帮助的话，我们欠他不少人情。"

"但是，亲爱的，"巴罗福德小姐准确地纠正了艾尔茜的错误，"你说的不对。似乎应该是他欠你们的人情。"

"啊，他不会那样行事的，"艾尔茜高屋建瓴地说道，"此外，要是他那样想，我们就不该去找他。"

当马克斯·卡拉多斯了解到巴罗福德家的特殊案情后，在决定自己是否对案情感兴趣之前，他的初步行动是有目共睹的。卡拉多斯先是询问了苏格兰场警局，到一些警察分局去看看周六晚是否有人发现了什么，能够解释案件的疑点，但毫无收获。直到他来到贝克街分局，才发现与韦恩相关的蛛丝马迹。一位搬运工，作为"第一当事人"，注意到韦恩似乎看上去"脚步踉跄"。卡拉多斯最终决定，这个案件足够扑朔迷离，能够引起自己的兴趣。

案件发生后的一个星期三，卡拉多斯抽空来到斯坦索普。艾尔茜把他带到索恩登小屋，如今早已适应了贝尔马克太太的安排决定，巴罗福德小姐战战兢兢地接待了卡拉多斯先生。很明显，贝尔马克太太相当自由地渲染了一番案情，沉醉其中，而屋子的女主人则期盼她眼前的离奇案件能更实际些。卡拉多斯似乎在更加注重在过程中实事求是一些。他并未对周围环境表现出任何的惊讶之情，这让他的发起人艾尔茜很失望，仅仅是鼓励巴罗福德小姐从各个方面谈一谈她的哥哥。巴罗福德小姐没有丝毫的不情愿，但艾尔茜早就听过了那一套说辞。卡拉多斯的问询也没有什么不寻常的。

"我想知道，您翻过他的口袋了吗？"卡拉多斯问道，"有没有发现什么不寻常的东西？"

"没有什么，我之前都看过上百遍了，只有一样东西，有个大个的珐琅徽章和写着一个号码的凭据。"

"我能拿来看一看吗?"卡拉多斯暗示道,"啊,没错,是这么件东西——这是从大英博物馆阅览室带出来的衣帽间凭据。"

"我知道,韦恩经常去国家美术馆,"巴罗福德小姐说道,"会不会是从那里带出来的?"

"不是的,"卡拉多斯回答道,"仁慈的当局已经做出了安排,您不需要再通过一家机构寄存自己的破旧手杖才能从另一家机构那里拿到邻居家的新雨伞,因而拿到各类不同的凭据。您的哥哥平常总是心不在焉吗,巴罗福德小姐?"

"实际上,他并不是那样,他是一个挺精细的人。有什么不对劲的地方吗?"

卡拉多斯紧紧地抓住写有号码的徽章。

"不论怎样,这意味着韦恩忘记要回自己的东西了,"卡拉多斯解释道,"通常是一个手杖或是一把雨伞。"

"当然,"巴罗福德小姐默许道,"韦恩一直都带着雨伞,但是星期天他回来时,没拿着雨伞。我理所当然地认为他把雨伞落在火车上了。"

"通常,假如一个精细之人,特别是去过阅览室之后,忘记拿雨伞或是什么东西,根据推测,他一定是发现了什么重要的东西,对吧?"

"是的,没错,"艾尔茜急切地说道,"您发现什么了吗?"

"我怀疑韦恩发现了一本书。我是说,您要亲自去查阅那数以千计的普通书籍来查找线索,"卡拉多斯对女主人说道,"您没有碰巧看见一张取消了的书籍申请表吗?"

"我知道您说的那种东西,"巴罗福德小姐回答道,"不,韦恩好像没有表格。"

"表格通常都已破损了。"卡拉多斯提示她说道。

"与纸张有关,"巴罗福德小姐继续说道,"霍奇小姐,您知道的,那位护士今早发现了一件相当奇怪的事情。"

"韦恩坐在桌旁,桌子上恰好有一些文具——几张纸、一支钢笔和墨水。他并没有看着文具,但是霍奇小姐注意到他的手正向纸张移动。她走近一看,发现韦恩正在那里乱画——可能很难说是文字,相当模糊,但是霍奇小姐认为这令人振奋。"

"是的。"卡拉多斯说道。他的声音如此隐秘,以至于人们会以为他害怕把如此美好的事情吓跑。"我觉得也是。那张纸怎么样了?"

"我想那张纸应该还在,也或许霍奇小姐把它扔掉了。您想拿来看一看吗?"

"我对此很感兴趣,"卡拉多斯说道,"我想我们应该看一看那张纸。"

霍奇小姐还留着那张纸,即使她期望不久看到更为流畅的思维表达。卡拉多斯接过纸张,如同明目的人一样,轻易地掌握了纸张外形的每个细节、重量和材质,而两位女士则好奇地俯视着他的动作。

"我可没办法搞清楚这一切,"巴罗福德小姐坦白地说道。她看着卡拉多斯那敏感的手指沿着那模糊的、蜘蛛网般的线条,一遍又一遍地摸索着那潦草的笔迹。纸张上并没有明显的标记可以利用。"您认为,这里面是否包含着什么意思?"

"这种排列组合不止一次出现过,"艾尔茜指着那歪歪扭扭的"象形文字"说道,"我敢肯定这一定意味着什么。"

"那个排列组合就是'红色',它出现了七次,"耐心的寻找者卡拉多斯说道,"这是持续出现的最强暗示。"

"红色!但是……"巴罗福德小姐附和道,声音变得颤抖起来。

"啊,可能是路灯柱、凉棚,或是一幅画,"卡拉多斯安慰道,"甚至有可能是一支铅芯铅笔。"

"我想,或者是火焰?"艾尔茜似乎不幸言中了。

"有一个方法可以验证您的创造力。"卡拉多斯焦急地想要修正自己错误的调查方向,"很显然这里面只有一个字,但是是什么呢?"

"对我来说这并非是一个字。"巴罗福德小姐花了一分钟仔细检查了纸条,随后说道。

"'哞'或是'喵',假如这能被叫作一个东西的话,"艾尔茜说道。

"嗯,这难道不是?人们怎么称呼猫制造的噪声来着?"

"但是他为什么不写'猫'这个字呢?"巴罗福德小姐反驳道,"假如真要表达这个意思。"

"因为噪声是最引人注意的东西,"卡拉多斯说道,"'喵'这个字就是猫的意思。"

"等一下,"艾尔茜说道,"现在我想知道那长长的涂鸦是什么东西?"

卡拉多斯一边冷静地将纸条装进袋子里,一边说道:"我认为我们最好做进一步的测试。"精神崩溃患者的妹妹发现"那长长的涂鸦"(曾两次重复提到过)代表"恐怖",或是那悲伤的话语"啊!"出现过四次,对此卡拉多斯并不感到焦虑。

之后的寻找又揭示出一个字。"这好像,"卡拉多斯那晚发现了细微的线索,思考后说道,"在线索消失的那一刻,大脑中出现的一道亮光,"根据文字的连续顺序,卡拉多斯重新将字体顺序进行了排列:

红色 红色 红色 红色 红色

啊 啊 啊

恐怖 恐怖 恐怖

喵 门

卡拉多斯依然待在巴罗福德小姐的客厅里,此刻他独自一人,有人询问相当烦琐细碎的女性友好协会办事程序,女主人巴罗福德小姐找了个借口去招呼其他访客了。

普里杰尔先生几分钟后来到了韦恩家,默默地想为什么本该站在炉前小地毯上相当绅士的医生并没有来。那位质朴的姑娘发现还有位访客待在那里,出于惊讶,她的言语都听起来含糊不清。也或许卡拉多斯泰然自若的神情让普里杰尔产生了那样的想法。

"情况很糟糕,对吗先生?"经理夸张地说道,"病人今天好些了吗?"

迄今为止,卡拉多斯对这位新来的经理却还不了解,尽管冒着被怀疑的风险,他还是明智地、职业性地摇了摇头,表示对病情并不清楚。

"啊!看上去恐怕韦恩要病上好长一段时间了。我想您是否能给个大概时间,他完全康复需要多久?噢,顺便说一句,我是他的经理。"

"这是个难以回答的问题,没有办法给出一个满意的答案。"

"没错,我猜也是。但这让我感到十分难堪,先生。正如您所说,韦恩病倒了,我想还有很多跟他相似的案例,您说他会变成什么样呢?"有一瞬间,经理犹豫了一下,想把问题的症结说出来,像女士信件中的附言一样,经理做出一种疏忽性的推测,"韦恩是否还记得最后发生了什么事情?"

"他是否还记得!"这就是经理普里杰尔所期盼的,他到底在害怕什么？卡拉多斯看不透那位站在那里看上去受人尊敬、表情严肃、衣冠整洁的经理的心思。普里杰尔备受尊重的形象毫无用处，但是上百个暗示表明他从未考虑过通过更加巧妙的方法来表达自己的想法。

这是个根本无需回答的问题，却使得卡拉多斯想要减轻些经理的忧虑。他素来喜欢即兴发挥，因此向普里杰尔讲述了其他离奇案件的结局。普里杰尔先生如释重负般长舒一口气。

"目前实际值得关注的事情是韦恩的病情，当然他的缺席不会造成多大的不同，"经理说道，"我是实际的负责人，韦恩只是负责监管。但是现在没有生意可做；大火阻碍了生意的进程。我最不愿讲的就是保险公司非常令人厌恶。"

就是这些消息，卡拉多斯富有同情心地问了个问题，鼓励普里杰尔继续他的"独奏会"。

"保险公司目前还没定论，但是他们暗示是火灾。跟往常一样，公司派了人来调查。我们接到通知把东西保持原样，等待检查。"

"他们有没有发现异常的事情？"

"保险公司的人看过很多遍消防队的报告。我想负责此案的官员能知道些情况。"

"但是您确定他没搞错？"

"嗯，我可不敢这样讲。我是公司的职员，得支持他。此外，星期六十点后我就一直外出,所以不知道发生了什么。但是威多森和斯塔布商店一年多来,一直对火灾的准备工作并未做好,这也不是什么秘密了。据说大火马上就在三四个地方蔓延开来,巴罗福德先生是最后一个离开那里的人。我们最好充分利用这一点,不论喜欢与否。"

"一个无赖就这样平白无故地暴露了自己,每一种笨拙的含沙射影都是打开韦恩心灵的一扇窗户,"卡拉多斯一面思考,一面同情地说道,"天啊!这真令人吃惊啊。"

"当然了——"他的心腹好友、忠诚的经理暗示道,"啊,当然了,也不能那么讲。"在那一刻,普里杰尔又回到了楼上,最后只留下咔咔的脚步声。

"我完全不相信那个经理,"贝尔马克夫人随后来招待卡拉多斯时说道,"几天前我来这里时,和他碰了个面对面,他还阴险地朝我笑了笑。为什么他知道您不是医生便如此吃惊?"

"人们总会有些奇怪的想法,不是吗?"卡拉多斯说道,"我认为巴罗福德小姐告诉他我的身份后,他似乎很生气。之前普里杰尔一直和我私密地交谈。"

"您没误导他,说自己是位医生吧?"艾尔茜有些吃惊地问道。

"误导?好家伙,当然没有。我不会误导一只'乌龟'的。"

"不是的,我当然认为您不会那样做的,"和蔼可亲的姑娘几乎懊悔地说道,"卡拉多斯先生,实际上我并不知道该怎么和您讲。我试图告诉巴罗福德小姐您的计划,我也想不出更好的方法,只好对她说您只要有一根针,或是一颗钉子,就足够破案了。您知道吗,我们两个待在一起时,她就伸长脖子,想要知道您是否有所发现。"

"我希望自己也能有所收获,"卡拉多斯咯咯地笑了笑,"我当然已经开始调查了。"

"我猜,"艾尔茜天真地问道,"您是否的确发现了些端倪呢?"

"可不是针,"卡拉多斯欢快地回答道,"至多是些松散的针线。"

为了追踪那些相同针线的另一段,卡拉多斯第二天驱车来到卡尔弗大街。附近街上都是些小型商业店铺,在周末过了营业时间几乎就看不到人了。这样商铺的存在似乎得益于一位特殊的、有保障的委托人的支持,随处可见的小型建筑更像出身卑微的人为了迎合而建立。威多森和斯塔布商店并不需要利用那条宁静的大道提供公众宣传,周围"野心勃勃"的"邻居"将它挤在身后,使之必须走过一条内部通道才能进入。在后门一条死胡同处有一条无名的贸易通道。

帕金森陪着他的主人,长期接触使他十分了解卡拉多斯先生,他时不时地对周围环境中必要的信息进行再现还原。这些都是惯例,因为任何特殊需要,只要主人的一个字,就足够让帕金森运用他那特殊的天赋,以合适的方法进行观察。

主仆二人对于33号建筑很感兴趣，因为大火已经扑灭了——实际上从卡尔弗大街上也看不到什么东西了。作为能够证明威多森和斯塔布商店存在的唯一证据——商店的大门被推开了。卡拉多斯和帕金森发现自己站在一条长长的、荒凉的通道里，墙上贴着一张通告，直接将两位调查者引到了楼上商店的办公室处。

"我们在这里等一会儿，想一想目前的状况。"卡拉多斯吩咐道。

"好的，先生。"帕金森回答道。他知道在那些封闭的边角地带，自己的描述本领根本用不到，除非是为了某些特殊目的。既然主人对于地板和墙壁的兴趣和自己无关，帕金森便沿着通道走下楼去，过会儿又回来了。

"我想卡莱尔先生就在下面的屋子里，先生，"帕金森说道，"我能听见，我觉得，那就是他的声音。"

"没错，"卡拉多斯说道，"卡莱尔就是这里环境的一部分。"

在普里杰尔的陪伴下，卡拉多斯二人发现威多森和斯塔布商店经理室的废墟大多原是卡莱尔先生的咨询机构。普里杰尔的问候并没有一点热忱，但卡莱尔先生则显得洋洋得意、雄心壮志，高声欢迎众人的到来，淹没了来访者关于如何服务的正式询问。

"你们，各位，看在上天的分上！"卡莱尔热情地说道，"麦克斯，是哪阵风把您吹到我这里来了？"

"我几乎想不到巴罗福德一家说的就是这里,"卡拉多斯回答道,他的话暗指周围的环境,"你是否知道艾尔茜是巴罗福德一家的朋友呢?"

"什么,艾尔茜,你说的是我的侄女吗?"卡莱尔的热情骤减,"不知道,天啊,我真不知道。但我敢肯定,她和丈夫住在斯坦普,对吧?我自己快有麻烦了,马克斯。我在这里处理事情,和国内保险公司的人打交道。"

"卡莱尔先生,我现在也有自己的事情要处理,"普里杰尔异常正式地说道,"如果您有什么其他特殊的要求,我随时听候调遣。"

"真是怪异,"职业的调查者卡拉多斯说道,他向将要离开的普里杰尔,大方地打了个手势,表示了自己的许可,"令人震惊的厚颜无耻之举,马克斯,假如这样的行为真的存在的话。而且,我听说,那个巴罗福德先生正在装傻,不想向大家做出解释。"

"嗯,你有没有向不情愿的普里杰尔收取佣金呢,路易斯?"

"天哪,那个伙计觉得,自己怎么摊上了这么一份工作啊。但是他也明白为纵火罪作伪证,自己什么也得不到。四场单独的火灾同一时间一起发生,在这次引人注目的灾难中显得十分突出,而最先被烧毁的是公司的账册。"

"这可真是不幸。"马克斯·卡拉多斯说道。

"如你所想,正是如此。马克斯,你能发现,账册是办公室里最不易燃烧的东西了。只要账册不是打开的,那么你几乎没法让一本捆绑紧密的账册燃烧;但事实却是账本一寸接着一寸地燃烧,直到全部被烧毁。这些迹象——"卡莱尔指着地板上一大堆浸泡过的碎片说道,"有人故意把它们扒开,用酒精浸泡过,然后放火。"

"是松节油,"卡拉多斯说道,一边捡起一个碎片,"路易斯,这个过程需要时间。"

"这点毫无疑问,罪犯的事前准备做得也很充分。"

"路易斯,正如你所说,韦恩·巴罗福德在十二点半最后一个离开这里,他离开后,锁上了卡尔弗大街商店这边的大门。办公室的秘书很肯定,那时是十二点二十分。韦恩在外面待了十分钟。"

"但是我还没有调查此事。韦恩或许又回来过。大家都清楚,那天很晚他才回到家里。"

"我觉得韦恩极有可能回来过,我的兴趣点在于他在这里发现了什么。他当然那时也去过大英博物馆的阅览室——此刻他的雨伞就放在我的车里。"

"是为了打发时间,直到安全地再次返回这里?消防队认为十二点半时间过早,大火应该直到夜里十点才被发现。"

"这个地方一直处于关闭状态,大火可能在无人发现的情况下燃烧了好长一段时间，比起十二点半这个时间，我觉得下午三四点钟更为准确，"卡拉多斯说道，"路易斯，你们怀疑韦恩是出于什么样的动机呢？"

"存货自从这位巴罗福德接手后就一直在减少，已经有五年了，而保险公司却还是老样子。主要还是怕破产，经理也承认了这一点……"

"路易斯，不要用'承认'这个词。我已经和那位善良的、忠诚的仆人谈过了。"

"嗯，我只是就事论事，不论我们怎么称呼消息的来源。过去的几个月里，巴罗福德先生一直在努力筹措资金，但是最近他发现有些人不再愿意出钱了，但是他们当然可以要求正当地清点库存和独立审账。现在就是这种状况……"

"抱歉，"从门外传来一个可怜的声音，"我并不想打扰大家，可是……"

"您当然可以进来，"卡莱尔回头向门口说道，"目前办公室的日常事务全中止了。但假如您还想见一见经理的话……"

"不，我不想见那位好心的老普里杰尔先生，"访客说道，原来门口站着一位"年长的"年轻人，一副无精打采的样子，"我刚好路过，顺便想和亲爱的老韦恩点个头、说句同情的话，但是那位聪明的年轻人弗雷德里克暗示我说韦恩还没到……"

"恐怕他没办法来了，"卡拉多斯主动回答道，"你的朋友目前得了重病。"

"您可别那样讲，"访客回答道，徒劳地望了一圈，发现没有一件未被烧毁的家具可以依靠后，他紧握住自己的手杖，想要保持平衡。"我想是精神崩溃，诸如此类的病吧？事实上，亲爱的老韦恩无法从现代商业混乱的竞争中脱身。对他来说，从萨默塞特房间舒适的角落里爬出来就是个根本性的错误。他在那里他才是完整的，他根本不适应这里的环境。"

"我觉得他的品位是文学化和艺术化的。"卡拉多斯说道。

"文学化和艺术化？文学化和艺术化！"新来的熟人重复着卡拉多斯的评判，还做了些特别的强调。"当然，亲爱的呓语——者老韦恩偶尔也会给即将倒闭的《评论》杂志就《拉车马匹之间的心灵感应》一题，写上一封信，但是，天啊，艺术品位！这倒提醒了我——在这场火灾中，范·多普变成了什么？"

"范·多普？"

"是的；您一定遇见过那种恶行，对吧？当我上次在这里时，韦恩就把它挂在那里，就在上周六。您不会是想说……"

"假如它上周六在屋子的任何一个角落的话，当然也就早去见上帝了，"卡莱尔欢快地说道，"我想，那是一幅画吧？您看到的大概就是画的残骸。它是否很名贵呢？"

"假如亲爱的老伙计足够聪明，为那幅画投保过的话，那么我觉得，索赔的数额一定不少。"这是个睿智的答案。"假如他没有投保……"

"在任何的报单中并没有提到那幅画。"卡莱尔在查询了自己的文件后说道。

"我并不介意告诉您，情况糟透了。我记得，那幅画写有范·多普的签名，范·多普的东西价值千元左右，可怜的老哈多克似乎被邦德街的黑帮给敲诈了，多花了三百元。当然，这很容易，因为韦恩认为自己是天生的鉴赏家，这只是无知的开始阶段。"

"那么星期六他是否发现了这一点呢？"卡拉多斯问道。

"嗯，我和他讲过了。我看见您也没有比这更具结论性的想法了，"访客得意地说道，"'我亲爱的老伙计，'我相当平静地说道。'范·多普只画过一幅名叫《岳父肖像》的画，那幅画过去半个世纪以来，一直被收藏在亚伦密达格。'"

"在哪里？"卡莱尔先生既警觉又好奇地问道。

"亚伦密达格——圣彼得堡的爱尔米塔什博物馆，您或许是这样称呼它的。"

"是的，没错，"卡莱尔赶忙回答道，"我不太明白那个词语，就是这样。"

"'至于那位板着脸的冒险者,'我告诉他,'那幅画大概是个被简·范·多普处理过的作品——他是范·多普的一位尚不明确的亲戚。事实上,我认为伦劳在他伪造过的范·多普作品中处理过这样的油画。''伦劳?'韦恩绝望地问道,我发现那位不幸的沉默寡言之人从未听说过那位机智地评论过范·多普的人。'老天啊,老朋友!'我竭力克制不再提起那伤心之事。当韦恩问我时,我给他解释了一些作品的细节问题,这就是我们谈过的全部内容。"

"我觉得,这可以解释为什么巴罗福德再次返回。"当卡拉多斯和卡莱尔两个人又单独在一起时,卡拉多斯说道。"不管怎样,那位异乎寻常地装腔作势的人明白自己在讲什么。我们的人去过阅览室,找出有关'伦劳'的信息,随后返回这里来验证某个叙述的真伪。"

"比以往更为绝望。"卡莱尔严肃地说道。

"不至于绝望到去烧毁他笨到没有投保的绘画吧,尤其是在还能翻本的机会下。"卡拉多斯回答道,"韦恩赶到这里时就发现起火了吗?很难想象一个燃烧着的房间里有什么特别"可怕"的东西。他是否让普里杰尔感到吃惊?又是谁袭击了他?猫又是怎么回事?当然可能……"

"等一下,马克斯,等一下,"卡莱尔坚决打断了卡拉多斯的论述,"你这样唠叨,让我有了种超自然的直觉,但是你的独白也没必要如此神秘吧。假如这真是一桩纵火案——那么，天啊，基于到处可见的证据，我会建议我的客户坚决不赔偿——如果不是巴罗福德，那谁会是罪犯呢？"

"谁？"卡拉多斯说道，随后他的注意力突然消退了。卡拉多斯再次展现出他那令人窘迫的精确步伐，径直走向壁炉架旁，绕着那一大堆碎片走动着，拿起几封摆放在那里的信件。"啊，路易斯，路易斯，我们两个侦探都在发问，你想知道'谁'是罪犯，我想搞清楚案件是'怎样'发生的，这些是巴罗福德忽略的信件。"

"哼！"卡莱尔不耐烦地说道，"这些信和你有什么关系，马克斯？此外，就你来看，那家伙病得太重了，没法处理这些信件。"

"那么房门上并没有信箱吧？"

"嗯，你说什么？"

"信件是掉在地上的。"卡拉多斯的手指触摸着每个字、每个对他们来说可用的标记，把信件一袋接一袋地放在一旁，"你知道这是什么东西吗，路易斯？"

"一张明信片。不是机密的那种，嗯？上面写着'谢谢你好心的调查。此刻我们还没有……'这就是一些正常的词语。"

"试试看一看另一面。"

"啊，是邮戳，'英格兰，伦敦，5月25日，12点30分'，日期是上周六。你是说假如信件上周六被取走了,就意味着有人跟在后面……让我来看一看,十二点半,那么说十二点半邮寄,假如信件没有被取走,下午三点钟送到这里,我明白了。"

"事情并非如此。难道没有一种……"卡拉多斯指着盖过戳的邮票说道。

"仅仅是些粉红色的模糊字迹。你是指这个东西吗?"

"一个人可能会怎样描述对发红的猫爪子模糊的印象呢。那么,路易斯,办公室里的猫是怎么回事……"

"但是,天啊,马克斯,认真来讲,我们该怎么处理这位猫科掠夺者的旅程呢?你不会是在暗示我那个被抛弃的四脚动物会纵火,是吗?我唯一的考虑是哪个人……"

"嗯,当然是某个人,"卡拉多斯抱歉地说道,"你之前也问过同样的问题,不是吗,案情不也把我引向其他疑犯了吗?很明显,普里杰尔是纵火犯,难道他还没有跟你吐露实情吗?"

"那位经理?"路易斯·卡莱尔疑惑不解地盯着卡拉多斯,随后思维敏捷地跳跃到卡拉多斯的观点。"马克斯,你知道吗,我一直都有种隐隐的直觉,有件事很令人怀疑——但只要它是纵火案,我想我的客户跟罪犯可扯不上关系。"

"嗯,是这样吗,我的朋友?"麦克斯反驳道,"我想大有关系。"

"怎么会呢？"

"巴罗福德先生是本案涉及的唯一业主。假如是他放火，那所投保险就会无效。但是假如别人来做的话——"

"他的经理，"卡莱尔提醒他说道，"马克斯，他保密的雇员。"

"没错。但是你没法讲烧毁商店是他的'职责之一'，对吧？尤其是事情发生在下班后的几小时。路易斯，假如你想一想自己的客户，你可能会更支持巴罗福德先生。"

"嗯，毕竟，我搞清楚了事情的来龙去脉。关于案件涉及的人员，我还有些疑问——仅仅是普里杰尔和那个小伙子来过我这里了，我必须搜捕其他人。"

"并且我们还得搜捕那只猫。此事不必惊动普里杰尔，那个小伙子倒值得去看一看。"

"马克斯，你有时总能发现神奇的事情，"卡莱尔耐着性子说道，"我想，目前情况是这样的，那些人似乎想把我们引向我们一直在寻找的东西——当然，是间接地。"

"你已经注意到了？"卡拉多斯回答道，"我想大概这只是我的猜测而已。"

"假如你想和那个小伙子见面，我可以叫他来，"卡莱尔暗示道，"但是我想提醒你，即便是他来了，他似乎也算不上是个聪明人。"

卡拉多斯点了点头，微笑着表示赞同好友的观点。卡莱尔穿过屋子，走到另一扇房门前，以他那足够威严的声音喊道"弗雷德"。

一个身材不高、视力不佳、大约十五岁左右的小伙子，不情愿地从他的"洞穴里"爬出来，衣兜里装着一本纸质封面的书籍，走过来傻呆呆地和卡莱尔打了个招呼："有事吗？"

"马克斯，他可是个聪明的家伙，"卡莱尔相当轻蔑地说道，"民主教育，我的天哪！"

"弗雷德，你能告诉我们去哪里最有可能找到那只猫吗？"卡莱尔耐心地问道，"可能这里养了不止一只猫吧？"

"猫？"看上去病恹恹的年轻人傻傻地回答道，"猫可跟我没有关系。"

"但是或许你知道通常猫都待在哪里，"卡莱尔温和地暗示道，"你知道，猫有一定的习性。"但是弗雷德却不为所动，转身嘟嘟囔囔地只说了几个字："要是你肯用眼睛看一看的话。"

"你这个小流氓！"卡莱尔愤怒地咒骂道，"这就是你对一位绅士的答复，况且他还是一位盲人！如果我是卡拉多斯先生，天哪，我会扒了你的皮。"

卡莱尔早已习惯于自己这般令人印象深刻的声音。他的侦查手段也很奏效，但是他几乎还是没有准备好适应自己言语戏剧性的变化。

"卡拉多斯先生，你是说，他看不见东西？"小伙子的语气与刚才截然不同。郁闷的他变得异常兴奋，愚笨的眼神一扫而光，充满了智慧之光——几乎可以说是狡黠。他走过来，急切地用一只手按住衣袖，毕恭毕敬地问道，"您就是卡拉多斯先生吗，那位盲眼神探？"语气仿佛是在表演音乐剧。

"过来，过来，快点！"路易斯·卡莱尔被小伙子套近乎的行径激怒了，叫嚷道，而卡拉多斯则只是会心地笑了笑。

"你刚才读的那本书名字是《杰克·杰克逊，人类猎犬》吗？"卡拉多斯问道，"很不错，是吧？"

"先生，我和您说一说猫的事情吧，"弗雷德小声地说道，"星期六的时候，它被烟呛死了，现在就在垃圾箱那边。先生，您现在调查的这桩案件，是纵火案或是贪污案吧？"

"弗雷德！"不远处传来普里杰尔经理的声音，"弗雷德，你在哪里——"

"要小心，先生，"弗雷德出门时特意告诫卡拉多斯，"老普里杰尔有些怀疑事情会不太顺利。穿过货仓直走，就是垃圾箱，那里可以找到那只黄色小猫。"随后弗雷德又变得昏昏欲睡，抱怨着走进了走廊，"是电保险丝断了吗？嗯，我这就去看一看……"

"喂，弗雷德，"普里杰尔严厉地说道，"到底为什么你不能过来，到这里来,立刻戴上帽子,把这个纸条送到马奇蒙特的办公室去,在那里等回信。嗯,先生们……"

两分钟后,正当卡拉多斯三人走进货仓时,正好碰见走出来的弗雷德。这个笨拙的年轻人,根本没想让路,一下子撞到了卡拉多斯的身上,弗雷德因笨手笨脚遭到了责备,他故意轻蔑地吹了口哨,艺术性地为整件事画上了句号,众人更加责备他。机会终于来了,卡拉多斯将刚才与弗雷德相撞时塞到自己手里的纸条展开,内容大致如下:

假如您想要了解更多的案情,今夜十二点钟与我在滑铁卢大桥碰面。老板还不错,但老普里杰尔是个吝啬的讨厌鬼。几个月来,我一直跟踪他,我能告诉您他利用不同的名字去过哪两家银行。切记啊!

侦探小子 弗雷德里克

"大概又能听见弗雷德里克讲话了,"卡拉多斯一面将纸条塞进口袋里,一面猜测道,"不管怎样,我希望弗雷德的约会风格不要变化太快,会让人感到不习惯。"

一段时间过后,马克斯·卡拉多斯写道:"亲爱的路易斯,我将履行在你被调离巴罗福德案件时做出的承诺。你那时抱怨,说我对火灾似乎没有多少兴趣，你说的没错，因为仅仅是一桩纵火案，不会有什么新意。但是韦恩·巴罗福德的奇怪状况则另当别论了。不论我们是否已经发现了此案的真实情况，都和弗雷德奇迹般的干预不相干。路易斯，那个孩子真是个杰作。你知道吗，他身上的所有衣服都是可以两面穿的，因此弗雷德能够在最短的时间内改变装束。

"你将发现普里杰尔涉案已经五年了。假如巴罗福德能够出现，案情将会更加清楚些。但是毫无疑问，这样一来，对于普里杰尔的众多怀疑就被忽视了。这个案子其实很普通。普里杰尔本身不是罪犯，他也没有这么高的品位。二十年来，在老康拉德·斯塔布的眼中，他一直是一个模范职员。但是斯塔布十分熟悉自己的业务，而韦恩却对此知之甚少。韦恩的到来意味着普里杰尔的败落。事实上，普里杰尔发觉，对于他来说侵吞公款是多么的容易。五年间，他每周从工资里克扣六七英镑，现在至少'积攒'了八千英镑了！

"批发生意的成功就是经理的自我毁灭之路。生意每况愈下，直到无法挽救。随后韦恩四处奔波，去筹措外来资金。他发现有人并不愿意自己这样做，因此要求彻底查账。那时普里杰尔担心事情败露，他篡改了买入记录、销售记录，并且系统化地抢掠了库存货物。当然，普里杰尔可以脱身——所有的'战利品'都已安排妥当，但是他那一贯的本性却使自己难以体面地离开。火灾显然是个解决方案，并且幸运的是，大火恰恰看上去像是韦恩的权宜之计。

"让我们回到星期六的案发现场。普里杰尔已经在那里等待了一段时间了，观察到韦恩是最后一个离开商店的人。按照计划，普里杰尔照往常一样宣称自己要离开了，然后秘密地躲起来。这就是那天案发时的问题所在，巴罗福德看到其他人都离开后，自己离开时亲自锁上了外面的大门，普里杰尔觉得自己的机会来了。

"普里杰尔并不急于动手。起初其他人返回商店的可能性并不大，星期六那天下午，过路人偶尔的脚步声甚至更加稀少，好管闲事之人过早发现火灾并不是他计划中的一部分。普里杰尔随便吃了些午餐，又读了一遍《晨报》。在大约三点钟时开始真正行动了。

"我们很清楚同时发生在巴罗福德先生身上的事情。我发现，韦恩成了荷兰老主人精心'栽培'的牺牲品——斯塔布认为通过自己的'鉴定'，能提高韦恩的地位，但韦恩却难以承受。不论欺骗的证据是否如此简单，让人高兴的是欢快的小伙子弗雷德不会再来打扰我们了；不管怎样，巴罗福德先生在大英博物馆发现了些令人不安的信息，急忙赶回办公室去验证那最糟糕的结果。

"依我看，是在三点三十分，普里杰尔在那里烧毁账本和其他相关物品将近半小时了。而后他突然惊恐地听到前门开锁的声音。无需再猜测来者的身份。除了他自己之外，只有一个人拥有钥匙。

"面对这个紧急情况,那个负罪的恶棍并没有预先方案。他此时干得太过火了,根本没有脱身的可能性。有关他犯罪意图的证据几乎每个屋子里都能找得到,不论韦恩多么懈怠,他肯定能猜中眼前景象的简单谜底,随后普里杰尔开始不知所措。

"走楼梯是不可能了,因为要到达货仓或是原路返回,他都要依靠眼前的走廊。就在那时,普里杰尔发现商店地板上摆放着一个壁橱——他大概那时就在办公室的位置,看不见窗户,四下一片黑暗。我想普里杰尔一定急于想藏起来喘口气。但是当他跌跌撞撞地来到壁橱旁时,一个绝望的应急之策在他脑海里一闪而过,不一会儿就变成了普里杰尔的救命稻草。

"几个月前,一个勤杂工说要粉刷商店,材料也买来了,可是有事耽搁了。一罐罐的涂料就放在那里,已经混合好了,一个可怕的想法在普里杰尔脑海里闪现。他的行径并不巧妙,因为根本没有时间来考虑。他弯下腰,双手在燃料罐里蘸了一下,随后抹在了脸上。随后他披上了黑色的布料——盖在货物上的一张苫布,去见那毫无防备的受害人。

"他们是如何碰面的呢?那可怕的幽灵是否在受害人接近时跳了出来;还是他悄悄地等待着受害人的到来;抑或是他凶神恶煞般地尖叫着冲下通道,我们大概没法得知。但是重新建构当时的情景:在昏暗灯光下的墙壁无言地矗立着,其他罪案中难以令人忘怀的幽灵从黑暗中现身。我认为再没有什么鬼怪比那阴暗的东西更可怕了，普里杰尔每走一步，脸上和手上的红色涂料便随之滴落。对于一个相当软弱和疲倦的人来说，结果是悲剧性的。韦恩·巴罗福德在百叶窗遮蔽的屋子里，突然清晰地看到一道亮光——一个幽灵般的、红色的怪物。浑身瘫软的韦恩立刻陷入到了无助的恐惧中，被惊吓到的猫不住地嚎叫着。远处的大门处是安全的，他必须到那里去——必须——到大门处去。韦恩的确做到了，但是却将某个东西遗忘在了那里。"

西里尔·拜考特奇案

"卡拉多斯先生，我一眼就认出您来了。但我想您一点儿也不记得我是谁了吧？"

"是这样的，"但是，他又以一贯的陈述事实般的方式直接说道，"恐怕我对以前的您十分熟悉。二十年前——据我估算，至少有二十年了。那时我们一起猜字谜，您的名字是格蒂·汉密尔顿。"

"我现在还没有结婚，"那位女士顺从地说道，"就我而言，二十年间的点点滴滴历历在目。"

那天晚上，卡拉多斯先生收到了一张由一家出售乳制品、花式羊毛制品和其他精美物品商店偶尔寄来的小小单据，上面写着"欧弗伯里市场大厅举办的《预感、幻觉、自我感应》讲座",邀请卡拉多斯先生去做年度斯托尔沃西讲座,这使得神探非常高兴,因为他很乐于尝试意想不到之事——纯粹是出于体验的目的。但是在结束那不愉快的事务之前,卡拉多斯早已不止一次咒骂自己一时好心而答应下邀请。

在最后一句正式的恭维语后,听众们渐渐地散去了,他们感觉自己已经尽到了义务,只是不像去教堂做礼拜那样值得赞赏。不论怎样,帕金森光荣地坐在讲台上,完全自我陶醉了。就在那时,此前坐在偏远位置的一位女士走了过来,她鼓起勇气,决定挑战一下卡拉多斯的记忆力。

"您真的凭借声音就能认出我来!真是太神奇了!我一直有所耳闻,但是却不敢相信。"

"这某种程度上要看是谁说的,对吧?"卡拉多斯说道。

"嗯,我想,多半是莉迪亚·默加特罗伊德告诉我的。您还记得她吗?莉迪亚嫁给了一位绘画大师,那位大师有个学生。学生的父亲是一名药材批发商,他曾卷入一个案子当中,雇用了一名叫做卡莱尔的先生,他说过——"

"天啊!"卡拉多斯打断了女士的叙述,"这已经涉及五个人了。您只能相信您听到的五人中其中一人的话。正如过去您找到了我一样,现在您更加期望能够找到我。"

"嗯，我们一直都是好朋友，对吧？过去您的名字是马克斯·温，还有您……您……"

"那时我必须要相信自己那可怜的、欺骗性的眼睛吗？是的，我在想我是否应该一眼就认出您，汉密尔顿小姐。"

"喂，我可不希望您那样说！"汉密尔顿小姐率直地说道，随后表露心迹，"您知道的，我妹妹米尔德里德曾是个美人。"

"米尔德里德。没错，实际上我对她的印象很深刻，"卡拉多斯思考后说道，"我们都曾忠实地为她效力过。她去世了吗？"

"您听说她去世了？"

"我刚刚才知道。您的声音向我诉说了一切。"

汉密尔顿小姐看上去十分吃惊，但是她完全同意卡拉多斯的观点。这和她所听到的传闻不谋而合。

"是的。米尔德里德五年前去世了。奇怪的是，这和我现在来这里的目的相关。我来这里——"她忽然不好意思地重新叙述道，"我来这里是想看一看我听到很多传闻的那位卡拉多斯先生是否就是马克斯·温，假如您是的话，我想听一听您的建议。"

大厅后面，一位忧伤之人已经熄灭了电灯，临近讲台上的一个人则时不时地、充满期盼地咳嗽两声。其他人都离开了，甚至那位讲座前演奏巴赫和舒曼选集的年轻女士，在演讲结束后演奏完《天佑女王》

这首曲子，也收拾好租来的钢琴，不再演奏，悄悄地走了。在卡拉多斯适当的距离之外，帕金森施展自己独特的天赋，深深地沉浸在自己并不感兴趣的事物之中，被一张描述英国岛屿一百年来谷物产量的图表所吸引。

"我想我不该在这里耽误您的时间，"汉密尔顿小姐望着卡拉多斯说道，"我想您是否能抽出时间和我一起回去，告诉我您的想法。我就住在欧弗伯里外面——走路相当近。"

"假如您了解'迈特'吸烟室的生活，您就不会对于提出一个花费一两个小时的替代计划如此的漠不关心。"卡拉多斯回答道。

"正如您过去所做的一样，"汉密尔顿小姐评判后说道，"谢谢我请求您做事吧。"

当卡拉多斯和汉密尔顿小姐走过小镇市场上那寂静、荒凉的小路，卡拉多斯回忆起了过去的日子。二十五年前（他已经使汉密尔顿小姐从那五人中受益），卡拉多斯实际上还不怎么出名——只是个无名小辈，待在一个陌生的城市里，突然间一笔财富降临在他身上，遥远地如同被埋藏在月球上的山峦之中一样。汉密尔顿一家让他明白，假如他愿意接受好心的汉密尔顿一家提供的简单款待，自己就不会孤独。但这种关系并未持续多长时间。卡拉多斯升职，搬到了另一座城镇，与汉密尔顿一家相遇不过是一场偶遇。但是慢慢地，卡拉多斯意识到那段日子里，他们之间的友谊对自己来说是多么的可贵。

卡拉多斯身旁的格特鲁德·汉密尔顿小姐在前面引路，她的脚步沉重，她早已人到中年，是两个姐妹中的大姐。另一位——米尔德里德，她本人比格蒂的评价以及神探乏味的悼词更值得赞誉。对她的记忆如今不再令人心动，但是卡拉多斯可以清楚地想起她的一举一动。他听说格蒂还有个兄弟，双亲也都去世了……

"我们终于到了。"汉密尔顿小姐异常活泼地说道。卡拉多斯听到了打开门栓的声音。他们穿过花园，花园是按照农舍小屋样式建造的，却很整齐干净。神探一朵接着一朵地探究着那些古老的英国鲜花，在通向大门的路上慷慨而神圣地给予它们关怀。

"我想知道帕金森先生是否介意和我的老仆人一起在厨房里待着呢？"格蒂小声地问道，"您知道，我可是真怕他呀！"说着她做了个鬼脸，显得这个想法听上去幽默诙谐。卡拉多斯清楚，她真正怀疑的是帕金森到底能多慎重。"没有比他更合适的人选了，"卡拉多斯说道，"假如他恰好同意我的观点，帕金森会告诉仆人一个从中精选的摘要，只是语气会有些高傲。"

"假如您允许的话，我会帮助帕金森熟悉环境的。"格蒂站在门口，难为情地笑了笑。

"您可能不会记得，一般来讲，我们过去常常把咖啡和蛋糕作为晚餐。但是我很难相信您现在——"

"您仍然用粉色的糖霜来做鲜橙口味的蛋糕吗?"卡拉多斯问道。

"嗯,是的,我真不敢相信!"格蒂一边说,一边像个女学生一样蹦了起来。

没过多久,汉密尔顿小姐顺利地介绍了帕金森,而后她端上来那著名的蛋糕,随后开始诉说自己的烦恼。

"虽然谈及米尔德里德,但这实际上和西里尔有关,"格蒂解释道,"西里尔是我妹妹米尔德里德的儿子,也是她唯一的孩子,因此,我也只有那么一个外甥。"

"那么汤姆……"

"汤姆十年——十二年——啊,是十五年前去了南非。那里发生战争后,我们再没收到过他的消息;我想他一定已经不在人世了。卡拉多斯先生,您瞧,现在就剩下我和西里尔相依为命了。我父亲、母亲、汤姆、米尔德里德——我的一切:都没有了。"

"您外甥跟您住在这里吗?"卡拉多斯催促道。眼前这位可怜的女士,孤苦伶仃、却在纷乱的世界里坚强地活着,卡拉多斯为此感到难过,但是他开始意识到有必要让汉密尔顿小姐切入正题。

"不,他不和我住。我正要谈到正题。我知道自己有些思维缓慢,招人讨厌,请您一定要原谅我。我现在只能一小时接着一个小时地想这些事情，其他什么都做不了；我想其他人会把这称作抑郁症。假如真是抑郁症的话，那确实很可怕，我几乎不敢相信这是真的，但是抑郁症的确存在。我必须做点什么。"

"是的，"卡拉多斯说道，他微笑着反驳道，"您必须告诉我实情。"

"我又要来诉苦了！"汉密尔顿小姐做了个绝望的手势后说道，"我真希望您能给我些建议呢！嗯，米尔嫁给了拜考特先生，马克·拜考特就住在离这儿几英里远的地方。他为人相当不错，但是我想，考虑到米尔的外貌和机遇，拜考特对她来说年龄有些大了。拜考特看上去只对水生甲虫感兴趣。对于一个男人来说，这似乎是个奇怪的品位。他或许也去打高尔夫球，或是去斗鸡，参与政治，很多的活动，我的意思是，这些活动似乎更加具有绅士风度。"

"相当一部分人对水生甲虫感兴趣。"一直在观察情况的卡拉多斯温和地说道。

"这下我就明白了，"汉密尔顿小姐说道，"我还以为自己孤陋寡闻呢。但是不要觉得我是在针对拜考特。他可以说是个好丈夫，尽管有时对于米尔来说生活确实很无聊。他们结婚三年后，西里尔出生了……卡拉多斯先生，您和我们在米德彻斯特相识时，是否听说过一位斯泰斯叔叔？"

"斯泰斯？没有，我之前从未听说过那个名字。"卡拉多斯回答道。

"我记不清他和我们之间的关系始于何处,或者他是否真的和我们有关系。我听说很多年前他非常喜欢我们的母亲,还想要娶她为妻,但是当我们和他认识时,斯泰斯似乎已经很老了,据说十分富有。嗯,他和我们的关系恰好是这样的:米尔是斯泰斯的最爱——她也是每个人的最爱。斯泰斯去世后,人们发现他把财产留给了米尔——几乎是所有的财产,之后西里尔继承了遗产。"

"财产留给了米尔和她的孩子们?"卡拉多斯询问道。

"不,名义上只提到了西里尔。您看,也没有其他的孩子了。"

"确实如此。"卡拉多斯说道。

"米莉婚后第八年就去世了——她得了慢性阑尾炎。之后马克询问我是否能为他看管房子,并照顾下西里尔,我也答应了他的请求,迄今为止已经四年了。当然,我很喜欢那孩子,尤其是自己把他从病患和困苦中拉扯大后。在米德彻斯特那些日子里,西里尔是我的全部。而马克的再婚对我来说是个不小的打击。"

卡拉多斯点了点头,表示对女士的同情。汉密尔顿小姐似乎现在一心想要把事情讲完。

"要是那位新拜考特夫人是个合适人选的话,我就不该说这么多。但事实上,很难用夫人这个词来描述她。他和米尔德里德恰恰相反,我真猜不透马克一直在想些什么。"

"有些人就像您说的那样。"卡拉多斯老练地回答道。

"嗯,我也认为如此。但是很遗憾,新拜考特夫人是个寡妇,她前夫是个小农夫,有一两匹赛马,最终遭了灾。她似乎也沾染了那种马厩和农场的气息。我并不是说她绝对有问题,但是她却喜欢威士忌、香烟、讲粗话(还说这样做没什么坏处),做什么事都不认真!但马克不论做什么事都十分干练。我一周多都没法接受这个事实,尽管马克夫妇请求我留下来,安排好一切再离开,但是您看,他们的婚姻太突然了。这大约是一年前的事情了。

"卡拉多斯先生,对我来说,要放弃西里尔实在是太糟糕了。西里尔是个充满柔情、可爱的孩子,四年里我就好似他的妈妈。但是又能怎样呢!我买了这间小屋,以便时不时地能够去斯塔克斯——西里尔家那边。我当然也要想些办法:他的爸爸同样不幸。西里尔每天到一所一位女士开办的乡村学校读书。他是那样的脆弱和幼小,没办法离开家。拜考特夫人自己也有两个儿子,他们比西里尔大几岁,十足的小流氓。幸运的是,他们通常都待在寄宿学校,不住在家里。"

"那么现在情况如何?"卡拉多斯追问道。汉密尔顿小姐过于沉默了,在充分表达了自己观点后,悲伤之情涌上心头,那位可怜的小姐突然变得痛苦起来。

"唉,卡拉多斯先生,"她哭诉道,"请不要嘲笑我,我敢肯定是那个女人想要谋杀西里尔,好让她自己的儿子得到财产。我知道她就是凶手,我该怎么办呢?"

如今谈到谋杀,以往的经验让卡拉多斯想到了两个结论:前一个比较容易确定,而后一个则要困难些。假如不祥的拜考特夫人果真成功地除掉了自己的继子,马克斯·卡拉多斯就确信正义会惩罚她的,但要弄清楚她是否有此杀人动机,并付诸行动,这是更为急迫的事情。

"假如您外甥去世了,那么是否钱就归拜考特夫人所有了?"卡拉多斯问道。

"嗯,是的。我向我们的老律师咨询过。正如我所说,遗产先是留给米莉的,而后继承权归西里尔。遗产现在属于西里尔,由律师监管,直到他成年时才会交付给他。当然,西里尔还没能留下遗嘱,因此假如他去世了,钱就归他父亲所有,而马克自然会把遗产留给他的妻子。"

"马克大概会这么做,"卡拉多斯说道,"这笔遗产价值多少呢?"

"大约有三万英镑。我想,要是等西里尔真正接管遗产时,估计能拿到五万多英镑。对于像我们这样的人来说,这是个不小的数字。我觉得,马克过得还不错,但绝对谈不上富裕,他的新妻子在他身上拿不到什么钱。要是她决定变得富有,或是让她那些糟糕的孩子过上好日子,西里尔的财产……"

很显然,汉密尔顿小姐的确在控诉,拜考特夫人和西里尔分别被视为谋杀犯和受害者,但是当耐心的调查者将汉密尔顿小姐的叙述和具体事实比较时,卡拉多斯发现自己能够做的最有效的就是减轻她的恐惧。

"但是我敢肯定,恶行一定存在,"忧虑的女士哀求道,"啊,卡拉多斯先生,时间一周接着一周地度过,西里尔越来越瘦,无精打采,而那个女人的确能做出这种恶毒之事,摆在我们面前的犯罪动机很明显……"

"那么为什么不劝说西里尔的父亲去请位医生来呢?"

"医生已经为西里尔诊治过了。之前是我坚持叫人去请亨特利医生的。"

卡拉多斯听到了汉密尔顿小姐特意透露的词语"坚持"。"那么拜考特先生是怎么说呢?"

"嗯,他说根本没必要请医生。当然他是说西里尔没有出麻疹或者水痘,大家心里都清楚。他建议做出些小变化。西里尔和我一起去伊斯特本住上两周。在那里西里尔会很好地康复。随后我们回到了这里,西里尔却又病倒了。"

"西里尔没和您在这里住上一段时间吗?"

"我很想他能住下来。但是拜考特夫人没法容忍这种事,这也很自然。她说西里尔太受宠溺,当然是指我,西里尔越早克服自己变态的幻想越好,并且如果说斯塔克斯的氛围不适合他,这几乎不大可能,因为他与我也只有五英里之遥……这个时候谁会来呢?您刚刚听见敲门声了吗?我没听见,但苏珊应该去开门了。"

"我听见外面有脚步声,随后是有人敲门,"卡拉多斯回答道,"应该是个孩子,但不知道是谁。"

"小姐,打扰了,"一位年长的仆人推开房门,站在那里,有些奉承地说道,"西里尔先生从斯塔克斯赶来了,状态很糟糕。"

"你是说他一个人来的?"汉密尔顿小姐一边发问,一边跳起来,跑去开门,"啊,我可怜的孩子啊!"没过一会儿,大厅里传来一阵脚步声和低沉的话音,而此时稳重的苏珊则继续站在门口,好奇地望着卡拉多斯。帕金森毫无疑问一直在做详细的叙述。随后汉密尔顿小姐带着一个小男孩回来了,那个男孩紧紧抓着汉密尔顿小姐,五官精致,但脸色苍白,忧心忡忡。

"卡拉多斯先生,这就是西里尔,"汉密尔顿小姐解释道,轻轻地拍了拍男孩握紧的手,"西里尔告诉我他是从家里跑出来的,一路走到这里来,但是我也只知道这么多,因为我想您最好和我一起听一听西里尔是怎么说的。"

"嗯,他似乎来得很及时,赶上了喝咖啡和吃蛋糕,除非是我被现象欺骗了,"卡拉多斯貌似轻浮地说道,"西里尔,喜欢吃带有很多粉色糖霜的蛋糕吗？"

"喜欢，谢谢您，先生。"男孩礼貌地回答道，一面严肃地望着眼前这位新来的成年人。

"我也喜欢，"那位友好的陌生人说道，"西里尔，我不介意告诉你，我十岁的时候也逃跑过，当时可能比你现在年龄还要大。因为一个胖子过去常常每天早上等着我，敲我的头。"

"我有十岁了，"西里尔回应道，"我可不怕那些男孩子。但是我害怕那个夜里来找我、要把我带上车的人。"可怜的孩子眼中透着恐惧，尖叫起来。"姨妈，不要让他，啊！不要让他带走我！"

一声充满恐惧和爱意的低吟过后，汉密尔顿小姐张开双臂，把她那可爱的外甥保护住，以一种胜利者的眼神看了看卡拉多斯——那位不信任她的客人。"现在您怎么想？"似乎是在对全世界宣告，仿佛是卡拉多斯亲眼见到似的。卡拉多斯极少移动的手指一挥，默默地向汉密尔顿小姐发出指令："安静，现在请注意！"

"他碰不到你的，"卡拉多斯安慰西里尔说道，"今夜你就待在这里。现在能告诉我们那个人长什么样吗，这样我们能阻止他再来。"

"那个人又高又壮，所以他能搬运人。他站在我床边，俯视着我，身上还散发着臭味。"

"他穿着什么样的衣服呢？"

"是一件棕色的长衣服,带着腰带,一顶奇怪的高顶帽,和人们现在戴的帽子不一样。他还有根拐杖。"

"你能说一说他的脸是什么样子吗?你是否见过另一张相似的面孔,能让你想起来?"

"你只能看见他的眼睛,"西里尔嗓音低沉,恐惧地回忆道,"他的脸上蒙着布一类的东西。"

"啊,我的宝贝!"汉密尔顿小姐叫喊道,但卡拉多斯做了个手势,打断了她激动的喊声,暗示西里尔继续说下去。

"这就是个梦,"卡拉多斯平静地说道,再次吸引住了他的"病人","一个糟糕的、可怕的梦。西里尔,那时你真的睡着了吗?"

"我不是完全醒着,"西里尔思考后回答道,"但是我也没有完全睡着。真是奇怪又与众不同。那个人自言自语来着。"

"你还记得他说了些什么吗?"

"就是时不时地说几句。昨晚他说道,'他有——有——有——'我忘记那个词了。啊,对了——'他有印记,但是他还没死。我明晚再来。'这就是我为什么不敢再待在那里的原因。"

汉密尔顿小姐让西里尔坐在他们刚刚坐的沙发上,自己从屋子一边走了过来。

"不能再让这件事加深他的忧虑了吧?"她小声地说道。汉密尔顿小姐的脸色苍白，惶恐不安，但在话音中却竭力掩盖自己的惊恐。"不管发生什么事，只要我还活着，西里尔就不能回去。"

"真是太吸引人了，"卡拉多斯警觉地说道，"我们应该把事情调查清楚。表面来看，这就是个噩梦，西里尔已经经历过了。你是否曾经……"卡拉多斯继续说着，一面又转向西里尔，"在这件事发生时，你是否曾经听到过门铃声？"

"是的，"西里尔毫不犹豫地说道，"有时外面有门铃声。就是发生在那个人进门前或离开后。"

"您看，"卡拉多斯解释道，"这就是证据了。假如有人想要恐吓孩子，那么仅仅是出于一种现实主义的考虑，冒险在外面按门铃来说就显得太荒唐了，但是就是这种细节才富有想象力，制造出一个可怕的噩梦。"

"但这意味着什么呢？"汉密尔顿小姐追问道，她的高姿态开始有些动摇了，"那么西里尔会做什么样的噩梦呢？"

"什么样的梦？应该是瘟疫，大瘟疫让过去几代人都生活在噩梦中。让我们来问一问，西里尔，你喜欢读书，对吧？"

"嗯，是的，先生，"西里尔回答道，"假如您指的是故事书的话。"他认真地说道。

"啊，当然了。我们不是指课本，是吧？你有没有读过《鲁滨孙漂流记》这本书？"

"当然了！我家里就有一本带插画的。"

"星期五、鹦鹉和其他人物你都知道？你还记得作者是谁吗？"

"记得，是丹尼尔·笛福。"

"好极了！嗯，他还写了其他的一些作品。你能能给我们说一说吗？"

很显然，西里尔并不知道笛福的其他作品。他想了一想，还是一脸茫然。"和'日记'或是'年代'有关的作品？嗯？"卡拉多斯以一种催促的口吻问道，"不知道吗？啊，没关系的。"

"但是假如您认为有必要，为什么不直接问到底呢？"汉密尔顿小姐问道，"我能试一试吗？"

"您有责任提此建议，"卡拉多斯说道，"那就试一试吧。"

"曾经有那么一段时间，很多人得了很严重的病，"汉密尔顿小姐连哄带骗地说道，"人们管这种病叫瘟疫。我的宝贝，你听说过吗？"

"我听说过，姨妈，"西里尔思考着，大眼睛里满是认真的神情，"我问爸爸，他告诉我的。"

汉密尔顿小姐退了下去，卡拉多斯又接着发问。

"你是否见过一张穿着棕色衣服男人的画呢？"

"像夜里那个人一样吗？"西里尔耸了耸肩说道，"没有……先生，拜托……"

"我的好孩子,"卡拉多斯满心期盼地走到沙发前,把手搭在西里尔的肩膀上好一会儿;"我们会帮助你的。我们想你永远不要再见到那个人。但是有时医生出于对你健康的考虑,会给你开些难闻的药品。一直待在黑暗中令人不悦,即使你已经十岁了,对吧?"

"是的,先生。"西里尔说道。

"嗯,西里尔,当你有那种感受时,你就想着我正在黑暗中陪伴你。你瞧,我总是处在黑暗中,因为我是盲人。"

"啊,先生,我不知道您是盲人,"小男孩马上回应了卡拉多斯,"我很抱歉,但是说句安慰您的话,您看上去挺正常的。"

"谢谢,"卡拉多斯认真地回答道,"一般来讲,我感觉还行。但是我们的确都处在黑暗中。"

"晚上西里尔的卧室里会有些亮光,"汉密尔顿小姐主动说道,"孩子,我说的没错吧?"

"没错,"卡拉多斯不经意地问道,"是小夜灯吗?"

"是的,但是是电灯,一种很小的灯泡,是新安装在卧室里的。拜考特夫人受不了电灯泡,最近马克在房子里刚刚把电灯安装好。"

"电灯,最近吗?"卡拉多斯沉思着说道,"安装多长时间了?"

"那么,嗯——西里尔,你房间里的电灯安装了多长时间了?好几个月了,是吗?"

"是的，姨妈。圣诞节那天，我们一下子就把电灯都打开了。难道您忘记了吗，当时您在场的呀。"

汉密尔顿小姐点了点头，表示了赞同之意。她望着眼前深不可测的卡拉多斯，随后说道："是的，您猜得没错。"

"让我来想一想……"卡拉多斯的疑虑似乎消失了，"你第一次做噩梦是在圣诞节前还是之后？"

"是在圣诞节后。"西里尔回答道。

"你能确定吗？"卡拉多斯继续追问道。

"嗯，是的。是圣诞节礼物提醒了我。在那之后，那个人就经常来我家，随后离开一会儿。我被吓坏了，但是我很愿意和您讲一讲。"

我的宝贝！"汉密尔顿小姐深情地叫喊着，"为什么你不早些告诉姨妈呢？"西里尔却垂下头，轻声诉说着儿童不可避免的致命借口。

"我不想告诉您。"

"下次一定要告诉姨妈，"汉密尔顿小姐嘱咐道，"你是否按照我说的，靠右侧身子睡觉呢？"

"是的，姨妈。"

"床推到了远一点的墙边，远离通风口，按照我的安排放置的吧？"

"嗯，是的，姨妈。电灯开关就安装在我的床边，这样我躺在床上也能摸到它。"

"年轻人,现在你找到了最适合自己的地方了,"卡拉多斯说道,一边用手指敲打着手表,"十一点一刻了。"

"是的,没错,"汉密尔顿小姐说道,"假如你不想再吃块蛋糕的话,我想,就让苏珊带你去休息吧。"她转向访客:"我是否应该通知斯塔克斯那边的人,告诉他们西里尔今晚住在这里呢?"

"我也一直在考虑此事。他们接电话了吗?"

"很遗憾,并没有。我敢肯定,您回旅馆后能联系告知他们。"

"是的,但是既然他们没接电话,如此更好。就给他们写封信,我现在就把信送到斯塔克斯去。"

"卡拉多斯先生,您现在就去吗?"

"干吗不呢?任何时刻对我来说都一样。假如他们对西里尔逃走一事尚不知情的话,我们就不需要打扰他们。假如我在黑暗里找到那个地方,早上时就把写明西里尔逃走一事的纸条留在那里,直到有人发现它。我很好奇,想以自己特有的方式来'观察'斯塔克斯,汉密尔顿小姐,真想不到啊!是命运的安排。"

不到半小时后,一辆汽车沿着长长的、舒缓的山坡开过来,在人们起床前,停在了一条叫作欧林的乡村路上。卡拉多斯和帕金森走下车来,留下旅店司机在车里打盹,随后踏上了探索的冒险之旅。

"在面包店前左转,""远征军头目"卡拉多斯指引着帕金森,"帕金森,前面就该是了,尽管面包师似乎不会在夜里工作。应该是爱德华一家。"

"先生,这里是有家商店,"帕金森朝路另一边瞟了一眼,随后说道,"但是我没法看清名字。假如我能够……"帕金森离开了一阵子。

"先生,您说的没错,那边有条小路。住在附近的人似乎放弃了街道照明,今夜那里非常黑。"

"没错,"卡拉多斯回答道,"幸运的是,今夜没有月亮。"

"是的,先生,"那位忠诚的仆人说道,随后踏上了那条小路,再次充当了卡拉多斯的向导,"我明白,这样的环境能让我们占据先机。"

走过短短的半英里,再转个弯,在主仆二人左侧方出现一团暗影。

"这应该就是斯塔克斯,"通过帕金森告知的信息,卡拉多斯如此推测,"现在谋杀犯还没出现吗?"

"我们到大门那边去,"作为神探的代理"眼睛",帕金森建议道,"大门里面就有间门房。大门,是由炼铁铸成,现在当然关闭着。这迫使我们——"

"再等一等,"卡拉多斯打断了帕金森的话,"门房那边是否有灯光呢?"

"先生,没有。起码这一边没有。"

"再往远处看看。"

帕金森又沿着小路朝前走了五十码，随后回到了主人身边。

"那里也看不到灯光，"帕金森向卡拉多斯汇报了自己的发现。

"那么谋杀犯大概还没有出来。有如此好的借口作为前提，假如需要的话，我们也有声称迷路的可能，我决定放弃走前门。帕金森，我们去调查一下。"

他们继续沿着小路离开了那里。帕金森很快在花园篱笆那边找到了一个小门，但是发现门被锁住了。前面的一条小路出现在他们的左边，这又让卡拉多斯他们看到了希望。几颗星星在天空闪烁，他们更加适应在黑暗中观察环境了。在一番徒劳的探寻后，卡拉多斯和帕金森在田地里发现了一条路横在他们和斯塔克斯中间。身上带着平常极少会被赞颂的几道划痕，主仆二人推开一个树篱障碍，摔倒在一个私人花园里。

"不要在意这些大黄类植物，"卡拉多斯说道，他的跟随者帕金森却跟卡拉多斯有很大的分歧，"人们在这里建造了一个不错的平台，借此能指示我们现在处在菜园的大致方位。您能看见房子吗？嗯，我们到处走一走吧。"

调查进程是缓慢、不断变化的。"从这里开始调查是十分有利的，"犯罪专家卡拉多斯解释道，"假如我们穿过一片洋葱地——事实上，我们此刻正在这样做，那么我们可以建立一个芳香的固定点，可以这么说，只要足够谨慎就可以再次回到该固定点。这是一条合理且成立的线。"

"先生，我一直都知道，洋葱具备某种药用特性，"帕金森得意地说道，天知道那个朴实的生物并没有具备如此的深意，能够在黑暗中显现出平行四边形，告诉人们房子的位置。正如帕金森所说，那里并没有光亮。

"那么谋杀犯肯定没出来，"卡拉多斯说道，"我们能够自由地重新开始调查。但是我们不会这样做，出于考虑，帕金森，我们该沿着他们留下的线索开展工作。"

"很抱歉，先生。刚才我走神了。我刚刚观察到另一幢建筑，比我们要找的房子还要近，那边有灯光。"

"那就去那边吧。有灯光就意味着有人，我们必须保证自己通过了解到的第一个词就能走上正轨。"

但是卡拉多斯猜错了。那个地方，是精心搭建的一个小棚子，安置在远处的角落里，据他们二人判断，此处已经废弃——一半被灌木丛掩盖，一半堆砌着废物。闲置的机器宣告体现出其用处：吸引他们的那道光，是由控制板上一个闪动的指示灯发出的。

"当然，这是发电机房，靠电池驱动，"在检查一番后，卡拉多斯说道，"我听说这里的人自己发电，可是谁会想到在这里发现机房呢？"

"我在汉密尔顿小姐家里和那位年长的仆人交谈过，"帕金森克制地说道,"在西里尔到达后,她表明了自己对家庭生活的观点。她说拜考特先生是个神经异常紧张、好冲动的人。先生他看起来没法忍受噪声,常常心烦意乱。大概是出于这个原因——"

"嗯,那就对了,"卡拉多斯赞同地说道,"在这里极少能听到引擎的噪声。可是,嘘!什么东西朝这里走来了?"

不管怎样,此刻有人来了,两个入侵者早已有所防备,立刻隐藏起来。

"是个女人,先生。"帕金森小声地说道。

"是个上了年纪的女人,"卡拉多斯解释道,"她拿着什么东西,脚步急促。此外,她来此处并没有什么目的:这就使我们占据一种优势,因为我们目的明确。"

进门那一刻,她放下了门栓。两个观察者很清楚,大门已经锁上了,他们寻找着能作为钥匙的东西。

但是,他们突然听到锁发出"咔嚓"一声,一片木头碎片掉落下来,大门缓缓地打开了。

"暴力破坏,天啊!"卡拉多斯心里盘算着,"我们这位女士已经下定决心了。"她走进大门时似乎拖拽着一个麻袋。卡拉多斯碰了下帕金森的手臂,两个人一起爬向了那扇半开的大门。

"她拿来了刨子和木头,"帕金森说道,他狡黠地眨了下眼睛,"先生，您责罚我吧，"帕金森紧接着说道，一改他往日说话的口吻，"但是她正在那里浇汽油！她真是在胡闹！"

"住手！"卡拉多斯在门口现身后，大声喊道，"你难道还不清楚，这样做你自己也会被炸死的吗？"

那个受惊的女人看上去并不友善，与其说是纵火犯，她更像是身材娇小、头发灰白的村民，惊恐使她扔掉了手中的一盒火柴，跪倒在地上那堆她自己制造出来的杂物上。

"啊，上帝保佑啊！"她恐惧地喘着气问道，"你们是谁？"

"我们是谁不重要。问题是你是谁，并且你在这里干什么？"

"先生，其实我是附近的住户拉菲夫人。我可没干什么伤天害理的事情，但是您让我吃了一惊。正如您所问，我做了些安排，把这里收拾一下，泼上了一种油——"

"帕金森，"卡拉多斯足够隐秘地说道，"报警。"

"啊，善良的先生们，不要把我交给警察，"拉菲小姐异常流利地恳求道，"那个肮脏的、贼一样的中士在约翰逊先生的车上陷害我，真是没有正义可言。好心善良的先生们——"

"你只有一次机会，"卡拉多斯掏出手表，把它放在伸展的手中看了看，"站起来，不管真相如何，现在就和我们讲明白。快点，说吧。"

"尊敬的先生，事实上我会坦白的，我相信您不会出卖一位可怜的老寡妇。我是为了那个孩子才这么做的,这就是真相,假如他知道了实情,也只会讲几句不吉利的话,随便挥一挥手,当作是对我的感谢罢了。"

"你的孩子?你是说,你的儿子吗?"

"我丈夫过世后,我的孩子吉米是我的唯一,现在已经十七岁了。他离开学校后,就在花园里工作,此外房子里里外外也需要打理,星期六还有些额外的工作要做。嗯,我告诉您的全部都是实情。上周末,主人把吉米叫去跟他讲:'吉米,小姐决定安装这种电灯,全都安排好了,你只需要学会如何控制电机,你可能没经验,但没有关系,花费上一两个小时,你就会学到很多知识,成为一个工程师的。'当我听到此事时,我对吉米说:'吉米,不要接受那份工作。过去正是操作那种东西才让你祖父离开多尼戈尔的。''唉,麻烦,'吉米对我说,'当主人说我能成为工程师的时候,我能怎么说呢?我大概只能听从他的命令。''你应该说是的,'我站起身来回答道,'难道在这宽阔的土地上你没有其他好工作可干了吗,你可是个勤快、节俭的小伙子啊。''我已经找过了。'吉米说道,对我的话很是反感,请上帝饶恕他吧!我知道他留在那里的原因,假如需要的话,他还会去吃那肮脏的食物。您可能会说,她也就比异教中的女神好那么一点吧。"

"那吉米现在负责这里的工作吗?"卡拉多斯耐心地说道,帕金森也认可他的观点,"嗯,继续讲。"

"事实上是他说了算,先生,从接手这个工作起,他就没怎么休息过。他眼睛里欢快的神色消失了,食欲也下降了,在家或是外面吃饭时,他也就喝上一杯茶,胡乱吃上一片薄薄的葡萄干面包。每天他要储存大量的动力,独自花费很长时间来给机器打磨和上油。他几乎不怎么睡觉,漫长的夜晚对令他恐惧到冒冷汗,一直以来他在夜里总好像是在呻吟或是咒骂,一直持续到天亮,是我从门孔里看到的。"

"他总是做什么样的梦呢?"

"先生,我们从不谈论此事,吉米很固执。但是他梦中说了很多奇怪的话,就好像他在诉说,有人等着要把他抓上车。但是他自己并没有注意到,正如我跟您所讲的一样,依我看来,事实很明显,死亡正笼罩着他。要么是吉米,要么是那个狂暴的恶魔,以某种方式摧毁了他。这就是我要坦白的事实,上帝啊,帮帮我吧!"

卡拉多斯整整沉默了有一分钟的时间,一边思考,一边用手杖戳击松软的地面。随后他所讲的话并没有随了拉菲小姐的心愿,而是提出了一个无关紧要的问题。

"这个地方有没有什么特别的地名?"卡拉多斯问道,"我是说在建成小屋之前。"

"据我所知,人们过去习惯于将这里称为埋骨之地,"拉菲小姐说道,她试图以迷信的眼神来吸引神探的注意力,"这里有个小土坡,但是人们把顶部铲平了,建成了平地。"

"对的,人们当然会这么做。那么现在,拉菲夫人,你最好回家去。你走的时候给这个人指一下去前门的路。帕金森,我和她走另外一条路,半个小时以后再回来找我。"

"好的,先生。"帕金森知道他的主人卡拉多斯先生在工作时不会对自己加以关注,于是他抑制住自己刚刚才产生的一丝好奇心。

"我愿意为您效劳,"拉斐夫人高兴地说道,"假如您准备好了,我愿意把您带到前面小房子那里去。先生,请您原谅,您忘了提醒我今晚还要做些什么事?"

"我觉得你可以去休息了,"卡拉多斯回答道,"但是似乎明早你还要对一两件事情做出解释。我敢说明天你会有个好心情的。"

"我尽量做吧,"拉斐夫人满怀希望地回答道。

第二天,拉菲夫人的确拥有了好心情,卡拉多斯公开拜访斯塔克斯时就发现了这一点。拉菲夫人并没有看见访客,当然也没有及时准备开口迎接,但这并不是她的过错。卡拉多斯他们自己找到了一扇侧门,没有走弯路,刚好碰到了正在草坪上训练一对小猎犬的拜考特夫人。

"假如说这边有位约旦的撒玛利亚人的话,那么肯定是您了,卡拉多斯先生!"那位身手敏捷的女士说道,她已经发现了神探的真实身份。

"并且,"她感觉自己应该在确认前做出些让步,"尽管您——"

"或者是因为,可能,"卡拉多斯替这位女士救场,"不管怎样,您收到纸条了吧?"

"嗯,是的。实际上,这是我们第一次知道'鸟儿'已经飞走了。您能送来消息真是太好了,我的丈夫有一点小事便坐立不安,假如他发现西里尔不见了,找不到他的踪影,天知道会发生什么事情!随后另一件事又变得很棘手。"

"您是指花园里发生的事情吗?"卡拉多斯陷入了沉思。

"我的上帝啊,您说的没错!我希望不会再有其他事情了吧?并不是说一直以来,我对一点点吵闹都难以忍受,但是我还得为我丈夫可怜的神经考虑一下吧。我丈夫欠你一个巨大的人情:在那种情况下确实很冒险。拉斐夫人已经热心地向我们讲述了您的探寻之举。"

"嗯,她讲过了吗?"卡拉多斯思考了一下说道,"我倒想听一听她都讲了些什么。"

"嗯,拉斐夫人说——我能想起来的是——'那位陌生的先生,真是个人物。他自己并没有发觉,他已经让那些无恶不作的坏蛋感到了耻辱和恐惧,那些坏家伙为了六便士就可以去拧断自己父亲的脖子。'她的语速也就比我快些,内容也丰富些。听到这些细节,我难过死了,但是我们得出了个结论,当您走过来留下纸条时,一定在花园那边听到了什么。当然您可能并不清楚那些人的来历吧？"

"我不知道，"卡拉多斯说道，"我当然不可能知道。"

"拉斐夫人说她到达现场太晚了，没起到什么作用。有时候，您知道，我有一点会怀疑拉斐夫人的故事，但是任何情况下，对于自己做过的事情，她都能诚实相告。让我感兴趣的是为什么有人想要破坏我家的财产呢？"

"没错，这是个谜，对吧？"

"当然，我知道，敌人到处都存在。但似乎奇怪的是，有人竟然能采用如此简单、直接的方式来对付我们。确切地讲明对别人的看法，竟会招致如此的敌意，但是事实确实如此。我们发现罪犯闯进来的地方，路线很容易就能发现——他们故意在草坪上践踏。"

"真无耻！"

"没错，但不幸的是没有什么有力的证据能辨认出罪犯来。嗯，卡拉多斯先生，随后您就来了，对了，您见过我丈夫了吗？"

"我很愿意去见您的丈夫，但是您能猜到我今天来斯塔克斯的目的吗？"

"我猜不到。什么目的呢？"

"西里尔的卧室。"

"啊，"拜考特夫人想了想，"我想知道西里尔讲了什么样的故事？"

"对于他的出走,您不会生气吧?"

"生气?老天啊,不会的!这是我认识他以来,西里尔干得最漂亮的一件事。我很高兴看到他还有如此的精神。卡拉多斯先生,事实是,自从我来到斯塔克斯后,我必须要对西里尔严厉些,抛弃他姨妈的那套'过来——让妈妈亲亲'的做法。但是我忘了——您是汉密尔顿小姐的朋友。"

"尽管如此,我还是很理解您所说的事情。"

"那我接着和您讲。您知道是什么让我最终决定嫁给马克·拜考特的吗?是的,是西里尔。卡拉多斯先生,我喜欢孩子,我想让他们都能抓住人生中的机遇。我有两个可爱的、个子不高的小坏蛋——鲍勃和杰克。西里尔在成长的过程中接触的都是《埃里克》《误解》和《小公子方特洛伊》那样的电影,他比大多数人更需要勇气,因为当他已经二十一岁时,将要接手很大一笔遗产。您大概知道此事吧?"

"我从汉密尔顿小姐那里了解到不少情况。"

"没错,我敢说汉密尔顿小姐也暗示您我想要对西里尔的财产图谋不轨吧?没有吗?嗯,假如她提到过的话,那可真不怎么样。事实上,卡拉多斯先生,格特鲁德很失败。当我和马克结婚时,她感到十分惊讶(假如用"失望"一词来形容她的话,您会认为我过于阴险)。她并不愿意干涉他人的事务。当我看清这一点时,我——嗯,自然会多一点考虑她的利益。卡拉多斯先生,我并不靠男人生活,或是利用色相去敲诈钱财。如果我可以向您坦白的话,我仔细观察过西里尔,相当有感情地观察过他。我希望最终,在我的两个小坏蛋不知不觉的帮助下,能够让西里尔长大成人。这里就是西里尔的卧室。是否有什么特殊的东西,您想要看一看呢……"

"看一看?按照我自己的方式吗?嗯……请帮我指一下,那边是床吗?"

"是的。但您到底是怎么知道的呢?"

"这并不奇怪,靠的是将两件东西拼在一起的熟悉手段。窗边那面墙上,靠近床头的地方,是否有一个电灯插头?"

"您说的没错,是有个插头。"

"那么西里尔按照别人教给他的方法,习惯于靠右边睡觉,躺在床上时脸朝着插座吧?"

"就在咫尺之间,也确实如此。靠右侧睡似乎是汉密尔顿小姐的一种时尚追求。我想汉密尔顿小姐小时候别人也是这样教她的。"

"我小时候也是如此,但长大后就没有这样的习惯了。假如您不介意的话,我想检查一下家具。"卡拉多斯异常精确地抚摸着床栏杆,随后把床从墙边拉拽出来,以便于他能够摸到插头。事实上,卡拉多斯靠得非常近,他的脸似乎都要碰到插头了,这不免引起了拜考特夫人神秘的好奇心。"没错,果真如此,"卡拉多斯说道,正如一个人做了一个精妙的试验,并取得了成功一样。

"但是您发现什么了吗?"拜考特夫人十分自然地问道,"卡拉多斯先生,为什么要这样来哄骗我呢?没什么不对劲的地方吧?"

"请您原谅,我并不想让自己看上去很神秘。一切都很正常,假如有问题的话,我们最终也会找到它的根源。但是有件事很让人好奇,此外还有件事情相当恐怖,事实上,我一直在努力慢慢地向您透露。"

"但是,我亲爱的先生,人们通常不会慢慢透露给我听,而是直接告诉我。"

"那样对您来说太残忍了。您知道西里尔最近夜里常做噩梦吗?"

"嗯,我知道。对于一个孩子来说这很正常。"

"我认为一点也不正常。一个人站在他身边带来的恐怖感就算不上正常。重要的是,噩梦里总是出现瘟疫车,要来抓他,并且更为重要的是,您的仆人詹姆斯·拉菲也经历了同样的噩梦。"

"西里尔从来没对我讲过噩梦的内容,但是我们都知道,吉米·拉菲盯上了我家蓝眼睛的女仆。但这个梦太可怕了,真是奇怪的巧合!"

"依照我的经验,"卡拉多斯回答道,"我们所讲的巧合——通常仅仅是一把打开锁的钥匙。拉菲在那边的新电机房里待了很长时间,但是我敢肯定,他的小屋里却没有安装电灯。"

"西里尔脸面朝墙壁睡觉,但据我所知,他不允许进入电机房。那么,拜考特夫人,什么是奇怪的巧合呢?"

"我不知道,"尽管拜考特夫人精力旺盛,她还是充满敬畏地回答道,"那会是什么呢?"

"我来告诉您吧。两个世纪前,一个逃跑的小贩将大瘟疫传到了欧林——一些历史学家称之为伦敦大瘟疫,瘟疫几乎横扫了整个村落。您大概听说过吧?"

"不清楚,对此我毫无记忆。"

"我发现如今这里传统几乎遗失了。在教堂墓地里,有几个被遗忘的坟墓。但是在最初的几周内,死者并不埋在那里。挖掘一个简单的墓穴要花费很长时间,很快那边就看不到牧师、书记员或是教堂司事来处理事务了。因此人们就在远离居民的房屋的地方挖了一个大坑,就是在那原是旷野的地方。但是现在情况发生了变化。"

"啊!"拜考特夫人说道,一种无名的恐惧开始在她眼前出现,"您是说——"

对于拜考特夫人未曾出口的问题,卡拉多斯肯定地点了点头。

"是的。曾经的草场现在变成了您的花园。埋骨之地标记着之前匆忙掩埋尸骨的地点,正是在那里,您修建了电机房。"

"但是怎么会是这样……为什么它建在……"拜考特夫人顿时变得

结巴起来。

"谁说得准呢？事实很明显，您唤醒了那可怕之地埋藏着的腐朽之物，但它们是如何被唤醒的，让我们见识到那悲伤岁月里的呻吟、恐惧和痛苦的呢？"

"啊，太可怕了！真是太可怕了！"拜考特夫人叫喊道，"这是真的吗？事实的确如此吗？"

"那您说什么是真实的？"卡拉多斯问道，"您是否指的是哪个细节？"

"我不知道，"拜考特夫人说道，"我可能想到的是任何一个细节，或者是全部细节。这件事本身就像个噩梦，如此的令人可憎又如此的难以令人置信。结果会怎样呢？"

"这才是真正有趣的地方，"卡拉多斯说道，"您的——"

"有趣！"拜考特夫人严厉地反驳道，"就是这么个结果！"

"对我来讲是的。"卡拉多斯温和地说道。"拜考特夫人，我仅仅是个调查者。您的发电机设计用来将机械能转变为电能，已经以某种隐秘的方式改变了它的物理性能，融入了人的心理体验之中。我敢说您很清楚，在这所房子里，"他指了指墙上的插头，"电线通过铁管道传递电力，外面的电缆则通过地下的排水管来搭载。电力一致向上输送，像这样一件温暖的屋子将会创造一种微弱的、但持久的电流，因此，您看，西里尔一直都是直接呼吸——是的，这并不怪异，对吧？当然，拉菲的接触更加直接、花费时间更短。事实上，我们可能会想到他们两个人都接触到了瘟疫。并没有记录表明，一百多年前那些挖掘了相似坟墓的人究竟发生了什么。他们控制了受害人的情绪。这似乎看上去相当简单明了，但是我们对电力的这一方面效应却知之甚少。即便如此，我也要重新撰写我的演讲词。"

但是拜考特夫人对他的演讲词不感兴趣。"嗯，可怕，真是可怕！"她哀叹道，"那么该怎么办呢？我要把那个可怕的地方夷为平地——只要它还存在，我就没办法安心——我还要在现场点燃一把大火，让它烧上几个周，直到那些可怜生物的痕迹彻底被清除掉，变成灰烬为止。"

"对的，"卡拉多斯十分认可拜考特夫人的观点，"但这件事似乎还是会被人想起，难道不是吗？"

证人消失大事件

早些时候,艾尔大街邮局抢劫案并未引起人们太多的关注。此后,出于某些相关原因,此案成功吸引了侦探比德尔的目光,在职业热情的默默驱使下,将此案定为"一级谋杀案"。最初的诉讼过程没有得到多少关注。在那个沉闷的下午,纯粹为了帮老朋友的忙,卡拉多斯出席地方行政法庭,发现那里几乎一半的位子都是空着的。

"先生,邮局抢劫案,也就是艾尔大街罪案,"当值的警官解释道,"此案是一个叫做兰克的团伙干的。我感觉案子就快审理完了。"

"菲利普·萨克斯特德!"法庭另一边有个人叫喊道。

"传新证人出庭作证,"警官小声地说道,"您要坐下听吗,先生?"

"不必麻烦了——我就待一小会儿,谁在发问?"

"是公诉人布克尔先生。我不认识那位辩护律师——他不常来这里。"

"现在是他正在讲话吗?"

"是的,先生。"

一位衣着朴素、头发灰白的男人走上了证人席,他的脸部线条分明,举止大方、自信满满、颇具风雅。在宣誓完毕后,准备工作陆续展开。没错,证人的名字叫做菲利普·萨克斯特德,住在泰晤士河边的金士顿地区。此前他经营针织品生意,既当经理又当会计,但是现在退休了。

"本月十七号,星期三下午,您在里士满公园散步,是吗?"辩护律师问道。

"是的。"

"告诉我们发生了什么事。"

卡拉多斯侧了侧身子,轻轻地碰了碰身边随从的手臂。

"我还想留下来再听一听证词,"卡拉多斯压低声音说道,"我可能需要个座位。"

警官悄悄地用手拉着卡拉多斯走向座位,途中有人让路时碰掉了一根手杖,发出了令人恼怒的"咔哒"声。证人席里的菲利普立刻循着声源方向望去,像是觉察出了什么,大为触动,他的声音变得有些低沉。但是下一刻，证人又如之前一样，坦然地讲述着发生的事情。

"侦探先生，我认为，"卡拉多斯说道，"您在法庭待了一整天，我还把您叫到这里来，我似乎很不合理吧？"

"嗯，不会的，先生，"侦探比德尔一如既往坦率地说道，"我没法确切地说这样做是否合理。卡拉多斯先生，您看，您叫我来这里也有十几次了，正如那句广告词一样，通常是'畅听有益'。"

卡拉多斯笑了笑，指了指椅子，把香烟推向桌子另一端。

"这次不要如此自信，"卡拉多斯建议道，"您能猜到我请您来的目的吗？"

深思中的比德尔慢慢地抬眼看了一下卡拉多斯，想要在那似乎与他对视的凝眸中再一次看到异常生动的神情。

"我承认，先生，今天在法庭上注意到您了，我应该把两件事联系起来看。"

"非常正确，"卡拉多斯说道，"就是和今天的案件有关。侦探先生，邮局抢劫案可不是闹着玩儿的。"

"对于利兹·巴克斯特来说此案当然不是闹着玩儿的。先生，我们私下里认为，那个可怜的姑娘要想恢复健康，连千分之一的机会都不到。那么……"

"唉。兰克团伙的这起案件并不是暴力抢劫案，而是蓄意谋杀案。

这就使得在受到更严重的指控之前,如果可以,需要特别努力才能让罪犯免于惩罚。"

"您指的是罪犯不在场证明,是吧?"

"没错,是不在场证明。您怎么看,就在罪案发生的那一刻,有人及时地出现并目睹了罪案过程呢?"

通红的香烟头映衬出比德尔沉思的面容。卡拉多斯拿出一个小纸片,将其小心翼翼地展平,放到了记事簿中,考虑到年轻力壮的比德尔,卡拉多斯随后伸出了五个手指。

"当然听到下午的证词,我就更加犹豫了,"比德尔回答道,"走上前作证的那个人说他那天下午四点半的时候跟丹尼斯·兰克交谈过,他可不是那种每一次袭击或是事件过后都能站出来,为了半英镑或是一杯啤酒能准备好随时宣誓的人。他做了一笔好买卖,目前为止我们所掌握的信息并不涉及他,经调查,他拥有二十多年的良好公民记录。执法官还算有些谨慎,正如您所看到的,利普斯哥特先生也承认,假如那个家伙到了伦敦中央法庭也坚持自己说法的话,我有理由怀疑陪审团是否能做出判决。"

卡拉多斯点了点头,表示了对比德尔观点的默许。事情很明显,金斯顿证词的重要性不言而喻。

"案件发生的时候,证人说他在里士满公园散步——这确实符合一个想要锻炼一下身体的中年人的做法。一只小狗从蕨类植物中跑出来，向他愤怒地叫了几声，随后他用手杖把狗赶了回去，但小狗突然咬住了他的一个裤脚，一下子将裤脚撕扯烂了。狗的主人之后出现了，他们开始相互指责。狗的主人指责他野蛮地对待自己的小狗；而他则控告狗的主人养了一只邪恶的动物。最后他要来了那家伙的名字和地址。这就是事情的经过，在他的记事簿里写明了事情发生的日期和具体时间。"

"没错，"侦探比德尔说道，"他的证词非常合理，非常详细。"

"是的，"卡拉多斯也同意比德尔的观点，"此外，可以说几乎每个细节都恰到好处。假如他是兰克先生的一位朋友，那么这份证词值得公开怀疑，但是萨克斯特德先生完全是个陌生人。假如他们相遇了，比如说在海德公园，时间上的细微差异就会让证词失去可信度，但是里士满公园距离太远了，没法去考虑这件事。并且在多么罕见的情况下，你才可能向一个陌生人索要名字和地址，还记录在本子上，注明日期和时间呢？"

"毫无疑问，兰克有个小'士兵'能够如此行事。"比德尔说道。

"当然了，萨克斯特德先生能够拿出一条裤子，证明它被损坏了，"卡拉多斯不动声色地说道，"那么，比德尔，这件事背后有怎样的隐情呢？"

"先生，您说隐情？"比德尔极其天真地问道。

"艾尔大街邮局抢劫案不是一般的袭击案件。对此你和我都心知肚明。"

"这可真有趣，"比德尔反思了一下说道，"过去的一周，我一直在努力劝说苏格兰警场的一两位警官改变对此案的看法，几乎和您最初所讲的一样——"

"我对此当然一无所知。"卡拉多斯有所保留地说道。

"这是我的看法，"比德尔带着些许期待，再次强调了一下自己的观点，"我觉得，有个秘密的地下组织躲在某个地方。我从不认为那张纸币是那两个劫匪留下来的，尽管他们进店时抢走了能找到的一切东西。"

"那么后来呢？"卡拉多斯焦急地问道，因为比德尔职业性地走神了。

"先生，我敢肯定，这应该和政治有关。许多爱尔兰的新芬党成员现在跑出来有组织地犯罪。您会惊奇地发现您恰好就生活在他们各种各样的人当中。"

"例如，例如来自金斯顿退休了的那位先生？"

"毫无疑问，他可能就是其中一位。但是这些人不会是您认为的那样，嗯，我是说——职业男性或是士兵、公务员、社团女性、码头工人以及熟练的工匠。我敢说有很多这样的人不会费力寻找'原因',但是有些人会,几乎总有那么一群人急于想要弄清楚事情的来龙去脉。"

"极有可能,"卡拉多斯回答道,"罪犯从邮局里都抢走了什么东西?"

"通常艾尔大街上的邮局要处理很多业务,但主要是针对一些对公业务。任何注册过的东西都会放在柜台下面,便于收集,袭击发生时也是如此。我的看法是,罪犯清楚要邮寄的东西,想要拼命、焦急地把邮件拿到手或是阻止它邮寄。利兹·巴斯克特拿着邮件,站在兰克和信件之间,因此并没有被射中。"

"利兹没说什么吗?"

"没有,她大概不会愿意讲。利兹是唯一一个能辨认出罪犯的人,没有她,兰克的案子就没法定罪。所以,萨克斯特德能够安全地出庭作证。"

"虽然如此,侦探先生,他可能并没有那么安全。"卡拉多斯特别提醒了比德尔。

"先生,您说的是什么意思?"

"我是说,正如17号——也就是案发的那一天发生的事情一样,萨克斯特德先生和我坐在克佑花园的空椅子上,从四点待到四点半,我们从康乃馨的生长谈到了其他私人话题。随后我们一起走到狮子门,四点五十分才分手的。"

"啊！"由于新线索的出现，比德尔侦探用他那敏锐但并非睿智的头脑梳理了案件的新走向，"这对辩护律师来说真可谓是当头一棒，对吧？您是说您认识萨克斯特德？"

"不认识。我们是完全的陌生人，也就是碰见了，聊上几句，随后就各自离开了。直到今天在法庭上时，我才从亚当那里了解到萨克斯特德的情况。"

"我明白了。当然假如那天四点半钟时，他没有和兰克在里士满公园里吵架的话，那么萨克斯特德一定是待在别的什么地方。但是，请您想一想——嗯，他这样做可是冒着相当大的风险啊。"

"侦探先生，假如我们决定作伪证，难道不会像他一样铤而走险吗？不管怎样，毕竟我那天碰到的那个人并未提及自己的名字、职业，或是任何清晰的个人信息；他知道坐在他身边、和他交谈的人是个盲人。我们可以推测出，那个时候为了挽救兰克，他主动要求作伪证，提供兰克不在犯罪现场的证据。萨克斯特德似乎认为自己委身前往大约半小时这段时间对他来说是十分安全的。"

"是的，没错，"比德尔十分认同卡拉多斯的观点，他又缜密地分析了一下案情，好像行动缓慢却又办事得力的牧羊犬终带回了掉队的羔羊，"这些细节都合情合理……只有一点不足——假如您不介意我提出来的话？"

"无论如何，我们都应该注意细节。"卡拉多斯鼓励比德尔说出自己的看法。

"先生，您愿意出庭作证吗？"

"我想我必须出庭作证。一方面我并不认识兰克或是什么人，另一方面我必须站出来，否则这令人震惊、被曲解的公正还会继续被误解。侦探先生，这或许能帮我偿还对您的一点人情，是这样吧？"

"先生，谢谢您，但是我认为您能作证就已经足够了。并且，我并不否认能够找到些证据来驳斥兰克不在场的声明，对我来说是有些好处的。这就引出我下面要讲的事情。"

"说吧，只有你似乎不太情愿开口。"

"嗯，卡拉多斯先生，是这样的。通常情况下，您出庭作证，接下来的问题是'你能看见法庭上的那个人吗？'现在我们这样做——"

"当公诉人说，'你能听到法庭上那个人讲话吗？'我就回答，'是的，我能听到萨克斯特德讲话'，您认为这无法给兰克定罪？"

"我认为仅仅凭借一个人的声音来判断出他的身份，是无法令一般的陪审团满意的。"

"我也有同感。假如我说，'坐在我身边的那个人爱咬指甲、喜欢阿尔及利亚香烟、穿着有弹性的袜子，'您认为是否能令陪审团印象深刻呢？"

比德尔侦探十分满意地笑了笑。

"嗯，先生，您说的没错；我无法肯定，但我想他们应该会印象深刻。我们可以挑战一下萨克斯特德先生，让他展示出自己的手指甲，给大家看一看他的香烟，把裤脚拉起来露出自己的袜子。结果应该相当出人意料。"

"那我就要考虑一下预留未来两周的每个周二，以及案件审理需要的全部时间。"

"先生，时间越短越好，"比德尔隐秘地说道，"实话和您讲，假如明天就是两周后的星期二才好呢。最好不要让别人知道您和案件有关，我希望您能保密，坚持到最后一分钟。"

"啊！"当卡拉多斯想到萨克斯特德站在法庭上，欲言又止、吞吞吐吐时，一丝内疚感浮上他的心头，但是比德尔的关心已经足够了。"有没有什么特别的原因？"

"我们的一位证人在骑车时不幸被撞了。我也收到了一盒看上去包装精美的巧克力，寄件人署名为'不知名的朋友'，"比德尔回答道，"我猜想这个兰克一定是来自上流社会。"

顺着马克斯·卡拉多斯平常散步的方向，有一块以俯瞰帝国广阔的地域，他通常坐在这里休息。事实上，此前公园管理员这类人中流传着一种适度的玩笑话,他们认为卡拉多斯无法为恰巧坐在他身旁的过路人指出有趣的事物,这一景象对后人来说显得很神秘,被称作"盲人视野"。

七月份一个令人窒息的下午(那个夏天的干旱和带来的疲惫感已经创下了纪录),大约是在比德尔来访后的两个星期,卡拉多斯正独自一人坐着,随后听到了两个人的脚步声。他马上意识到是一个人领着另一个人,本能地觉察到后面一个人是个盲人。然后卡拉多斯发现那两个人朝自己这边走来。

"这里可以坐,"前面领路的那个人说道,"您不会介意吧?"

"不,不会的,我一点也不介意,只要时间不太长就行。"另一个人回答道,"假使你没和我在一起的话,我自己会变得焦虑——我感到十分无助。"

"座位上已经有位先生了,"领路人提醒道,"没关系,我不会待太长时间。我刚刚一定是把那该死的东西给弄丢了。"

按照脚步声判断,他们应该走在草地上,随后来到了石子路上。那个陌生人朝卡拉多斯转过身来。

"先生,能耽误您一会儿时间吗?"他问道,并即刻展开了一段社交性的开场白。"您应该注意到我是个盲人。当然,我很无助。我的朋友在回来的路上丢了一个重要的笔记本。据他说也就需要三分钟的时间——三分钟来这里，三分钟走回去，三分钟到处找一找。最多十分钟……假如您要在这儿待上那么长时间的话，我会给他计时。通常我不介意自己单独待着，但是假如事情有变化，我就会十分焦虑。您看……假使真有事情发生了，他很长时间都回不来——或是根本不回来了！唉——"

"没关系的，"卡拉多斯说道，"我暂时不会离开。十分钟……"

"我敢说十分钟对您来说不算长，但是假如没有一点乐事可做的话，那就不同了……就这样坐着、吸烟、思考……哦，当然，还可以聊天，要是您足够幸运能够找到人的话……但这里的景致相当乏味。你们普通人不会有这样的想法——"

正如眼前所发生的事情一样，这里面隐含着阴险的引诱。"卡拉多斯，您很喜欢炫耀，好像一个正在朗诵的孩子。"有人曾说过这样一句令人恼怒的嘲讽话，而"炫耀"这个词也达到了效果；这样的讥讽反映足够多的事实，能让卡拉多斯在那一刻改变习惯性的和善态度。卡拉多斯承认，自己是有种优越感，而这种态度的展示有时能实现一种戏剧性的效果，但却都是出自一个非常值得赞赏的根源——一种强烈的坚持，要求自己被作为一个正常人来看待。来看一看这位神探，他只用了四种感官，就超过了那些五种感官齐全的人——他已经相当出色了，但是，向身旁另一位将生活描述为空虚的受难者，展示的机会大概还未到来吧？卡拉多斯等待着。

"因为战争受伤的吗？"卡拉多斯试探性地问道。

"没有那么浪漫，是白内障。我想我应该及时地适应这种状况……现在肯定已经十分钟了吧？"

"没有——八分钟。"卡拉多斯指着指针说道，"但是不要过于考虑时间的问题。或许有上百个原因让他耽搁了。十分钟……时间设定得过于苛刻了。"

"是的——上百个原因。一个人在路上找笔记本，任何事情都有可能发生……那么我现在该去哪儿啊？我真是个傻瓜，让他离开了……假如——"

"没有假如。我会待在这里直到您的朋友回来……不管怎样，我会对您负责到底的。"

"您真是个大好人……对您来说，我就是个可悲的失败者……"

"不会的。"此时的情形让卡拉多斯产生了兴致，"我对盲人很感兴趣……比如说信念，盲人特殊的出行方式……"

"信念？"陌生人茫然地思考着，"是的，我也是这样认为的……那是什么———辆汽车吗？"

"不是汽车，"卡拉多斯回答道，"是一架朝南飞行的飞机。但声音听起来很奇怪，不是吗？"

"我们让计程车在那里等，随后在附近下了车——司机管那个地方叫做赫里奥特路。我想大概那是个——飞行物，对吧？翅膀——'早晨的翅膀'，这难道不是老莎士比亚或什么人讲过的吗？假使我再也没法看见飞机飞行。过去，这种情形有时能让我感到很有趣。恰似我正在探寻事物的真谛——但只不过是我还未找到答案罢了。似乎我需要额外的动力，这是我一直以来所欠缺的。我想，对您来说，我真是糟糕透了。"

"不会的，"卡拉多斯说道，"我们大多数人都会如此。有句话'在黑暗中穿过镜子'，过去是一位犹太帐篷制造者说的。"

另外一个人点了点头，含糊地表示对卡拉多斯观点的认同。"几点了？"他问道，"该死的斯特林格，他现在应该回来了。"

"再等二十分钟吧。但是我觉得您的朋友似乎再过十分钟也难以回来。"

卡拉多斯和那个陌生人相互交谈，他试图想引起对方的兴趣，好让时间不知不觉地过去。半小时过去了，还不见斯特林格的踪影。足足过去了四十五分钟，陌生人才无意间说出了自己的名字叫阿诺德，而后他再也等不下去了。

"您看，肯定是出事了。我不能再待在这里了。并且您——您一直都是那么的体面，但是您也想走了吧。您能沿着回去的路，把我送到计程车那里去吗？这样不论出了什么事，我都会知道自己的位置了。"

"没问题，"卡拉多斯回答道，"我对赫里奥特路很熟悉，很乐意给您带路。走到那里可不是十分钟的路程。在座位这里画条线，您觉得怎么样，以便于您的朋友——"

"没必要，该死的斯特林格！"阿诺德突然生气地说道，"他扔下我不管，就让他去猜吧。"

不管怎样，这并非外人应该关心的事情。卡拉多斯拉着阿诺德的胳膊，引导他从椅子上站起来。出于对于职责的考虑，比起通常更加有经验的步行者来说，卡拉多斯的步伐放慢了半拍。斯特林格至今还有现身的机会。但是他并没有出现，卡拉多斯二人顺利地来到了赫里奥特路。

"路途很远吧？"卡拉多斯问道。他知道这是一条偏僻的蜿蜒小路。一两个小时之内哪怕一辆车子的影子都看不到。他可以充满信心地领着阿诺德沿着小路走去，但现在可能要随时观察周围的状况。卡拉多斯作为向导，本想将陌生人送上计程车，但他随后发现了实情——缺少了某个东西，自己的努力也无济于事。"我没有发现计程车。"卡拉多斯随后说道。

"我想，还要朝前走一会儿。"阿诺德说道。他瞪大了眼睛，斜眼望着卡拉多斯，表情怪异而又透着一丝隐隐的愉悦，可是他话语里却并未显露出来。"计程车司机可能已经离开了……"

当他们拐过弯来,卡拉多斯说道:"嗯,最终还是有所发现。"他的嗅觉和听觉告诉他,把这位陌生人送到计程车上不是件难事。但是,在这个人迹罕至的地方,发生不光彩的失败的概率是如此的小——可怎么才能确定那真的是一辆计程车呢?

"要走回去吗,先生?"

就这么决定了。卡拉多斯凭借着自己的直觉朝前走去。他知道离自己三码外的地方,计程车正敞开车门等待着。他已经完成了任务。

"现在!"另一个声音严厉地命令道。

在听到这句话之前,卡拉多斯刹那间意识到了问题。他本能地感觉到危机四伏,阿诺德的初衷发生了微妙的变化,他碰了下卡拉多斯的胳膊,拧开了一个塞住瓶口的小瓶子,发出了吱吱呀呀的声响——但一切都太晚了。阿诺德原本轻轻扶着卡拉多斯右臂,突然间紧紧地抓住了他的领路人,与此同时另一双臂膀扭住了卡拉多斯的左臂,一块被浸湿过的、气味并不太难闻的布盖在了卡拉多斯的脸上……

在把失去知觉的卡拉多斯塞进汽车后,另外一个人重新整理了一下自己的衣服,问道:"起作用了吗?"

"效果非常好。"那个叫做阿诺德的家伙回答道,随后为自己的想法笑了笑。

"把车牌换一下,然后把它拿走。"团伙里的第三个人命令道。

一分钟之后,换过号码牌的汽车,并未做任何警告性的逗留,立刻驶离了赫里奥特路,车速适中,似乎表示与此惊悚事件毫无关联。车子很快便淹没在了深夜朝东行驶的滚滚车流之中。

"嗯,你现在醒过来了,是吧?"一个还算友好的声音传入了卡拉多斯的耳中,卡拉多斯刚刚恢复了意识,随后苏醒过来。"我相信,开始是感觉不太舒服。"

"我是在哪里?"卡拉多斯机械性地问道。他的确不止一个地方感觉到不舒服,因为用来给他下药的东西并不洁净,让人醒来后恶心又头痛。如此无辜地被卷入这样一桩暴行,卡拉多斯最为脆弱的感情此刻也非常震怒。"我在哪里,你们是谁?"

"先生,不要自寻烦恼了,这其实并不重要,"另一个人劝说道,"你现在很好,也就是说,只要你不反抗,你就能像干草堆里的冬眠鼠一样舒服。"

"我完全明白,"卡拉多斯回答道,"如您所愿。并且假如我反抗,我猜想你们就会像对待利兹·巴克斯特那样对待我吧?"

"那是周密计划外的一个大错误,因为他说他从酒厂的窗户上摔了下来。你知道的,有战争就会有伤亡。在那一刻你就成了那个伤亡的人。但是至于你是不是我们的终极目标,是要跟我们合作,还是靠边站,我们可都等着呢，随你便。"

"我有个想法，"卡拉多斯回答道，"我最终会出现在证人席。"

"我现在还说不准，"那个爱尔兰人疑惑地说道，"出于对三位掌管命运的古典女性应有的尊重，目前我看不出你能出庭作证的任何迹象。毫无疑问，你想询问那位通过水晶球预示未来的神秘女性，或是求助于为了得到半顶皇冠，通过芳香糖剂的烟雾预知你命运的女巫，证人席的实质或许已经暴露了。但是出于实际的目的，卡拉多斯先生，我应该让你打消自己的念头。"

"你看上去是个挺招人喜爱、有创造力的人，该怎么称呼你？"

"为了方便交流，你就叫我墨菲吧。"

"那么，墨菲先生。你似乎对我和我的行动有所了解，那么，我呢，很不幸，对你的情况和周围的环境一无所知。作为一名客人，我享受着你的殷勤照料，这自然使我十分丢脸。你瞧——"

"我很喜欢这种微妙的情形，"墨菲同样以讥讽的语气回答道，"我愿意扮演一个小手册的角色，解释谁是谁，假如可以的话，还可以展示此处的地名索引。但是你得理解，有太多策略性的原因，使我不能泄露给你这所房子位于公园路的哪一头，或者这里的主人是个冷血的贵族，还是普通的工人。"

"或许，"卡拉多斯提议道，"你可以告诉我为什么要以这样蛮横的方式将我带到这里,还有你们想要怎么处置我呢?"

墨菲突然间撕下了自己和善的面纱,随后说道:"告诉你也无妨,你本来也知道些情况了。你被抓来,是因为你在一个案件中充当证人,那案子本来和你没什么关系。你就待在这里,或是其他什么合适的地方休息,直到事情完满地解决。谁叫你没有准备好承担后果,就站出来作证,严格意义上不保持中立呢?"

"保持中立!"卡拉多斯惊讶地重复道,"天啊!伙计,对什么保持中立?这是个简单的初级司法案件。但是或许,"他有针对性地继续说道,"您从未听说过吗?"

屋子里到处弥散着愤怒的气息,一直在和卡拉多斯交谈的墨菲走了过来,站在他的"猎物"面前。刚才的嘲讽的确起到了作用,因为卡拉多斯已经了解到一些信息。

"卡拉多斯先生,我建议你在这里时,不要做那样的评论。"墨菲说道,"因为你是盲人,才得以保全自己。"

"通常是这样的,"卡拉多斯平静地说道,"我敢肯定,这次也会是这样。"

"待在这里时,你不要这么确定,就这样吧。"

卡拉多斯听到墨菲刺耳的转身声和出门声。大门紧闭着,四下静悄悄的,但是"囚徒"知道总有双不友好的眼睛会盯着自己,他并非独自一人。

几乎一周过去了，什么事情也没有发生。马克斯·卡拉多斯完全和外界隔离了，仿佛他被带到了火星一般。放在他面前的食物数量不少，他的正常要求也会得到满足，但是和他人的交谈却被禁止了。自从第一晚过后，墨菲似乎消失了。

自打他恢复意识的那一刻起，卡拉多斯就一直在构建周围环境的细节，审视自己的"囚笼"。不到一天，他就意识到自己的"囚笼"是一个宽敞的、旧式的三层楼建筑，配有地下室，建造在私人的场地上。这里的房间通常宽敞、高耸，但并未保持原貌。几间屋子空无一人，其他房间里的家具摆放得杂乱无章。这里使用天然气，经常能听到电话铃声，一位沉默的老妇人负责做饭和照管日常事务。卡拉多斯很快发现他从未独处过，晚上他睡觉的屋子里的窗户从上到下都是关着的，烟囱也被堵住了。卡拉多斯笑了笑，他意识到在自己面前，那份荣誉岌岌可危。

直到第二夜，卡拉多斯才成功定位了自己的"囚笼"。他并不清楚汽车走了多远，但是屋子里的气味，他洗漱用过的水，远处街道的噪声，无疑表明这里是伦敦。他所处的"囚笼"是一个安静的、与世隔绝的穷乡僻壤，他迅速了解到这里有一块停车场式的空地，清晨有歌鸫在歌唱，夜晚能听见猫头鹰的叫声，但是延伸至南边的主路，交通很是繁忙,而北边的一条路,相对没那么繁忙。第二天夜里,他听到大本钟缓慢的报时声,差不多是从正东方向传来的。并且根据自己独有的分辨声音的方法,卡拉多斯发现他能够推测出自己的"牢笼"就在离此大约三英里的位置。又过了一天,卡拉多斯做了个测试,来验证自己的判断。

"我想,我能要本书吗?我觉得这本书应该能找到——"

"一本书?"负责看管他的人怀疑地问道。

"是的,就在下面大街上的米迪书店就能找到,"卡拉多斯朝那个方向点了点头,"您知道。"

看管人惊恐下的急促呼吸证实了卡拉多斯的猜测,甚至不用考虑看管人延迟的、伤人的抗议,但他也没办法说什么。"书的事不许再提。"

又过了一两天,卡拉多斯一直在绞尽脑汁,猜测自己的位置。他猜想,一场注定要来的危机已经迫在眉睫了。即使兰克的审判持续了三天,三天也足够得出判决结果了。卡拉多斯推测,自己被带来,纯粹是为了让自己不提供那致命的证词,但是假如案件对犯人不利——那会如何呢?落在这么一群绝望的极端分子手中,卡拉多斯对他们的手段并不抱任何幻想,没有表现出慌乱或担忧之情,一整天他都在心里盘算着逃跑的计划。但至今为止,对他的囚禁依旧很难打破,守卫似乎也不会为金钱所动。

在自己被囚禁的第六天夜里，卡拉多斯预料中的危机到来了。跟平常相比，那一整个下午，在那间大屋子里并没有什么动静，但是接近黄昏时，那些人三三两两地回来了。卡拉多斯数了数，至少比以前的团伙成员多出十几个人。

"他们听到案件宣判的结果了，"卡拉多斯对目前的情况做了总结，"是时候了。"

他猜得没错。一个小时后，卡拉多斯被粗暴地带到了另一间屋子——"小会议室"里，因为他一直在脑海里描述着这样的场景，会议显然是在这里召开——他发现自己面对着一个非正式的法庭。

"这就是卡拉多斯吧？"一个"权威人士"喝问道。

卡拉多斯平时的一个看管人员进行了作答。

"头儿，您可能没注意到，他是个盲人，"那个看管人回答道，"要我给他搬把椅子来吗？"

"三天审判期间，有人为丹尼斯·兰克搬过椅子吗？"另一个声音呵斥道。

"没有。"另外的六个人中的一个家伙发自内心地回答道。

"让囚犯站着。"

"囚犯，"卡拉多斯平静地问道，"通常这意味着一种指控。我能问一下我的罪名是什么吗？"

"向敌人泄密,"一个盛气凌人的家伙严肃地说道,"卡拉多斯,你要知道,兰克今天下午被判有罪,将处以死刑。"

"这是把我抓来的必然结果,对吧?"卡拉多斯暗示道,"你们应该能想到的。"

"你什么意思?"

卡拉多斯几乎想要耸一耸肩,来强调一下事情有多显而易见。

"假如我出现在法庭上,提供证词,那就很容易说明我犯了错误或是我是骗子———一个人的证词与另一个人的证词针锋相对。如你所见,没有什么事情可以表明我犯了错误或是撒谎。你们的做法只是在告诉我,自己的证词是正确的、真实的,无论如何你们不敢让我出庭作证。"

"瞧,头儿,我说什么来着?"一个"叛徒"小声嘟囔着。

"住口,"掌管权力的头儿命令道,他又转向卡拉多斯,"卡拉多斯,关于此案,不要在我们面前表达你自己的私人观点,听一听法庭的判决。毫无疑问,我们正在对丹尼斯·兰克血腥残暴行为的判决提出上诉。假如你能帮我们做点什么,你最好马上行动起来,告诉我们。"

"理论上讲,"卡拉多斯说道,"我一向不赞成死刑。"

"那正好",队长冷淡地说道,"但也有例外,这次可能就不会这样想。"

"嗯,或许吧,你这样认为?"审问者吃惊地高声问道,"好,我来告诉你：布利克斯顿监狱里的黑旗为丹尼斯·兰克升起时，你的家人就有理由为你默哀了。"

"这样有什么好处呢？"

"好处是，你最好赶快行动起来，以避免悲剧的发生。卡拉多斯，我们认为，你在很多方面可以努力，或许你的政府会认为你还有营救的价值。啊，你知道价格的，你最好计划好交换的条件，通知你的政府。这里有纸张和墨水，你在我们适当的监控下，所以不要耍小聪明——和你的律师或是其他什么人联系。"

"谢谢，"卡拉多斯回答道，"但是我并不想麻烦您。"

"不想麻烦！嘿！你到底什么意思？"

"就是说，我不想写。通常情况下，出于我自由的意愿，我会写一封请愿信，请求不对兰克执行死刑。但正如你所说，我更有可能写信反对他被缓刑。你得自己去完成那恼人的工作了。"

"法庭"上的一个人陷入到了无助的迷惑之中，随后叹息道："这个人是个傻子，拯救你自己的脑袋有什么令人不快的？"

"仅仅是一种观点，"卡拉多斯相当礼貌地转过身说道，"总有些事情是不计代价也要去做的……或是，不管怎样……"他重新转向"法庭"里的那个叫做"头儿"的人。

出于某种原因，五分钟之内，卡拉多斯对那个被称为"头儿"的人之间产生了一种深深的、伤害性的厌恶之情。对于团伙里的其他成员,卡拉多斯都能明智地选择忍耐,偶尔也会稍微地不耐烦。上面提到的表达方式中唯一的不同在于——那个"头儿"想要大声喊叫,而"猎物"却异常安静。

"所以就凭借你那该死的'观点'和烦人的、不值一提的做事风格,"头儿激动地说道,"你就认为自己能盛气凌人了,是吗?记住,你不是在和那些扭捏的都柏林城堡里的垃圾家伙打交道,而是和我们——言出必行的人交流。要适当得尊重你面前的法庭,见鬼!我的拳头会教你怎样做人的。"

"我并非是在自我辩护,"卡拉多斯对着其他人说道,一面摸索着伸出手来,悲惨地向他人求助,"这里会有人当着我的面袭击一个盲人吗?"

"天知道你说的是不是真的!"不止一个人这样说。

"那么你们想要绞死我吗?"

头儿向那些坚定分子轻蔑地投去了冷酷的眼神,将他们召集在一起。

"交给我吧,"头儿平静地说道,"当那一刻来临时,我会自己动手的。卡拉多斯,有句谚语是关于杀死一只狗的,你或许知道。同时你还有几天可以仔细地想一想。记住,我们不在这里时,不会考虑绞死你,这一切都是为了营救丹尼斯·兰克。把囚犯带走。"

卡拉多斯被带走时，他猜想结局显而易见，因为他没有被带回到之前的房间里。相反，他发现自己走遍了屋子的各个地方，此前却是被禁止的。那里射进来一道向下的光，房间温度也更冷了。卡拉多斯此时被关在了地窖里。

卡拉多斯了解到，目前他们对自己的处置方法，就是关在这里。他衣兜里的所有东西都被拿走了，而自己则被独自留下，严密看管起来。毫无疑问，使用暴力逃跑是不能的。卡拉多斯审视着周围的环境，发现自己的猜测是正确的。这里差不多是个地窖，一条隐秘的通道延伸至大门那里。大概在跟匪徒对话那段期间，他脑海里的景象还有些特殊的用处。每个角落都隐含着模糊的、几乎难以忘怀的、有关犯罪的神秘传奇。这间屋子又阴又冷，谁能说为什么那条偏僻的、无人知晓的通道尽头和地牢有几分相似之处呢？卡拉多斯用脚丈量着屋子的大小，用手探寻着屋子的每一个角落。从屋子一头到另一头，要走五步，站在那里，他不用调整位置就可以摸到两面高墙，与此同时，他伸手还可以碰到天花板。似乎屋子的长度不到五码，宽度是两码，而高度是七英尺。墙壁和地板由石头砌成，天花板的质地是石头或是混凝土。这里最可怕的特征是——完全没有窗户，也没有一丝光亮——不会打扰现在坐在地上思考自己困境的卡拉多斯。屋子里只有一把椅子、一张小小的草垫和两张毯子。

被囚禁时期的伙食是非常普通的一日三餐，数量足够，但称不上奢华。这充分表明了这个如此严密的系统的含义：每一天，卡拉多斯都被问到，是否愿意写点什么，而答案全都是否定的。卡拉多斯和那位"头儿"之间，双方获胜的概率相当。但要是把这些仅仅看作是对顽强意志的一种考验，卡拉多斯则期盼着自己能够胜出。在兰克被行刑，或者缓刑后，匪徒就没有什么理由再关押着自己。但在其思考背后，卡拉多斯某种程度上禁不住会想到，即便是到了最后关头，他的上帝会帮助自己渡过难关的。

三天过去了。卡拉多斯并没有感到难以忍耐的无聊，因为他的大脑好似一间无法装满的仓库，对于作为自己"资产"之一的周围环境，卡拉多斯并未关注，有一次还想起了一本名字叫做《科林斯四德拉克马银币上的波斯弓箭手》的专著，算是他囚禁期间的一点娱乐。但是第三天夜里发生了一件事情，让卡拉多斯对波斯弓箭手的故事兴趣大减。夜幕降临，但却没有晚餐送来，几个小时过去了，卡拉多斯没有听见屋子里的一丝声响，突然他害怕起来。假如……他爬上床去，暂时不去思考，这是最简单忘记此时境遇的方法。

但是第二天早上，早餐也没有了。不寻常的寂静笼罩了整个屋子。卡拉多斯把耳朵贴在墙上，过去他能够听到从房门到远处厨房的脚步声,如今却没任何回声。他脱下鞋子,抗议式地敲打着房门,声音越来越响……他甚至可以轻轻地用手帕拍击,以此来引起所有的注意。但是几乎什么也听不到,正如他所处的偏僻地下囚笼一样,假如这里有人在的话……假如有人在的话!这个想法突然冒出来,几乎如刨花中的一点火星,胡乱地发散开来:匪徒们是否有意地不给他饭吃,好让他屈服呢;他们当中有些人被抓了,剩下的人逃走了;是否里面存在着可怕的误解,每个人都不再管他,或是让别人来管理;匪徒是否放弃了所有的希望,不再期盼能够影响到兰克的处决,作为报复要将他饿死呢?短短的不到五分钟的时间里,卡拉多斯猜想着自己尸体被谁发现,以及何时被发现,一个月,一年,或是更为久远,他可能被看作"一具枯萎的骷髅"……他咒骂自己的想象力如此丰富,强迫自己回到对波斯弓箭手以及他在希腊四德拉克马银币上的重要形象上来。

但是到了中午,还是没有午餐送来。卡拉多斯真切感觉到了饥饿。此外,他也觉得干渴难忍。他把一颗纽扣拽下来,放进嘴里,让自己分泌些唾液,但却无济于事。每隔一段时间,卡拉多斯就跟刚才一样,有节奏地敲门;他试图让外面世界听见自己的声音,但他知道,希望渺茫……

那天夜里,卡拉多斯再次饿着肚子爬上床。整整一天半,他滴水未进。除了口渴外,挨饿倒不足为虑。在那个夏天异常炎热的日子里,尽管地窖比外面的房子凉爽些，但也更加封闭。附近被忽略掉的一条排水管滴下的水滴，让卡拉多斯的喉咙干咽了几下，口渴丝毫没有得到缓解。他的思绪中显现出无数沉船水手因口渴而死；战壕中那些战士被切断水源，陷入了疯狂；又想到寓言中的富人和穷人；想到《鲁滨孙漂流记》中那令人作呕的小路，以及糟糕的案例……是否最后自己也会发疯呢？在发疯之前……自己没有武器，但床上有毯子，他摸到墙边有一条真实存在的水管，而屋子的天花板足够承担自己的重量。

卡拉多斯不再考虑这些念头。他躺下来，想要睡一会儿，但他的时间观念告诉他，午夜已经过了。他仍然希望早晨能够有些缓解，假如这样的话，他愿意写点东西，扭转另一天的饥渴和折磨——他严肃地思考着，即使是墨水，此刻也算是上帝送来的礼物。

考虑到墨水——墨水——墨水——大门奇迹般地打开了，帕金森走了进来。"真是个可怕的噩梦，"卡拉多斯想道，"我想我被关在了地窖里，我正坐在一个不错的饭店里用餐。帕金森，你拿来什么汤了？""先生，您再说一遍，"帕金森说着，一边把一个大碗放在卡拉多斯面前，"但是我明白在这间屋子里用餐的规矩是，每桌都该上一份汤，否则，我听说，老鼠会循着痕迹把主管道咬坏的。""好极了，"卡拉多斯回答道，"但是你只拿来了墨水。""我感到非常痛苦，"帕金森跺着脚说道，"我要变成——"帕金森一边说，一边变成了莱蒙广场上警察法庭里的行政长官,而卡拉多斯发现自己正在听取一件关于钢笔的案件。"尊敬的大人,"原告诉求道,"我出售时笔还是好的。满怀尊敬地说,这支笔被弄坏了,凶手是——""老鼠!"辩护人一面点上一支香烟,一面轻蔑地说道,"法庭上请保持肃静。"法官喊叫道。"恐怕,这位可怜的老实人说的都是事实。当然,动物为了饮水可以做任何事。那么,每天早上,假如我找不到桌上要用的墨水——"法庭再次爆发出了笑声。在审判过程中,卡拉多斯突然醒了过来——他还待在自己的房间里,比任何时刻都想喝水,一个新的希望出现了。他坐起身来,听到外面的老鼠在抓挠大门。

"傻瓜!"卡拉多斯这样称呼自己,"没有想到这一步。真是又老又笨。守着一条水管却渴得要死——啊,天啊,就假设它并不存在吧。那是条天然气管道!"

但是那并不是天然气管道。一个阀门上面有个指尖大小的装置。在这间破旧的、摇摇欲坠的房子里,那个装置可能是任何东西,但是一英寸的管道里面传来液体的回声,这表明管道里不可能是其他东西,只能是——用之不竭、流动着的净水,可以供自己使用。但是怎么才能得到它呢?他的脑海中显现出一个接一个的无用之物,找不到任何临时可以替代的工具。找不到一小块金属,甚至是一个石头或是砖瓦的碎片,能够帮助卡拉多斯逃跑。但是,肯定有什么东西——一定有,是的，鞋子！卡拉多斯经常用鞋子使劲敲击地面，一只鞋子的鞋跟被拉长了，随后对着另一只鞋子猛地一拉，鞋跟就松动了，掉了下来。现在他的手中拿着一块皮革，上面带着一排尖尖的钉子：和他想要得到的锉刀一样管用。

不到三分钟，卡拉多斯就喝到了水——可以说是堂而皇之地饮水。他已经刺穿了管道松软的金属，让水喷射出来，随后他扔掉鞋跟，用手捧着水喝。现在卡拉多斯并不想阻止水流渗漏；管道里的水可能会将地窖淹没，最终卡拉多斯也会被淹死，但即使卡拉多斯知道未来的状况，也无法在那一刻阻止自己。

卡拉多斯喝足水后，拿出手帕，递到水流跟前，想要弄湿它，把脸擦干净。一个小小的事件——甚至关系到他所处境遇的危险状况——都由后面所发生的事情所决定；因为卡拉多斯一直蜷缩在椅子上等待着，他用一只手按住管道，保持自己的平衡，但手下的管道，却让他感受到了远处传来的震颤。震颤很微弱，没有任何迹象，甚至一千个人——即便是绝望的囚犯对其也会不屑一顾。但是对于马克斯·卡拉多斯来说，他的指尖如同是他的眼睛，最微小的震颤也会带来一丝希望。这种情形并没有为卡拉多斯提供太多的信息——肯定没多少可讲的事情，但是他知道在某个地方，有人在等待着一个回应的信号。这条输送管道可能通向上面的蓄水池，并且在那时——依照判断大约是在黎明时分，不太可能有人在那里走动。但是换个方向考虑——外面，穿过花园，挨着街道吗？过去的几个月里都没有降雨，到处弥散着极其干旱和异常缺水的气氛。每一滴废水人们都不愿意浪费，公司里的巡查员会整天整夜地四处巡逻——尤其是晚上，街上四处静悄悄的，搜寻着每一个可能漏水的地方，设置一些小井盖，以保证主管道运行，他们竖起耳朵倾听着远处最微小的声音——啊，一丝希望，马克斯·卡拉多斯！——听着！

大概过去了一秒钟。卡拉多斯依旧敲击着管道等待回应。他扔掉手中不重要的手帕，用一只手上裸露的指关节，强有力地敲击，向那未曾谋面之人传递出常见的绝望信息：短、短、短、长、长、长；短、短、短、——S.O.S.；S.O.S；S.O.S.

也就在卡拉多斯苏醒过来，想着自己鞋跟的时候，两位身穿圣洁的蓝色工作服的伦敦水务公司工作人员站在一个路边的铁盖子前，准备进入管道完成"神秘的仪式"——例行的日常检查工作。两人中的高个子那位，手中好似拿着一根棍子——一根竹竿，顶部是茶托形状的，他那顶礼帽顶部配有一个椭圆形的印章，上面标有"巡查员"的字样。他的助手和他仅仅在服饰细节方面有所不同，他并没有戴帽子，而是拿着一个看上去十分危险的工具，人们只能将其和一个小型的——但却不是过于小的工具——鱼鳔联系起来。

"我们再到主干道去检查一下,之后把早餐解决掉,""奥萨斯,"巡查员回答道,语气中带有认同的意味。

"好的,"奥萨斯说道,"我怀疑我的喉咙是否被割开了。"

"现在的年轻人总是先考虑自己,真是奇怪,"巡查员思考后说道,"不知怎么的,他们似乎缺乏忍耐力。奥萨斯,我是否和你讲过我们三个信号兵,在宾奇利以外的一个塔楼里待了快一周的时间吗?"

"年轻人时常会这样,过去一去不复返啦,"年轻的助手反驳道,"威廉爸爸,努力忘记早年间那些犯罪的日子吧。战争结束了,永远结束了,我们不会再有战争了。"

巡查员叹了口气,靠向旁边的一个灯柱,巧妙回应了奥萨斯的评论,随后在本子上记录下当前的检查记录。他的助手不情愿地拿起测试工具,把它固定住,用自己那凶险的工具撬开井盖上的盖子,把耳朵贴在工具的另一端,继续探寻着内部管道。

"嗨?"巡查员问道,"没什么问题吧?"

"目前没有发现问题,"奥萨斯沮丧地说道,"某个地方出了点问题,可我没法找出来。"

"真是奇怪,"巡查员没太在意,但是奥萨斯转过头来,看了一眼自己的上司,"你说这是什么声音呢?"

"最好你自己亲自去看一看。"奥萨斯一边说道,一边让开路。巡查员合上本子,来到井盖旁边:"你那边的监听站比我这边的要多。"

沉默的一分钟过去了,两位经验丰富的工作人员弯下腰,耳朵贴在工具上,仔细聆听着。

"这很奇妙,像是在发信号,但目前还无法确定,"巡查员抬起头说道,"假如这种信号真的可信,我应该这样讲,有人正沿着管道向我们发送摩斯密码。"

"你怎么看?"奥萨斯问道,他对此并没有多少兴趣,随后翻出了一支香烟。

"信号并不连贯——只是些字母的发送。SOS;SOS;SOS,总是这样。尽管信号只有半分钟:难道'SOS'代表着什么吗?"

"是的,"奥萨斯惊奇地说道,"没错,是酱汁。配早餐正合适。"

"咔!咔!"巡查员敲打着工具,责备地说道,"奥萨斯,难道你半分钟不去想吃的事都不行吗?听着!现在我明白了。S.O.S. 当然是一艘沉船所发出的求救信号。"

"是啊。潜艇开到主管道里来了,现在我是进退两难。为什么当初你没有想到这一点呢?"

面对无礼助手可笑的幽默感,巡查员并没有退缩。他已经活了五十五年了,经历过战争,发现非常奇怪的事情在现实生活中经常出现。那一刻,他心不在焉地转动手中的一把钳子;跪在人行道上,敲击着一系列阀门的金属盖子——似乎起到了效果。

"你在干吗？"奥萨斯阴险地问道，尽管他早已经看腻了巡查员的行为。

"我就是发送出'你是谁？'的信号，"巡查员解释道，随后又在听取回音，"人们并不知道像这样的呼叫和回应。"

"似乎对我来说，这并不能如你所愿。常识而已，"奥萨斯无礼地说道，"不管怎样，叔叔，你肯定去看过电影。《从死神的嘴下抢食》，共有七次抢夺——"

巡查员抬起右手，做了个强制性的手势，对奥萨斯发出了警告和责备。

"记下来，小伙子，"巡查员命令道，"你不是有笔和纸吗？ C-A-R-R——你不是有笔和纸吗？ C-A-R-R……"

"是的，"奥萨斯回答道，他拿出衣兜里一份旧的《星报》，翻到了"最新新闻"一栏那里，"C-A-R-R- 继续，中士。"

"-A-D-O-S。"

"卡拉多斯！嗯，是那个家伙——"奥萨斯一头扎进报纸里面，直到一行字映入他的眼帘，"消失的证人。至今未有马克斯·卡拉多斯的踪迹。"

"你不会是说——"

"合上报纸！"巡查员严厉地呵斥道，"专心点，行吗？T-R-A-P-P-E-D P-H-O-N-E N-E-A-R-E-S-T P-O-L-I-C-E S-T-A-T-I-O-N U-R-G-E-N-T L-I-F-E D-E-A-T-H-"（陷入困境，请给最近的警察局打电话报警，事关生死）

"嗨！"奥萨斯小声地说道，他狂喜地流着汗水，"这个东西说明——"

"A-M O-P-E-I-N-G L-E-A-K G-U-I-D-E P-O-L-I-C-E R-E-W-A-R-D."（我是一名公开的巡查员，找警察，有奖励）

奥萨斯屏住呼吸，几乎被一种丰收感和荣耀感所笼罩。

"就这么多了？"巡查员温顺地小声问道。

"S-E-N-D R-T I-F U-N-D-E-R-S-T-O-O-D-"（假如你理解的话，把信息送出）——尽管你不必考虑最后的几个字母。

"让我们来看一看能干些什么。"奥萨斯迅速将愤怒压制，他机智地预见到，在至少未来三周内，他会升官加爵，他每说一句话，都会有人递上一支烟。

巡查员弯下腰，想了一想后，用钳子在阀门上敲了几声。

"就这样吧。现在我们赶去主街道，孩子，找到最近的电话亭。拜托不要在路上找个地方停下来吃早餐，我不知道这是否能意味着我们会在绍森德钓上一周的鱼。"

"接着说下去,"奥萨斯说道,此刻他正欣喜地咯咯发笑,"更可能是在巴恩斯水库待上一天。你想做些什么?"

"别再想了,"巡查员坚定地说道,"不要把你的工作搞砸了。我想去检查水管滴漏。"

十分钟过去了,他依旧在路边时不时地敲击着,并没有发现两位先生悄悄地出现,朝这个方向走来。当他们和巡查员相遇时,那两个人相互匆匆地交谈了几句,经过巡查员身边时站住了。

"早上好,巡查员,"其中一个人殷勤地说道——他看了一眼那顶官方的帽子,"我想,这里的净水供应没什么问题吧?"

"先生,据我所知没什么问题,"巡查员简单地回答道,"就是和往常一样巡查一下。"

"嗯?"陌生人说道,"仅仅如此?这天气可真要命啊,对吧?我打赌,你们一定很繁忙。我想你可能会绕一圈,检查一下阀门和开关,看一看有没有浪费水。"

"我发现,至今一切正常。"巡查员再次确信地说道,"我们不喜欢招惹没必要的麻烦。事实上,我在等我的伙伴,一起去吃早餐。"

那两个人愉快地点了点头,走开了。巡查员用胳膊夹住探测棒,沿着一条又一条街道悠闲地散步,轻声地吹着口哨,直到他们来到一个远处的大门前。他满脸无辜,眼神里充满了温和的、怀疑的目光。

从某个角度来看，墨菲先生和那位"头儿"几乎没有为他们的回程安排时间。他们走进屋，看见一切正常，友好的爱尔兰人借着这个场合也发表了一次评论，"继续游啊。"（因为那时地窖里的水足有六英寸深），随后他们把"囚犯"带到一个高一点，更加干爽一点的地方，为的是进行一次些许严肃的谈话（"头儿"提到的头颅、绳子、喉咙、刀子一定程度上预见了这次谈话的性质）前门传来礼貌的敲门声，一个人被叫出去了一会儿。凑巧的是，出去的正是那位"头儿"，他并没有马上回来。墨菲先生注意到了这一点，他突然有种欲望，想要检查一下屋子后面的地方。墨菲急匆匆地打开窗户，跳了下去，想要逃离此地。兴奋之余，他并未发现几位警察出现在他的视线中，按照他所描述为"策略性态度"的样子，站在他的面前。墨菲的双臂被警察扭住，不光彩地被"护送"回了屋子里……

当大家都聚集在大厅里时，卡拉多斯看了一看，随后说道："墨菲先生，你知道吗，我还在想，这里就算是证人席了。"实际上大厅里相当拥挤，但对于一位两天未进食，喝了半加仑冷水的人来说，很多事情都是可以原谅的。

图书在版编目（CIP）数据

盲眼神探 /（英）欧内斯特·布拉马著 ; 刘岩译
. —— 上海 : 上海文艺出版社, 2020 (2021.7 重印)
(域外故事会侦探小说系列. 第一辑)
ISBN 978-7-5321-7340-2

Ⅰ. ①盲… Ⅱ. ①欧… ②刘… Ⅲ. ①侦探小说－小说集－英国－现代 Ⅳ. ① I561.45

中国版本图书馆 CIP 数据核字 (2019) 第 176285 号

盲眼神探

著　　者：[英] 欧内斯特·布拉马
译　　者：刘　岩
责任编辑：蔡美凤　朱崟滢
装帧设计：周艳梅
责任督印：张　凯

出　　版：上海文艺出版社
出　　品：上海故事会文化传媒有限公司
　　　　　（200020　上海市绍兴路74号　www.storychina.cn）
发　　行：上海文艺出版社发行中心
　　　　　（上海市绍兴路50号）
印　　刷：上海中华印刷有限公司
开　　本：889毫米×1194毫米　1/32　印张10.25
版　　次：2021年2月第1版　2021年7月第2次印刷
ＩＳＢＮ：978-7-5321-7340-2/I·5836
定　　价：35.00元

版权所有·不准翻印

上海故事会文化传媒有限公司 出品（00998）www.storychina.cn

想看更多精彩故事？
扫码下载故事会APP

上海故事会文化传媒有限公司所有图书可办理邮购，免收邮费（挂号除外）
汇款地址：上海市绍兴路74号(200020)　　收款人：上海故事会文化传媒有限公司出版发行部
联系电话：021-64338113
如发现本书有质量问题，请与印刷厂质量科联系 T:021-60829062